# DE PEUR QUE LES PONTS NE BRÛLENT

## DÉTECTIVE LIZ MOORLAND
### TOME 2

## PHILLIPA NEFRI CLARK

# DE PEUR QUE LES PONTS NE BRÛLENT

# UNE PETITE NOTE

Les livres de la détective Liz Moorland se déroulent en Australie et sont écrits en anglais australien pour une expérience authentique.

Certains termes et usages peuvent être spécifiques à l'Australie.

# PROLOGUE

La même routine chaque jour convenait parfaitement à Maureen. Si cela rendait son enfant heureuse, alors elle était heureuse. Elle pouvait profiter du soleil sans être harcelée pour obtenir de l'attention toutes les deux minutes. Enfin, pas autant.

Eliza adorait le parc avec ses balançoires, son bac à sable et son grand fort d'escalade en bois. Il y avait un pont au-dessus d'une autre aire de jeux et de nombreux recoins intéressants. Laissée livrée à elle-même, elle y passerait une heure à jouer. Plus longtemps si l'un des autres enfants avec qui elle s'était liée d'amitié était présent.

Maureen s'installa sur le banc près de la fontaine et sortit un magazine de son grand sac à main. Un sachet de bonbons tomba et elle le ramassa, déchirant le coin et se servant une poignée de sucreries. Le sac à dos surdimensionné d'Eliza, contenant sa licorne en peluche, son pull, son jus, de l'eau et une barre de céréales, était appuyé contre le dossier du banc. Elle viendrait se servir quand elle aurait besoin de reprendre son souffle.

— Maman ?

Tant pis pour quelques minutes de tranquillité.

— Qu'est-ce qu'il y a, ma puce ? répondit Maureen d'une voix plus forte.

Eliza fit un signe de la main depuis le pont.

— Viens m'attacher mon lacet.

— Non, essaie d'abord toute seule. Si tu n'y arrives pas, viens me voir. Maureen feuilleta les pages, s'arrêtant sur un article concernant le dernier scandale d'un animateur de jeu télévisé. Comment diable ces gens s'en sortaient-ils avec un comportement aussi déplorable ? Rien à voir avec le monde réel où les gens bien — comme le père d'Eliza — faisaient une seule erreur et se retrouvaient en prison. « La prison déborderait si les vrais criminels étaient attrapés. »

Elle finit de lire l'article alors qu'Eliza sautillait à travers la pelouse.

— Tu as fait tes lacets toute seule ?

Les deux étaient parfaitement noués. Mais pas comme elle le faisait, et Eliza apprenait tout juste.

— J'ai besoin de boire, maman.

— Dans ton sac à dos. Tu as dit que ton lacet était défait.

— Le monsieur l'a attaché.

Maureen se leva d'un bond, scrutant l'aire de jeux. Au loin, deux jeunes adolescents se lançaient un ballon. Personne d'autre n'était là. C'était le milieu de la matinée, donc aucun écolier n'était présent, à part les adolescents.

— C'était l'un des garçons là-bas ?

Eliza — qui avait introduit une petite paille dans une boisson aux fruits — suivit le doigt pointé de Maureen.

— Non. Un gentil monsieur. Et il a une petite fille. Elle fronça les sourcils. Il a dit qu'il avait *eu* une petite fille qui est morte. C'est tellement triste, n'est-ce pas maman ?

— Oui, ma puce. Très triste. Le monsieur est-il toujours là ?

— Il est rentré chez lui. Je vais mettre mon sac à dos. Eliza le ferma et le mit sur ses épaules, remettant la paille dans sa bouche et aspirant bruyamment.

— Laisse-le ici. Comme ça, il ne te gênera pas quand tu seras dans les tunnels et tout ça.

— Je pourrais avoir faim et avoir besoin de grignoter.

Maureen embrassa le front d'Eliza.

— Eh bien, va jouer encore une demi-heure.

— Et toi, reste juste ici, maman. Je viendrai te chercher.

Sur ces mots, la petite fille poussa la brique de jus maintenant vide dans les mains de Maureen et s'éloigna en sautillant. Maureen trouva une poubelle. Tout cela lui manquerait l'année prochaine quand Eliza irait vraiment à la maternelle, mais au moins elle serait libre de chercher plus de travail.

Elle se réinstalla, replongea dans son magazine et fredonna la chanson qu'Eliza chantait fort pour elle-même au loin. Quand le chant s'arrêta, elle leva les yeux. Eliza était dans un bac à sable. Maureen tourna les pages, s'arrêtant sur quelques recettes puis sur une courte fiction. Le soleil devenait un peu trop chaud et bientôt elles iraient chercher une glace chacune.

— C'est à vous ?

Maureen releva brusquement la tête.

Les deux adolescents approchaient, l'un tenant le ballon de foot avec lequel ils jouaient et l'autre portant un sac à dos. Rose. Avec des autocollants de licornes. Beaucoup trop grand parce qu'il était d'occasion et que c'était tout ce que Maureen pouvait se permettre à l'époque.

— C'est celui de ma petite fille. Où l'avez-vous trouvé ?

Le gamin pointa du doigt.

— Derrière le fort.

Maureen le lui arracha des mains et jeta un coup d'œil à l'intérieur. Il n'y avait que la barre de céréales. Ni le pull, ni l'eau, ni la licorne en peluche.

— Eliza était-elle là ?

Il secoua la tête.

— Mais où est-elle alors ? Maureen jeta son magazine et le reste des bonbons dans son sac. Elle le portait.

Les adolescents échangèrent un regard.

— On va vous aider à la chercher.

— Elle est probablement sous le pont. Elle aime inventer des jeux avec son jouet là-bas. Pouvez-vous aller dans des directions opposées et regarder ? Elle s'appelle Eliza.

Les garçons se séparèrent, courant chacun vers une extrémité du parc.

— Eliza ! Ma puce, où es-tu ?

Ce devait être une erreur. Eliza avait sorti ses affaires de son sac. Elle avait eu froid à l'ombre et mis son pull. Les enfants se trompaient parfois avec la température, non ? Ils mettaient des pulls même quand il faisait chaud ?

Le cœur battant, Maureen regarda sous le pont. Pas d'Eliza.

Puis le fort, grimpant jusqu'en haut et utilisant la hauteur supplémentaire pour regarder autour du parc.

— Eliza ! Eliza, où es-tu ?

Il n'y eut pas de cri de « ici, maman ». Aucun son du tout.

Maureen descendit à moitié en grimpant, à moitié en tombant.

L'un des adolescents haleta en la rejoignant.

— Pas à l'autre bout ni aux balançoires. A-t-elle un téléphone ?

— Un téléphone ? Non. C'est une petite fille. Pouvez-vous regarder dans les buissons le long de l'entrée ?

Il repartit.

Où était-elle ?

Cela ne faisait que quelques minutes.

Elle vérifia à nouveau le sac à dos. Même le petit portefeuille qu'elle avait glissé dans une poche intérieure avec l'adresse d'Eliza et les coordonnées de Maureen, plus quelques pièces d'or, avait disparu.

Eliza était-elle rentrée à pied ? Pourquoi aurait-elle fait ça ?

Des larmes coulaient sans retenue, brouillant sa vue tandis qu'elle courait vers le côté du parc par où elles entraient habituellement depuis le passage piéton. Leur appartement n'était qu'à quelques pâtés de maisons.

Maureen s'arrêta net. Eliza était nerveuse à cause de la circulation. Elle ne traverserait jamais sans tenir la main de maman. Jamais.

Rejetant la tête en arrière, elle hurla vers le ciel :

— Eliza !

# UN
# ~PREMIER JOUR~

Il faisait trop chaud pour courir en plein milieu de la journée.

Liz sprintait le long du trottoir, évitant les poussettes et les piétons qui marchaient en envoyant des SMS.

Le travail de nuit était un démon avec lequel elle s'était récemment beaucoup familiarisée.

Elle n'avait jamais été douée pour dormir de toute façon. Pas depuis des années. L'inconvénient du sommeil était le risque de rêves. Ou de cauchemars.

Le pavé était impitoyable sous ses chaussures de course coûteuses. Elle préférait courir sur le sable, sauf quand elle s'entraînait pour des semi-marathons, mais aujourd'hui elle n'avait qu'une heure avant un briefing au travail. Quelque chose d'important, avait dit Terry.

Esquivant les voitures, Liz traversa la rue et ralentit à peine en entrant dans son immeuble. La sueur coulait le long de sa colonne vertébrale alors qu'elle montait les escaliers deux par deux. Trois étages. L'ascenseur était capricieux de toute façon, et le cardio supplémentaire ne faisait jamais de mal.

La clé dans la serrure, elle s'arrêta lorsque son voisin l'interpella.

— Tu ferais mieux d'aller au travail, Liz. Quelque chose de

terrible est arrivé aujourd'hui. Quelque chose qui touche l'un des nôtres.

De l'autre côté du long couloir étroit, et à quelques portes de là, Darryl Tompsett, son voisin de longue date, s'appuyait contre le mur devant son appartement. Il avait une bière à la main. Comme d'habitude. Le débardeur, le slip et les chaussettes montantes n'étaient pas du meilleur effet.

— C'est-à-dire ?

Darryl haussa les épaules.

— Une petite fille du cinquième étage a disparu au parc. Pouf.

Liz tourna la clé et entra en poussant la porte, la claquant derrière elle avant de s'effondrer au sol. Ses bras couvraient sa tête. Sa respiration saccadée résonnait à ses oreilles. Le sang battait dans ses veines.

*Ce n'est pas en train d'arriver.*

Un autre son. Un bourdonnement. Un bourdonnement agaçant et stupide.

Dans un sursaut, Liz baissa les bras et sortit son téléphone de sa ceinture de course.

— Quoi ?

— Moi aussi je t'aime.

Le sergent-détective Pete McNamara. Parfois partenaire de travail. Toujours une plaie.

— Il s'est passé quelque chose ? Quelque chose au parc ?

— Merde, comment es-tu déjà au courant ?

Son estomac se serra.

— Mon voisin. Dis-moi, Pete.

Liz se mit à quatre pattes, posant le téléphone au sol pour étirer sa colonne vertébrale.

— Je suis en route pour te voir. Dans vingt minutes, je te dirai ce qu'on sait.

— Pete...

Mais il avait déjà raccroché.

*Ses* vingt minutes signifiaient quinze, tout au plus. Elle se força à se lever et jeta son téléphone sur le comptoir de la cuisine en passant. Son haut passa par-dessus sa tête, suivi de sa brassière de sport, et le reste tomba tandis qu'elle allumait la douche. Tous ses vêtements atterrirent dans un panier à linge et elle se glissa sous le jet d'eau.

Pendant une minute entière, elle laissa l'eau cascader sur sa tête, s'étouffant avec des larmes qui refusaient de couler. Tout cela était censé être terminé.

*Ça ne sera jamais terminé. Pas tant que je ne t'aurai pas retrouvée, Ellen.*

———

Liz était dehors quand Pete arriva, exactement quinze minutes après son appel.

— Dis-moi tout, dit-elle.

— Tu vas devoir puiser au fond de toi si tu veux participer à cette affaire. Ils te retireront si tu montres la moindre faiblesse ou le moindre...

— Pour l'amour du ciel, Pete. Dis-moi.

Il laissa la voiture tourner au ralenti dans la zone de stationnement interdit.

— Une fillette de cinq ans a disparu. Elle a été vue pour la dernière fois sur les jeux du parc... le même foutu parc, Liz. C'est arrivé il y a moins de deux heures et on a déjà des gens sur le terrain. Des policiers participent aux recherches. Une équipe cynophile est en route.

— Alors pourquoi on ne bouge pas ?

Pete la fixa du regard. Ils avaient travaillé ensemble pendant quelques années, de temps en temps. La plupart des flics ne voulaient pas faire équipe avec lui, mais il était bon dans son travail. Juste pas drôle avec les gens, sauf quand il se montrait charmant pour obtenir des informations ou qu'il avait bu un coup de trop. L'hiver dernier, il avait fait quelque chose de bien. Il avait sauvé la vie d'une personne à laquelle elle tenait et qu'il détestait. Ce fut un moment décisif et elle éprouvait pour lui un profond respect. Mais maintenant, il filtrait les faits.

— Arrête de me mener en bateau, Pete.

— Elle vit ici, Liz. Deux étages au-dessus de toi. Et tu dois décider si tu peux le faire avant qu'on parte. Terry te surveillera comme le lait sur le feu, sans parler des supérieurs.

— Cette enfant n'est pas ma nièce. Pour ce qu'on en sait, elle doit se cacher quelque part dans un jeu. Ou elle s'est éloignée et sera retrouvée avant la tombée de la nuit. Je gère la situation, alors on peut y aller, s'il te plaît ?

— Bien sûr. Pourtant, il hésita avant de démarrer avec un doux : Je couvre tes arrières.

Liz se mit au courant en chemin. Ce n'était qu'à quelques pâtés de maisons du parc, qui était rectangulaire et entouré sur ses quatre côtés de rues animées, de magasins et d'immeubles d'habitation. Une image apparut sur son téléphone et elle recula. Eliza Sharney Singleton. Mignonne comme un cœur. Yeux bleus et sourire espiègle. Cheveux blonds. Doré clair, comme Ellen. Elle passa à une autre page. On aurait dit une leçon d'histoire. Un adulte distrait. Un enfant disparu.

*Cette fois sera différente. On te retrouvera.*

— Et notre briefing au travail ? Terry le fait toujours ?

Le sergent-détective principal Terry Hall était leur patron, un homme droit qui parlait régulièrement de prendre sa retraite mais ne semblait pas avoir le cœur de quitter le travail qu'il aimait.

— Reporté. Il est ici jusqu'à ce que l'unité de recherche des personnes disparues fasse son apparition.

Pete se gara dans une zone de stationnement interdit au pâté de maisons suivant.

À part quelques voitures de patrouille et des agents en uniforme qui se déplaçaient le long du périmètre du parc, rien n'indiquait qu'il y avait eu un crime. Et pourquoi en aurait-il été ainsi ? Des enfants disparaissaient tout le temps et réapparaissaient presque toujours au bout de quelques heures.

— Tu viens ?

Comment Pete avait-il pu sortir de la voiture sans qu'elle s'en aperçoive ?

*Reprends-toi.*

Elle le suivit sans un mot. C'était une coïncidence. Rien de plus, rien de moins. Une mère fatiguée. Une enfant qui s'était éloignée. Elles seraient réunies avant l'heure du dîner et cela s'accompagnerait probablement de beaucoup de larmes et d'une gifle ou deux. L'ordre importait peu.

Le parc n'était pas clôturé. Des buissons — une espèce d'arbuste à feuilles persistantes d'environ deux mètres de haut — servaient de délimitation, avec des points d'entrée intermittents. La verdure créait une sensation de calme et d'intimité, une oasis loin du chaos suburbain à seulement quelques mètres de là. Des chemins menaient à des rotondes avec des barbecues à la disposition du public. Il y avait des espaces ouverts pour jouer au cricket ou lancer un frisbee. Des bancs. Une fontaine. Et une vaste aire de jeux pour les plus jeunes.

Juste devant, Terry était en conversation avec un autre détective et quand il remarqua Liz et Pete, il y mit fin. C'était le meilleur patron avec lequel elle ait jamais travaillé, mais à cet instant, elle aurait préféré qu'il ne soit pas là. Ses yeux étaient trop observateurs.

— Pete, j'ai besoin que tu organises une recherche méthodique du parc, carré par carré. Et place des hommes à chaque entrée pour empêcher les curieux et une possible contamination.

Dès que Pete fut parti, Terry se tourna vers Liz.

— Voulez-vous que je parle à la mère ? demanda-t-elle.

— Es-tu sûre d'être en état ? Et sois franche avec moi, Liz.

— J'ai failli vomir quand Pete me l'a dit. Mais il a été devancé de quelques minutes par l'un de mes voisins.

— Qu'est-ce que c'est que cette histoire ?

— La mère a-t-elle utilisé son téléphone ?

— Bien sûr qu'elle l'a fait. L'appel qu'elle nous a passé n'était pas le premier. Ni même le dixième. Son mari est en prison, donc elle n'est pas fan de la loi, dit Terry. Pour ce que j'en sais, elle a peut-être alerté la presse et nous allons être envahis. Ce qui me ramène à ma question.

— Que voulez-vous que je vous dise ? Je suis bouleversée, Terry. Mais ça n'a rien à voir avec la disparition d'Ellen. On va retrouver l'enfant, envoyer quelqu'un faire un contrôle de bien-être, et passer à autre chose. Alors, puis-je faire mon travail ou allez-vous continuer à perdre du temps à m'interroger ?

— Surveille ton ton, sergent-détective. Va trouver la mère. Et mets-lui un peu la pression.

Liz aurait juré avoir vu Terry sourire en sortant son télé-phone, mais elle n'attendit pas pour en être sûre.

Une remorque mobile était poussée dans le parc par plusieurs policiers en uniforme pour installer un poste de commandement mobile. Quand Ellen avait disparu, il n'y avait eu que quelques policiers locaux venus aider aux recherches. Ici, il y aurait une unité centrale avec des ordinateurs et du personnel dédié pour gérer les informations au fur et à mesure qu'elles arriveraient.

Si elle avait eu ces ressources à l'époque.

— Pourquoi vous ne l'avez pas encore retrouvée ?

Le cri était assez proche pour faire mal aux oreilles de Liz et était dirigé vers les officiers qui poussaient la remorque.

— Madame Singleton ? Maureen ? Liz se précipita.

Début de la trentaine. Un mètre cinquante-cinq, à peu près. Joli visage. Un chemisier et une jupe, tous deux un peu serrés pour sa corpulence. Des sandales. Pas d'alliance. Pas de maquillage. Les yeux bouffis.

— Je suis la sergent-détective Liz Moorland.

— Que faites-vous pour retrouver mon bébé ?

— Comme vous pouvez le voir, nous avons plusieurs offi-ciers qui cherchent activement et nous installons un poste mobile pour travailler. Mon partenaire a pour tâche d'examiner chaque centimètre du parc et il est très bon dans son travail. Une unité canine est en route. Pouvons-nous nous asseoir et parler ?

— J'ai déjà parlé. Et cherché. Si je ne peux pas trouver ma fille, comment le pourriez-vous ? La police ne se soucie pas assez des gens comme moi.

— Nous nous soucions beaucoup d'une enfante disparue. Liz fixa l'autre femme. Je sais que vous vous êtes déjà répétée, mais pas à moi. Racontez-moi tout ce qui s'est passé aujourd'hui.

Maureen se calma.

— J'étais assise sur un banc en train de lire. Et des adolescents sont venus avec le sac à dos d'Eliza et...

— Allons à l'ombre.

Sans attendre Maureen, Liz se dirigea sous un couvert d'arbres et s'assit sur l'un des bancs dispersés dans le parc. Un moment plus tard, l'autre femme s'affaissa sur le siège à côté d'elle. Son visage était rouge et ses yeux s'agitaient dans tous les sens.

— Avez-vous de l'eau avec vous ?

— De l'eau ?

— Je comprends à quel point c'est angoissant, mais vous devez rester hydratée. Ça ne sert à rien qu'on retrouve Eliza pour que sa mère soit malade.

Cela devait avoir du sens. Maureen ouvrit un grand sac à main et en sortit une bouteille d'eau, laissant le sac ouvert sur le siège à côté d'elle. Elle but à la bouteille, de longues et bruyantes gorgées, puis ferma le bouchon et la garda à la main.

— Parlez-moi de toute la journée en commençant par le moment où vous vous êtes levée. Eliza était-elle déjà réveillée ?

— Non. Elle a passé une mauvaise nuit. Hier, c'était son anniversaire... son père lui manque terriblement. Encore plus les jours spéciaux. Elle voulait veiller tard et je l'ai laissée faire, vu que c'était son anniversaire. Mais elle s'est réveillée en pleurant à cause de lui et il a fallu un moment pour la calmer. Donc nous avons toutes les deux passé une mauvaise nuit.

— Donc, vous vous êtes levée ce matin, vers quelle heure ?

— Huit heures, peut-être.

— Et que s'est-il passé ?

— Rien d'inhabituel. J'ai pris mon petit-déjeuner et j'ai consulté les réseaux sociaux pendant un moment. Puis Eliza s'est levée et je lui ai préparé son petit-déjeuner, ensuite j'ai essayé de mettre une machine à laver en route. Là où j'habite, nous n'avons pas de buanderie dans l'appartement, donc je dois descendre le couloir et charger la machine. Mais j'enferme toujours Eliza à clé et je ne suis partie que cinq minutes.

— Pas de buanderie à l'intérieur ?

— Je ne peux pas me permettre un plus grand appartement. J'essaie de m'en sortir avec le peu d'argent que je peux gagner en m'occupant d'Eliza. Je fais de mon mieux. Maureen releva le menton, le visage dur mais les yeux noyés de panique.

— Continuez. Je vois à quel point vous aimez votre fille.

La femme essaya de sourire, sans y parvenir.

— Il y a deux machines mais l'une est en panne depuis des lustres et l'autre était occupée, alors je suis revenue avec le panier et nous avons décidé qu'une promenade au parc était une meilleure idée. Sa voix se brisa. J'aurais... j'aurais dû rester à la maison.

Liz réprima une montée de nausée. Son estomac se retournait et l'envie de vomir d'auparavant revint avec force. Elle enfonça ses ongles dans ses paumes et prit une longue et lente inspiration par le nez. Il y aurait le temps pour ça plus tard, mais si elle perdait le contrôle ici, au vu et au su de tous, elle serait immédiatement écartée de l'enquête.

— Vous vous souvenez à quelle heure vous avez quitté la maison ?

— Dix heures quinze. Nous nous sommes arrêtées à l'épicerie du coin pour acheter un sachet de bonbons et j'ai remarqué leur horloge.

— Et ensuite ?

Pete aboyait des instructions à un pauvre agent en uniforme non loin de là.

— Nous sommes venues ici à pied et je me suis assise à mon endroit habituel pendant qu'Eliza allait jouer. Nous venons ici plusieurs fois par semaine et c'est une gentille fille. Elle reste toujours en vue et revient pour boire, grignoter ou faire une pause.

— Maureen, je comprends que vous avez déjà donné à l'un des agents une bonne description d'Eliza et du contenu manquant de son sac à dos. C'est vraiment utile. Et nous recherchons les deux adolescents qui ont aidé à la chercher, d'après les informations dont vous vous êtes souvenue à leur sujet. J'ai besoin que vous réfléchissiez à ce qui se passait d'autre pendant que vous étiez toutes les deux ici. Particulièrement pendant qu'Eliza jouait. Avez-vous vu d'autres personnes ? Entendu des conversations ?

La femme secoua la tête mais soudain elle hoqueta et sa bouche s'ouvrit.

— Les lacets, murmura-t-elle.

Un bourdonnement commença dans les oreilles de Liz.

— Quoi, à propos des lacets ?

Comme incapable de trouver ses mots, Maureen fit un geste vers la fontaine.

Liz prit la bouteille d'eau de la femme, ouvrit le bouchon et la lui remit dans les mains.

— Prenez une gorgée.

Au lieu de cela, Maureen se leva, laissant tomber la bouteille. L'eau se répandit sur l'herbe.

— Eliza a dit qu'un gentil monsieur lui avait attaché ses lacets. Elle est venue me le dire et c'est à ce moment-là qu'elle a pris son sac à dos du banc. De là-bas.

Cette fois, elle pointa du doigt. Directement vers le banc près de la fontaine.

Et cette fois, c'en fut trop pour Liz.

Elle courut derrière un arbre et vida le contenu de son estomac.

# DEUX

— Personne n'a rien vu. Dès que tu as plongé dans les buissons, je les ai distraits.

Pete montait la garde entre les buissons et l'espace ouvert du parc pendant que Liz se rinçait la bouche avec une bouteille d'eau qu'il lui avait donnée.

— Comment ?

— Comment je les ai distraits ? En fait, j'avais trouvé un ballon de foot, peut-être appartenant aux garçons qui étaient là, et j'attendais que tu aies fini avec la mère avant de dire quoi que ce soit. Mais ça m'a semblé être un bon moment pour intervenir et j'ai réussi à attirer l'attention de la plupart des flics vers moi. Au lieu de toi. Ça va mieux maintenant ?

Liz hocha la tête et finit l'eau. Le vide remplaça la nausée.

— Alors viens voir.

— Où est Maureen ? demanda Liz en marchant à côté de Pete, la voix basse. Il faut l'interroger correctement loin d'ici. Elle se souvient de certaines choses.

— Un officier la raccompagne chez elle. Elle veut s'assurer que la gamine n'y est pas allée.

— Oh, pour l'amour du ciel. Eliza n'est pas là-bas. Elle a été enlevée.

— Attends, on n'en sait rien, dit Pete. On traite ça comme une affaire suspecte mais on n'a presque rien pour avancer.

— Parce qu'aucun d'entre vous ne cherche au bon endroit.

— Liz.

Il posa sa main sur son bras et elle la repoussa.

Imperturbable, il la remit.

— Liz, arrête-toi une seconde. Avant qu'on ne soit trop près des autres.

*Je n'ai pas besoin que tu fasses l'intermédiaire.*

Pourtant, elle s'arrêta et lui fit face.

— La raison pour laquelle j'ai perdu le contrôle ? Maureen était assise près de la fontaine. C'est là que j'étais assise quand Ellen a disparu. Et tu sais quoi d'autre ? Un homme a renoué les lacets d'Eliza.

Pete fronça les sourcils.

— Tu ne te souviens pas ?

— Lizzie, je ne te connaissais pas à l'époque et j'étais en mission d'infiltration. C'était Vince Carter qui était impliqué dans l'affaire.

*Vince. Il faut que je lui parle. Lui, il s'en souviendra.*

— D'accord. Alors lis le dossier. Mets-toi à jour, Pete. Eliza est presque la jumelle d'Ellen en apparence et en âge. Toutes les deux ont disparu après qu'un homme ait renoué leurs lacets. Toutes les deux ont disparu après que l'adulte qui les accompagnait se soit assis sur le même banc. Et toutes les deux étaient liées au même immeuble.

— Et les disparitions sont séparées de combien ? Quinze ans ? Vingt ?

Liz savait exactement combien de temps. Au mois près, au jour près, à la minute près. C'était gravé dans son esprit. Le jour où elle avait perdu sa nièce. On n'oublie pas ce genre d'horreur.

*Sauf que tu as essayé.*

Mon Dieu, comme elle avait essayé.

Sa vie avait fini par retrouver un semblant de normalité. Le travail aidait et quand les heures payées étaient terminées, elle faisait du bénévolat dans la communauté pour rester occupée à s'occuper des autres. Certains étaient reconnaissants et pouvaient aller de l'avant avec un peu de conseils. D'autres ne savaient pas qu'ils avaient désespérément besoin d'aide. Et quand le bénévolat se terminait, la course commençait.

— Écoute-moi. Si tu es sûre de ça, qu'il pourrait y avoir un lien, alors concentre-toi, Liz. Ne tombe pas dans un puits d'api-toiement, de chagrin ou de culpabilité. Ça ne résout rien. Pete lui serra le bras jusqu'à lui faire mal, son visage à quelques centi-mètres du sien. Ça ne résout rien, Lizzie.

Elle hocha la tête et il regarda autour d'eux. Ils étaient hors de portée de voix.

— J'ai besoin que tu examines ce banc et cette fontaine avec moi.

— Lâche-moi juste le bras, Pete. Les gens vont jaser.

— Tu parles. Comme si quelqu'un pouvait penser que toi et moi, on pourrait être comme ça ? Avec un haussement d'épaules qui fit bouger ses cheveux mi-longs, il se mit à marcher.

Liz le suivit, ignorant l'envie de se frotter le bras.

Son téléphone vibra et il répondit sans ralentir. Sa conversation fut brève et il changea de direction en raccrochant.

— Le patron veut nous voir au poste mobile.

---

Terry croisa le regard de Liz quand elle arriva avec Pete. Il y avait déjà une douzaine d'officiers debout, principalement des inspecteurs et quelques agents en uniforme. Un auvent s'étendait depuis la caravane et des tables et un tableau blanc portable remplissaient presque tout l'espace en dessous.

Elle hocha la tête, gardant un visage neutre. Si quelqu'un d'autre que Pete pouvait voir à travers son expression la détresse qui bouillonnait en dessous, c'était Terry.

— Bien. On a des gens qui délimitent le parc. Un sacré boulot.

Le cœur de Liz se serra davantage. C'était une scène de crime aux yeux de Terry. Il ne gaspillerait pas de ressources s'il pensait qu'il y avait même cinquante pourcents de chance qu'il s'agisse d'une enfant perdue. Il prenait l'affaire au sérieux.

*Contrairement à la personne en charge de l'affaire d'Ellen.*

— La mère est en route pour un interrogatoire. Il n'y avait aucun signe d'Eliza dans leur appartement. Juste beaucoup de résidents intéressés. J'ai plus d'agents en uniforme qui arrivent et ils seront répartis pour faire du porte-à-porte dans un rayon de deux pâtés de maisons, magasins inclus. L'unité de recherche des personnes disparues n'est pas loin et elle a été informée à chaque étape. L'unité canine va arriver d'une minute à l'autre. Terry fit un geste vers le tableau blanc magnétique. Déjà, une photo en couleur de l'enfant occupait le centre, avec l'image de sa mère sur le côté. Tout le monde pourra lire ce qu'on sait jusqu'à présent une fois que j'aurai fini, mais pour résumer, Eliza Singleton a disparu sans bruit du parc quelque part entre dix heures quarante-cinq et onze heures ce matin. Il y a deux adolescents qui ont aidé la mère à la chercher et on doit les trouver pour les interroger. Ils se sont tous les deux enfuis quand elle nous a appelés, probablement en train de sécher les cours. Chacun d'entre vous recevra les mêmes informations que nous avons, mises à jour au fur et à mesure. On veut retrouver Eliza aujourd'hui. Indemne. La ramener à sa mère.

Des murmures d'approbation entourèrent Liz. Les appareils commencèrent à sonner alors que les données arrivaient et les officiers s'éloignèrent.

— Je dois y aller. Pete s'éloigna en trottinant.

Terry fit signe à Liz de le suivre alors qu'il se dirigeait vers le pont.

Au loin, un hélicoptère approchait.

Ils montèrent sur le pont et se tinrent au milieu. C'était un arc bien construit avec des tours de style fort à chaque extrémité au-dessus d'un bac à sable et d'une zone sensorielle. Liz regarda en bas. N'importe quel enfant adorerait ça avec ses motifs intéressants et ses blocs de bois de différentes tailles ainsi que ses pierres de gué et son lit de rivière sec. Il était en avance sur son temps quand il avait été construit et peu de choses avaient changé.

— Parle-moi, Liz. Dis-moi ce que tu penses.

— À propos de ce que j'ai découvert en parlant à la mère ?

— Tu as des intuitions que personne d'autre n'a, alors j'attends de toi que tu fasses partie de cette équipe, à moins que tu ne puisses pas le supporter. Si tu veux te retirer, à n'importe quel moment, dis-le-moi simplement. Je ne te jugerai pas, Liz.

— C'est pour ça qu'on est ici, loin des regards indiscrets ?

Terry soupira.

— Il y a un lien, n'est-ce pas ? Dès que j'ai vu la photo de la gamine, je l'ai su. Ajoute à cela l'immeuble et le mode opératoire similaire, et je pense savoir à quoi tu penses.

— Vous ne pensez pas la même chose ? Chef, on a à peine effleuré la surface, mais la ressemblance avec la disparition d'Ellen est trop flagrante pour l'ignorer. Même âge, même immeuble, même parc. La voix de Liz se força à arrêter de trembler, baissant le ton et parlant plus lentement. Maureen était assise sur le même foutu banc.

Tous deux regardent le parc en direction du banc près de la fontaine.

— De là-bas, ce pont est à peine visible, dit Liz. Sous ces grands arbres, l'ombre perpétuelle fait que le bois se fond presque dans l'arrière-plan. Pourtant, on voit facilement le banc. Elle tapota sur son téléphone. Je demande à Pete de s'asseoir sur le banc.

Terry saisit son propre téléphone et composa un numéro.

— On aura besoin d'une attention médico-légale sur le pont, y compris les rampes et les alentours. Le plus tôt possible. Après avoir raccroché, il sortit une paire de couvre-chaussures d'une poche et les enfila.

Liz fit de même.

— Et l'immeuble ? On l'avait à peine pris en compte pour Ellen.

— On va interroger les résidents.

Pete et un agent en uniforme étaient au milieu d'une conversation animée lorsqu'ils apparurent. Il se laissa tomber sur le banc et regarda dans leur direction, puis retira ses lunettes de soleil et plissa les yeux, la main en visière.

— Clair comme de l'eau de roche de ce côté-ci, dit Terry.

Le téléphone de Liz sonna et elle répondit en haut-parleur.

— On peut te voir.

— Vous pouvez faire un signe ?

Terry leva le bras.

— Je peux voir le mouvement, mais c'est assez difficile d'identifier plus que ça. Autre chose ?

— Du nouveau sur ces gars qu'on cherche ? demanda Terry.

— Nan. Je vais vérifier où on en est et je vous tiens au courant.

Après avoir rangé son téléphone, Liz observa à nouveau la zone en contrebas.

— Il y a tellement d'endroits d'où quelqu'un pourrait approcher un enfant. Un adulte pourrait se tenir ici et guetter d'autres personnes. Attendre le bon moment. Ou être en dessous où il y a la rivière asséchée, s'asseoir sur un rocher ou quelque chose comme ça. Ce n'était pas aussi isolé à l'époque. Avec Ellen.

— On doit redescendre. Andy Montebello est là et je veux que tu participes à la conversation, dit Terry.

Son cœur battait la chamade tandis qu'elle le suivait hors du pont, tous deux faisant attention à ne rien toucher et surveillant où ils mettaient les pieds. Elle devait contrôler ses réactions. Trouver Eliza était tout ce qui importait aujourd'hui.

# TROIS

Le sergent-détective principal Andy Montebello n'était pas prêt pour ça.

Sur le papier, il était qualifié. Tous ceux qui avaient travaillé avec lui le considéraient comme parfait pour le poste. Et même si son cœur était tourné vers la criminelle, il avait passé toute sa carrière de détective à l'unité de recherche des personnes disparues et s'était réjoui de quelques résultats incroyables. À un peu plus de trente ans, il s'était fait un nom et était heureux d'utiliser son diplôme en criminologie et sa nature avenante à son avantage. Quand l'occasion s'était présentée d'occuper l'un des postes de direction à l'unité de recherche des personnes disparues, il n'allait pas dire non.

*Mais celle-ci est différente.*

La chaleur de la journée ne faisait qu'augmenter et il aurait préféré être assis sur une plage plutôt que de travailler en costume. Personne ne voulait être ici et cela n'avait rien à voir avec le travail ou la météo, mais tout à voir avec une petite fille qui était probablement terrifiée, si elle était encore en vie.

Andy se tenait sur le trottoir. Il y avait du ruban de police partout et un agent en uniforme l'observait tandis qu'il ajustait sa cravate et boutonnait sa veste. Il n'avait qu'une tâche à accomplir aujourd'hui et son esprit devait rester vif.

Avant d'entrer dans le parc, Andy pivota lentement pour se faire une idée de l'endroit où il se trouvait. Banlieue intérieure à revenus faibles à modérés. Mélange de cultures mais dominance anglo-saxonne. Rue animée avec des magasins en face de ce côté du parc, la plupart intégrés dans des immeubles d'appartements. La ligne de tramway suivait la route transversale, le long du côté le plus étroit du parc. Les gens se rassemblaient en petits groupes, curieux de la forte présence policière. Un hélicoptère n'était pas loin.

— On va admirer le paysage douteux ou se mettre au travail, patron ?

Il n'avait pas remarqué que Meg s'était approchée derrière lui. Avec ses cheveux violet vif tressés sur le côté et ses minuscules lunettes de soleil rondes et teintées de noir, l'analyste médico-légale semblait trop jeune pour son expérience malgré ses dix ans de plus qu'Andy. Cela trompait certaines personnes qui la négligeaient pendant une enquête ou un procès ultérieur. Les criminels. Les journalistes. Les avocats de la défense. Ces derniers, elle pouvait les manger au petit-déjeuner. Elle n'appartenait pas à l'unité de recherche des personnes disparues mais était arrivée il y a un an dans le cadre d'un essai qui venait d'être prolongé après que les résultats de l'équipe se soient montrés si prometteurs.

Meg portait des sacs d'ordinateur portable sur les deux épaules.

— J'espère que ces magasins sont en train d'être inspectés. Et il faut qu'on accède aux images des tramways qui sont passés par ici. Et les bus, les taxis, les Ubers, et tout le reste.

— Tu me l'ôtes de la bouche. Sauf pour le reste. Besoin d'aide ?

— Soulève le ruban, mec. Je veux dire, patron.

Elle sourit et se baissa sous le ruban qu'il soulevait.

— Arrête avec ce truc de patron. Je comprends maintenant

pourquoi Ben me reprenait toujours quand je l'utilisais. Andy la suivit.

— Ben *était* le patron. Dommage qu'il soit parti sur la côte.

— Désolé.

— Eh bien, tu ne préférerais pas faire du surf ou quelque chose comme ça comme il peut le faire maintenant ? Rien que d'y penser, je suis jalouse. Meg s'arrêta à quelques pas sur un sentier. Moi, si. Ou tu croyais que je voulais dire qu'il était un meilleur patron que toi ? Elle réussit à prendre quelques photos de la scène devant elle avec son téléphone, malgré le barda qu'elle portait. Ne sois pas trop dur avec toi-même. Tu t'amélioreras avec quelques années d'expérience.

Andy faillit s'étrangler.

— Pardon ?

— J'ai du travail à faire, mon chou. Tu viens ? Le regard en coin qu'elle lui lança était plein d'humour mais elle n'attendit pas. Meg était déterminée à atteindre la caravane de police et il la laissa aller pour commencer à dire à tout le monde là-bas quoi faire.

Il la rejoindrait bien assez tôt mais voulait quelques minutes pour observer. Une chose que Ben Rossi — dont il avait repris le rôle — lui avait apprise, était d'utiliser ses sens. Suite à une disparition, ce pouvait être la plus petite chose qui mènerait à une découverte. Observer, écouter. Sentir l'air. Ce qui le frappa fut à quel point le parc était silencieux même avec tant de policiers et d'experts de la scène de crime présents.

*Et avec la circulation si proche.*

Les buissons denses entre lui et la route étouffaient les sons.

C'était là où les gens venaient pour prendre l'air. La plupart des habitants du quartier devaient vivre en appartement et pas dans le type énorme et luxueux avec piscines et jardins sur le toit. Beaucoup de petites boîtes empilées sur d'autres petites boîtes, entassées dans une boîte d'immeuble. Et la femme qui se dirigeait vers lui vivait dans l'une de ces boîtes.

— Détective, ravie de vous revoir. Liz tendit sa main.

Elle était à quelques pas devant Terry, qui fit de même.

— Je sais que le sergent-détective principal en charge voudra vous parler mais il y a beaucoup de terrain à couvrir. Nous pourrions avoir besoin de vous d'abord.

Bien que Liz portât des lunettes de soleil surdimensionnées et foncées, la tension sur son visage était évidente. Il la connaissait de façon superficielle et leur position respective se croisait parfois mais ils n'étaient pas vraiment amis. Ce qu'il savait, c'est que sa nièce avait disparu il y a dix-huit ans. Cette situation la touchait de près.

— On va à la caravane ? suggéra Terry. Vous avez fait venir l'hélicoptère ?

— Oui.

Ils traversèrent une cinquantaine de mètres d'herbe, passant devant une fontaine et un banc qui étaient sous l'examen d'un membre de l'unité médico-légale de la scène de crime, et entrèrent dans l'ombre de l'auvent s'étendant depuis la caravane. Meg avait déjà ouvert les deux sacs d'ordinateur portable et installait un poste de travail à l'arrière. Il y avait une demi-douzaine d'agents au travail, trois d'entre eux assis devant des ordinateurs et deux devant un grand tableau blanc. Ils reculèrent pour laisser Andy regarder.

Liz se servit une bouteille d'eau parmi les dizaines disposées au bout d'une table et l'ouvrit. Elle resta un peu en retrait, buvant, tandis que ses yeux parcouraient rapidement les notes sur le tableau blanc. Terry était au téléphone puis s'excusa et les deux autres agents furent réquisitionnés par Meg. L'hélicoptère rugit au-dessus et s'éloigna.

— Je suis contente de ça, dit Liz.

— L'hélicoptère ?

Elle hocha la tête et retira ses lunettes de soleil.

— Ils ne sont peut-être pas allés loin. Ils ont peut-être attendu que la première vague de panique se calme avant de la déplacer.

Les chances étaient minces. L'hélicoptère était là au cas où il y aurait un témoin ayant vu qui avait pris l'enfant et dans quelle direction ils étaient partis. Mais il acquiesça.

— Le père est à la prison de Barwon, dit Liz.

— Vous pensez qu'il y a un lien ?

— Non. Je pense que c'était prévu depuis longtemps. Je pense que c'était un crime d'opportunité, né de la patience. Et je crois que quand nous le trouverons, nous découvrirons le monstre qui a enlevé Ellen.

Sa voix n'avait pas vacillé. Son langage corporel était calme et ne trahissait rien, pas même un tremblement de la main tenant la bouteille. Mais les yeux de Liz transperçaient l'âme d'Andy. Elle souffrait terriblement. La façon dont elle gardait son sang-froid témoignait de sa force. Il avait lu le dossier d'Ellen plus d'une fois au fil des ans et il était sur le point d'être classé dans les affaires non résolues. Il le serait déjà s'il n'y avait pas eu de lien avec une policière. L'expérience de Liz faisait d'elle un atout avec des connaissances si spécifiques si cette affaire était jugée liée.

— Vous avez parlé à la mère... Maureen ?

— Oui, et elle est en route pour un interrogatoire formel après avoir insisté pour vérifier son appartement. Avant cela, elle commençait à se rappeler de petits détails...

— Et vous l'avez laissée partir avant qu'elle ne vous les dise ?

Un éclair d'irritation traversa son visage.

— Oui, je l'ai laissée partir.

— D'accord. Que vous a-t-elle dit ? Je veux dire, quelque chose qui n'est pas sur le tableau blanc.

Elle regarda derrière lui et balaya les informations du regard.

— Pas grand-chose qui n'y soit pas déjà. L'enfant a parlé à un homme « gentil » qui a noué ses lacets et avant que vous ne me disiez que vous le savez déjà, c'était juste avant qu'Eliza ne récupère le sac à dos. Elle a montré à sa mère comme ils étaient bien noués. Vous devriez faire travailler un dessinateur avec elle pour voir si on peut déterminer s'il était droitier ou gaucher et s'il avait des particularités. Quoi qu'il en soit, devinez où Maureen était assise ? Ce n'est pas encore sur le tableau blanc. Elle était sur le banc près de la fontaine.

Son esprit revint au dossier d'Ellen. Il y avait eu une carte dessinée à la main avec l'aire de jeux, la fontaine et les bancs. Celui à côté de la fontaine avait été encerclé.

*Merde.*

— Le même banc où vous étiez ce jour-là, dit-il.

— Au moins, vous connaissez l'affaire. Andy, écoutez. C'est la même personne qui a enlevé ma nièce. Nous devons retrouver Eliza et ensuite nous devons découvrir ce qui est arrivé à Ellen.

Un kidnappeur en série ? Sa poitrine se serra même si une agaçante vague d'intérêt s'éveilla dans son cerveau. Il ne pourrait jamais réprimer cette réaction face à une affaire curieuse. Il fixa Liz. Elle ne pouvait pas rester impassible et impartiale sous une telle pression.

— Ne vaudrait-il pas mieux que vous vous retiriez de l'affaire ?

— Pas question, détective. Vous avez besoin de moi. *Eliza* a besoin de moi.

Quelqu'un criait. Pete McNamara.

— Vous m'avez entendu, Liz ? Possible repérage, venez !

Liz se pencha si près d'Andy qu'il pouvait sentir la chaleur de sa peau. Sa voix était basse et intense.

— N'essayez même pas de m'arrêter. Je dois être ici, Andy. Je le dois.

Et puis elle courut après son partenaire.

Andy passa une main dans ses cheveux et soupira.

# QUATRE

— Ben aurait dit la même chose, Liz. L'affaire relève maintenant de la compétence de l'unité de recherche des personnes disparues.

Leur sirène fendait la circulation et Pete ralentit la voiture pour passer un feu rouge.

— Ouais, mais il l'aurait dit pour avoir l'air officiel avant de se rétracter. Andy est différent.

*Et trop malin pour son propre bien.*

— Différent comment ?

— Il veut entrer à la criminelle. Tu le sais bien. Et il fera n'importe quoi pour se faire remarquer et y arriver.

Pete rit et elle le fusilla du regard.

— Quoi ? Écoute, Liz, c'est un gamin enthousiaste. Mais il est intelligent, éduqué et représente l'avenir de la police. D'ici notre retraite, tous les flics auront plusieurs diplômes.

Peut-être. Mais cela ne changeait rien au fait de devoir gérer un détective ambitieux qui ne la connaissait pas assez pour lui faire confiance. Elle chassa cette pensée et lut un nouveau message.

— OK, un autre signalement deux pâtés de maisons plus loin. Homme, fin de la vingtaine, T-shirt et short. Descendu d'un tram. Il porte une petite fille qui hurle. Merde, ce n'est pas eux.

— Et tu sais ça comment ?

— L'homme est trop jeune et habillé trop décontracté. Ce sera un père avec une enfant en colère.

Il n'y eut pas de réponse. Pete avait fort à faire pour contourner un tram et il le verrait bien assez tôt. Liz surveillait la route, les mains tapotant contre ses jambes. Comment avaient-ils même trouvé cette personne ? Quelque chose ne collait pas.

— Là. Sur la gauche juste après la deuxième maison, indiqua Liz.

Un jeune homme portant un sac à dos et un enfant sur ses épaules s'arrêta, surpris, quand Pete se gara dans une allée devant lui.

— Je te l'avais dit, lança Liz en descendant de voiture.

— Tout va bien, officiers ?

L'enfant n'avait pas plus de trois ans, blonde et riant des gyrophares à travers la portière ouverte de la voiture. Son père avait peut-être vingt-cinq ans et portait un T-shirt « peace » sur un short élimé.

Liz s'assit sur la clôture en briques de la maison la plus proche, la déception montant en elle.

— Désolé de vous arrêter, monsieur. On a eu un signalement d'une petite fille qui criait en montant dans un tram, dit Pete.

— Elle les déteste. Mais il fait trop chaud pour rentrer à pied. Sinon, c'est une enfant joyeuse... j'ai fait quelque chose de mal ?

Pete secoua la tête.

— Rien du tout. Fausse alerte.

— Pouvons-nous prendre vos coordonnées ? demanda Liz. Juste pour vous exclure d'une enquête.

— C'est obligé ? J'aimerais la ramener à la maison.

Liz se leva si vite que Pete n'eut pas le temps de laisser passer l'homme. Elle sortit un carnet et se tint à quelques centimètres du jeune père.

— Sans vouloir vous inquiéter, nous venons juste de quitter

la scène d'un enlèvement présumé. Une petite fille, à peine plus âgée que la vôtre. Enlevée alors que sa mère n'était qu'à quelques mètres. Alors, au lieu que l'opinion publique nous envoie à nouveau à vos trousses quand la nouvelle se répandra...

Son visage pâlit et il fit descendre l'enfant de ses épaules pour la serrer contre sa poitrine.

— Oui, bien sûr. Où ça ?

— Regardez les informations plus tard. Liz nota ses coordonnées et le laissa partir.

De retour dans la voiture, elle vérifia les dernières nouvelles pendant que Pete faisait marche arrière.

— Bon sang, Liz.

— Tais-toi.

— Venant de quelqu'un qui va toujours trop loin, c'était un peu limite.

— Tu déteins sur moi, dit Liz. Je n'ai rien dit qu'il ne saura pas dans une heure, une fois que les vautours débarqueront avec leurs caméras.

— Tu lui as foutu une trouille bleue. Il n'emmènera probablement plus jamais sa gamine nulle part.

*Ou du moins ne la laissera plus jamais hors de sa vue.*

Liz rangea son téléphone.

— Qui a appelé ? Le tuyau qui vient de nous faire perdre notre temps.

Pete prit quelques secondes avant de lui lancer un regard.

— Parce qu'il n'y a encore rien d'officiel ? Peut-être la mère. Pour ce qu'on en sait, elle a pu poster sur les réseaux sociaux. Ce genre de choses comme un enfant perdu peut devenir viral et soudain tout le monde se prend pour un détective.

— Ou le vrai criminel nous a envoyés sur une fausse piste.

Ils tournèrent sur la route menant au parc. Plusieurs fourgons de médias bordaient les côtés de la rue et des équipes de caméramans et de journalistes se rassemblaient aussi près du parc que la police le permettait. Pete passa devant et tourna au coin avant de monter sur le trottoir entre la ligne de tram et la haie.

— C'est toi qui te plains de moi. Liz eut un rire bref. Pete était la dernière personne à pouvoir donner des conseils sur le respect des règles, et pas seulement en matière de police. Ça ne le dérangeait pas de s'aventurer dans des coins sombres dans sa vie privée. Probablement ce qui le rendait si bon dans son travail.

— Entre dix heures quarante-cinq et onze heures ce matin, Eliza Singleton a quitté le parc, soit seule, soit avec une autre personne...

— De force, Terry ? S'agit-il d'un enlèvement ?

Terry ignora l'interruption. Il avait prévu de parler à une seule journaliste, une jeune femme qui s'était déjà montrée éthique avec les informations, mais dès que son équipe s'était installée, une douzaine de vautours avaient suivi. Pete avait proposé de les renvoyer, mais Terry n'était pas perturbé. Il l'avait déjà fait trop souvent et cela rappela à Liz pourquoi il dirigeait toujours la brigade criminelle. Elle gardait les yeux sur la foule juste à l'extérieur du coin du parc où Terry faisait l'annonce.

Parfois, les criminels ne pouvaient s'empêcher de revenir sur les lieux.

*Ou ceux qui les aident.*

Elle avait toujours cru que celui qui avait enlevé Ellen avait dû avoir de l'aide. La petite fille n'était pas du genre à partir tranquillement avec un étranger.

— La description d'Eliza et une photo récente seront disponibles dans un instant et j'appelle les membres du public à être vigilants. Si vous voyez un enfant correspondant à cette description ou si vous avez des raisons de croire qu'un enfant est Eliza, je vous prie instamment de contacter Crime Stoppers ou votre commissariat local.

Terry mit fin à l'interview peu après, parlant brièvement à la journaliste avant de tourner le dos au reste de la meute. Liz et Pete le rejoignirent pour se diriger vers la caravane.

— Détective Hall ! Un instant s'il vous plaît.

Liz connaissait la voix et, de toute évidence, Pete et Terry aussi. Personne ne se retourna.

— Teresa Scarcella de *At Six Tonight*. Je peux vous aider à la retrouver.

Ils s'arrêtèrent. La femme souffla un peu en les rattrapant, pourtant son maquillage et ses cheveux étaient impeccables.

— Je n'ai même pas d'appareil photo, d'accord ?

— Vous avez une minute, dit Terry en croisant les bras. Expliquez-vous précisément.

— Mon influence dépasse largement la télévision. J'ai des diffusions en direct sur plusieurs réseaux sociaux et un large public prêt à écouter et à chercher Eliza. Je peux appeler les gens à l'action, leur demander de vérifier tout événement étrange dont ils seraient témoins, et même créer une ligne d'assistance téléphonique pour signaler des observations.

Teresa reprit son souffle et hocha la tête vers Terry comme s'ils avaient conclu un accord. Liz n'avait pas une haute opinion de la presse et cette femme se situait tout en bas de l'échelle. Mais elle ne mentait pas. *At Six Tonight* était énorme.

— Ce que vous suggérez ressemble à une entrave à notre enquête, sans parler du risque potentiel pour des personnes innocentes.

— Un risque venant de qui, précisément ? Avez-vous un suspect ?

D'après son langage corporel et le ton de sa voix, Terry regrettait de s'être arrêté.

— Nous ne savons même pas comment Eliza a quitté le parc, Mme Scarcella. Il n'y a aucune preuve qu'elle soit partie avec une ou plusieurs personnes, mais nous examinons toutes les possibilités. Si vous voulez vraiment aider, diffusez sa description, sa photo, la zone où elle a été vue pour la dernière fois. Et demandez à votre public d'appeler Crime Stoppers ou leur commissariat local s'ils ont des informations.

Imperturbable, la femme se pencha vers Terry et susurra :

— Je veux retrouver cette pauvre enfant. Vous voulez la retrouver. Pourquoi ne pas unir nos efforts ? Nous pourrions comparer nos notes autour d'un verre.

Derrière Teresa, Pete semblait sur le point d'éclater de rire.

— Votre minute est écoulée. Veuillez suivre les instructions qui seront envoyées à votre rédacteur en chef, ou quel que soit le titre qu'on leur donne de nos jours.

— Bien sûr, mon chou.

Avec un sourire à peine perceptible dans son regard, Teresa fit volte-face et s'éloigna d'un pas décidé.

— Une nouvelle amie, patron ? sourit Pete.

Terry marmonna quelque chose de peu flatteur et partit dans la direction opposée, laissant Pete et Liz le suivre.

— Elle est toxique, dit Liz. Ce n'est pas la première fois qu'elle essaie d'utiliser la tragédie de quelqu'un pour se faire un nom.

— Ouais, je me souviens qu'elle a failli saboter l'affaire Bannerman. Mais c'est pire, Liz. Personne ne devrait profiter de la disparition d'un enfant. Personne.

Liz jeta un coup d'œil à Pete. Son visage était sombre et ses poings serrés. Elle connaissait Pete depuis longtemps et l'avait vu dans ses pires moments. Mais aussi dans ses meilleurs. Il était aussi dur qu'on pouvait l'être, mais elle savait qu'une fois que quelque chose ou quelqu'un le touchait, il remuerait ciel et terre pour le protéger. Elle lui tapota le bras et il lui lança un de ces regards « quoi ? » auxquels elle était habituée.

— On va retrouver Eliza. Et ensuite, on va retrouver Ellen. D'accord ?

— Cette foutue journaliste...

— N'est pas ce sur quoi nous devons nous concentrer. Pete, il faut que je parle à Vince. Et toi et moi, on a besoin d'un plan.

Il rit.

— Vince est un bon à rien.

— Eh bien, comme tu l'as dit tout à l'heure, tu n'étais pas là quand Ellen a disparu. Lui, si. Autre chose à dire ?

— Ne t'attends pas à ce que je vienne avec toi.

— Tu as peur qu'il te remercie de lui avoir sauvé la vie ?

Pete leva les yeux au ciel.

# CINQ

Deux chiens policiers étaient à l'œuvre. L'agent qui s'était rendu à l'appartement de Maureen était revenu avec des vêtements du panier à linge sale et les chiens n'avaient eu aucun mal à capter son odeur.

Liz restait proche sans gêner. Elle avait jeté sa veste dans la voiture et portait un gilet de police léger. Un chien insista pour aller sous le pont plusieurs fois, son intérêt se portant sur l'une des souches. Un agent de la scène de crime y prêta attention et le chien fut dirigé pour continuer à suivre l'odeur, puis tira son maître-chien loin du pont. Ils coururent tous à travers une petite zone herbeuse ouverte jusqu'à une ouverture entre les haies.

Le chien et son maître-chien se faufilèrent, tournant à gauche et suivant le sentier. C'était la moins fréquentée des quatre routes environnantes, avec des immeubles d'habitation en face et des stationnements en épis des deux côtés. Pas de magasins ni d'entreprises et moins de circulation.

Une centaine de mètres plus loin, le chien s'arrêta, reniflant le sol et l'air avant de revenir sur ses pas. Mais il s'arrêta de nouveau et gémit.

Son maître-chien essaya d'engager le chien mais il était évident que la piste était froide.

— On va faire venir l'autre chien ici. Mais je dirais que l'enfant a été mise dans un véhicule.

Le maître-chien se détourna et parla dans sa radio.

Liz composa le numéro de Terry.

— La piste s'est refroidie dans la rue. On a besoin de gens ici pour faire du porte-à-porte et trouver des images vidéo.

— Attends que Pete arrive puis viens me voir.

Il raccrocha avant qu'elle ne puisse demander pourquoi. Le ton de sa voix était étrange.

*Si Andy cause des problèmes à mon sujet...*

Quoi ? Que ferait-elle ? Les sergents-détectives n'avaient pas leur mot à dire sur les règles. Si les supérieurs lui disaient qu'elle était écartée, elle n'aurait aucun recours. Liz aimait son travail. Elle l'aimait vraiment au plus profond d'elle-même, sauf dans des moments comme celui-ci. L'autonomie n'était pas exactement ce qu'elle voulait — la structure était importante — mais être écartée de cette enquête ? La chaleur monta dans son corps et elle arracha son gilet et se mit à l'ombre d'un arbre. Ça ne faisait pas beaucoup de différence.

Le deuxième chien policier conduisit son maître-chien au même endroit mais s'écarta ensuite sur la route. Liz courut dehors, levant la main pour arrêter une voiture qui approchait tandis que le chien zigzaguait entre quelques véhicules garés et revenait vers le trottoir.

— Bon garçon, bon chien. Détective !

Le maître-chien déplaça le chien sous un arbre et pointa du doigt ce que personne d'autre n'avait vu.

Sur le bitume entre deux voitures se trouvait une chaussure. Une chaussure de taille enfant.

———

— Maureen l'a identifiée comme correspondant à la paire qu'Eliza portait.

Andy était au téléphone depuis que Liz avait appelé Pete. Ils étaient tous deux arrivés en même temps, suivis de près par un agent de la scène de crime et plusieurs agents en uniforme. Terry n'était pas loin derrière, et entre eux et les maîtres-chiens, ils avaient tenu les médias à distance et érigé des barrières autour de l'espace indiqué par les chiens.

— Elle en est sûre ? demanda Liz. Elle l'était. La taille semblait correcte pour une fille moyenne de cinq ans et il y avait des licornes sur le côté.

— Sans voir plus que quelques photos, oui.

Andy fit signe à Liz de le suivre jusqu'à ce qu'ils s'arrêtent près du trottoir.

— Cela va nous aider.

— Les lacets sont encore attachés.

Un photographe prit des images sous tous les angles avant que la chaussure ne soit soigneusement recueillie dans un sac à preuve.

— Combien de temps, Andy ? Quand pourrons-nous obtenir un résultat sur les traces ?

— On accélère le processus. Mais, Liz, vous connaissez aussi bien que moi la situation et le retard à rattraper dans le traitement des affaires.

Il passa une main dans ses cheveux parfaitement coupés, puis les lissa.

— C'est frustrant comme tout.

— La vie de deux jeunes filles pourrait dépendre d'une empreinte digitale. Ou d'un échantillon de peau.

Comment elle réussissait à garder sa voix contrôlée la dépassait. Il était peut-être frustré par la police scientifique, mais tout ce que Liz pouvait ressentir dans ses os était le tic-tac de l'horloge.

— Le temps compte.

— J'en suis conscient.

Sa réponse fut brève. Tendue.

Sur le point de lui répondre sèchement, Liz réprima sa

réponse et s'excusa. Terry avait les yeux fixés sur elle depuis l'entrée du parc. Si elle se faisait virer de l'enquête, ce ne serait pas parce qu'elle y avait contribué.

— Chef, vous vouliez me voir tout à l'heure ?

— Retourne avec moi à la caravane.

C'était surréaliste d'être ici. Au cours des deux dernières années, elle ne s'était aventurée dans le parc qu'une poignée de fois. Pendant les premiers mois après la disparition d'Ellen et la fin de la soi-disant enquête, elle avait passé beaucoup trop de temps assise sur le banc pendant des heures, sous une chaleur torride et des averses. Juste au cas où sa nièce reviendrait.

— Lizzie ? Tu tiens le coup ?

Ils s'arrêtèrent à la fontaine. L'eau bouillonnait au centre, coulant sur quelques niveaux jusqu'à une base peu profonde. Beaucoup d'enfants et même d'adultes s'y éclaboussaient.

— Ellen adorait ça, dit Liz. Même à ses propres oreilles, elle semblait apathique. Je devais la chasser de là presque à chaque visite.

— Elle restait chez toi quand ses parents étaient absents ?

— Ouais. Ça leur permettait d'avoir du temps en couple, de garder l'étincelle en quelque sorte. Beaucoup de courts séjours.

Ça lui donnait l'impression d'être mère. Quelque chose qu'elle ne serait jamais sauf en empruntant l'enfant de sa sœur. Jeux de société et soirées pyjama pour deux. Cornets de glace en été et pizza assises par terre à regarder des dessins animés en hiver. Les enfants de cinq ans étaient bavards et amusants. Balades en tramway. Ellen vivait dans l'une des banlieues extérieures et contrairement à la petite fille de tout à l'heure qui détestait les tramways, elle poussait des cris de joie à leur sonnerie emblématique et au claquement des roues. Et le parc. Toujours le parc.

— Chef, il faut qu'on parle à tout le monde dans mon immeuble.

Il leva les deux sourcils.

— Comment deux enfants peuvent-ils disparaître dans des circonstances aussi similaires, sans parler de deux enfants du même âge et du même immeuble ?

— Quand Ellen a disparu, y a-t-il eu du porte-à-porte dans l'immeuble ?

Liz renifla.

— À part mon étage, c'est moi qui m'en suis chargée.

— Tu plaisantes.

— J'ai parlé à chaque résident et je me suis rendue encore plus impopulaire auprès de beaucoup d'entre eux. J'essaie déjà de faire profil bas.

— Pourquoi diable vis-tu encore là-bas ? C'est un taudis et tu gagnes largement assez pour avoir ta propre maison de ville ou je ne sais quoi.

Terry lui avait déjà posé cette question par le passé. Beaucoup de gens l'avaient fait. La réponse était simple mais elle n'était pas d'humeur à la partager.

— Alors, peut-on avoir des agents en uniforme là-bas aujourd'hui ?

— Je vais demander au sergent-chef mais Liz, on est à court d'effectifs.

— Alors puis-je le faire ?

— Tu viens de dire que tu faisais profil bas là-bas.

— Alors donnez-moi quelque chose à faire.

— Ton immeuble a des caméras de surveillance ?

— Quelques-unes. À l'extérieur et dans les espaces communs. Je peux demander au gérant de m'y donner accès.

— Tu as besoin de Pete ?

— Qui en a besoin ? dit-elle en souriant, déjà en train de reculer.

— Vous n'avez pas besoin d'un mandat ?

Brian « Bing » Bisley n'était pas aimable, même dans ses bons jours, à moins qu'il n'y trouve son intérêt. Sa chemise à manches courtes portait une tache provenant d'un récent pâté à la viande ou quelque chose du genre, et son bureau était encombré de gobelets de café à emporter. La pièce puait et le cendrier débordant en était visiblement la cause.

— Ce n'est pas un bâtiment non-fumeur ? demanda Liz.

— Mon bureau, mes règles.

— D'accord. Elle sortit son téléphone. Je vais appeler mon patron pour qu'il organise ce mandat. Vous avez un de ces formulaires de plainte que vous aimez tant ?

Il fronça les sourcils.

— Pourquoi ?

— Pour que je puisse me plaindre de ce bureau. N'est-ce pas ici que les résidents doivent venir pour signaler leurs problèmes ? Ce serait assez terrible si on était asthmatique. Ou enceinte. Ou un enfant. Et je crois qu'une des machines à laver du cinquième étage est en panne depuis un moment. Vous voulez que je remplisse un formulaire pour ça aussi ?

Bisley se redressa et fouilla dans un tiroir. Il en sortit un trousseau de clés.

— Vous pouvez regarder les enregistrements. Mais j'ai besoin d'un mandat si vous voulez emporter les cassettes.

*Des cassettes ? À notre époque ?*

— Parfait.

Liz était heureuse de sortir de ce bureau dégoûtant et suivit Bisley dans le couloir, passant devant les locaux des femmes de ménage et les salles des tableaux électriques. Elle était bien décidée à se donner accès à chacune de ces pièces fermées à clé et à tous les autres endroits où elle n'avait pas encore mis les pieds.

Il déverrouilla une porte et l'ouvrit.

— Besoin que je vous explique comment ça marche ?

— Je vous appellerai si j'en ai besoin.

Elle attendit et il soupira, retira la clé de la porte et s'éloigna lourdement.

Après avoir fermé la porte derrière elle, Liz contempla le

fouillis de moniteurs et l'équipement de surveillance ridiculement ancien. Rien n'était difficile à comprendre, mais le tout manquait de fonctionnalités. Tirant une chaise, elle prit d'abord quelques photos, puis, s'assurant qu'elle ne perturbait pas une session d'enregistrement en cours, elle rembobina une cassette jusqu'à huit heures ce matin-là.

La mettant en vitesse triple, elle envoya un message à Pete tout en gardant un œil sur les moniteurs.

*Je regarde les vidéos de surveillance de l'immeuble. Dis-moi dès que tu as la moindre nouvelle. N'importe laquelle.*

Son cœur n'avait cessé de battre la chamade aujourd'hui. La montée d'adrénaline allait forcément lui donner un coup de pompe quand elle redescendrait, mais elle tiendrait le coup. Elle ne se souvenait pas d'Eliza. Liz ne prenait jamais l'ascenseur, qui ne fonctionnait que la moitié du temps de toute façon — encore un problème à soulever — et restait dans son coin. Il n'y avait qu'une seule raison pour vivre dans ce que Terry appelait gentiment un trou à rats. C'était le seul endroit dont Ellen se souviendrait.

*Stupide. Stupide, ridicule raisonnement.*

Mais c'était comme ça. Elle força ses épaules à se détendre, mais cela lui faisait plus mal que de les garder tendues, alors elle se leva et s'étira, ses yeux passant d'un écran à l'autre jusqu'à ce que son téléphone bipe.

*Des cassettes ? Tu es tombée dans un trou temporel ?*

Les moniteurs couvraient plusieurs zones : le devant du bâtiment, l'intérieur de l'entrée avant l'ascenseur et les escaliers, le toit, l'arrière du bâtiment dans une ruelle, et un couloir — remarquable par son obscurité — qu'elle ne reconnaissait pas. Y avait-il un sous-sol ?

La première heure d'enregistrement était chargée en mouvements et elle rembobina plusieurs fois pour couvrir tous les moniteurs. Des gens partant au travail. Quelques résidents âgés se rassemblant dans l'entrée et partant ensemble. Des livraisons qui arrivaient. Le manque de couverture des étages principaux était frustrant. Liz n'avait aucun moyen de savoir où allaient les livreurs, mais elle prenait des notes sur les arrivées et les départs au fur et à mesure que les images défilaient.

Vers neuf heures, une porte coupe-feu s'ouvrit sur la ruelle à l'arrière et une femme sortit avec un panier à linge plein. Elle tournait le dos à la caméra et peinait un peu sous le poids du panier en marchant vers une voiture garée. Le coffre s'ouvrit et elle y déposa le panier avant de le refermer. Quelqu'un tendit la main par une fenêtre avec une enveloppe que la femme prit. Tandis que la voiture s'éloignait, elle retourna à la porte coupe-feu.

Liz mit la cassette sur pause.

— Tu as trouvé un moyen de faire fonctionner une machine, hein Maureen ?

Elle rembobina un peu puis filma l'écran avec son téléphone. Elle envoya la vidéo à Terry avec un commentaire.

*Huit heures cinquante-cinq ce matin.*

La femme gagnait probablement un peu d'argent en faisant la lessive pour d'autres. Ce n'était pas un crime et les seuls que ça intéresserait seraient ceux qui lui versaient ses allocations et peut-être le fisc. Mais cela soulevait plus de questions.

*J'envoie un des jeunes agents pour prendre la relève. Montre-lui ce qu'il faut faire et va parler à Maureen Singleton s'il te plaît.*

— La meilleure suggestion de la journée, marmonna-t-elle avant de répondre.

*Il y a un tas de locaux techniques et un étage souterrain que je n'ai jamais vus avant. Une chance qu'on puisse les faire fouiller ?*

Liz avança la vidéo jusqu'à l'heure où Maureen avait dit qu'elles étaient parties. Aucun signe d'elles après dix heures ce matin. Elle alla jusqu'à presque onze heures puis revint à dix heures et commença à rembobiner la cassette.

— Madame ?

Le même officier qui avait escorté Maureen jusqu'à l'appartement entra.

Mettant l'enregistrement sur pause, Liz se leva.

— Tu as déjà vu quelque chose comme ça ? Agent...

— Lou Barker. Le jeune officier secoua la tête, les yeux écarquillés, et elle sourit.

— D'accord, Lou, deux minutes pour t'apprendre et ensuite je m'en vais. Mais je vais faire une liste de ce dont j'ai besoin. D'abord, cependant, j'ai quelques questions à te poser.

# SIX

La chaussure était une bonne trouvaille. C'était un lien tangible avec l'enfant et, à moins que la personne qui avait noué ses lacets ne porte des gants et n'ait de la chance, il y aurait des traces dessus. Quand le van de la police scientifique était arrivé, il leur avait demandé de traiter la petite chaussure en priorité.

Dans un monde parfait, les traces révéleraient l'identité de celui qui avait noué ces lacets.

*Dans un monde parfait, personne n'enlèverait un enfant.*

Le sergent-chef de patrouille avait dû partir à cause d'un autre crime majeur et Meg avait pris le relais pour communiquer directement avec le bureau des transports publics de Victoria qui surveillait les tramways dans la zone. Elle gérait plusieurs flux en même temps sur les écrans et avait un agent en uniforme qui observait attentivement pendant qu'elle calculait jusqu'où Eliza aurait pu voyager selon différents scénarios.

— Elle pourrait être dans l'un des appartements voisins ou à mi-chemin de la sortie de l'État, dit Meg, les yeux rivés sur son écran. Je fais confiance aux chiens et ils ont tous deux indiqué que la piste s'arrêtait sur la route.

— À quoi avons-nous accès de ce côté-là ? Ou pouvons-nous voir à partir d'autres caméras ? demanda Andy en regardant par-dessus son épaule. Il ne comprenait pas la moitié de ses calculs, mais il n'en avait pas besoin. Faire confiance aux bonnes personnes pour faire leur travail était au cœur du métier de policier, et il faisait confiance à Meg.

Elle se tourna pour le regarder.

— C'était un endroit bien choisi par l'adulte qui accompagnait Eliza. Il n'y a que deux caméras de sécurité évidentes qui pointent dans la direction générale de la chaussure et franchement, pourquoi ? Je veux dire, de nos jours, tout le monde devrait utiliser la technologie ! Quoi qu'il en soit, je recommande que nous nous concentrions sur le porte-à-porte dans les immeubles d'en face et que nous exercions toute la pression possible.

— La pression ?

— Allez, Andy. Ce n'est pas une zone favorable à la police, donc personne ne vient nous offrir des informations. Elle sourit doucement. S'ils ne nous les offrent pas, nous devons... les demander.

— Je me porte volontaire pour appliquer la pression, commenta l'officier à côté d'elle.

— Je préférerais que tu te concentres sur ces images de tramway. Si ça ne te dérange pas.

Une fois de plus, la douceur dans son ton masquait le cœur d'acier qu'Andy savait être celui de Meg. L'officier grommela mais retourna à sa tâche.

— Où en sommes-nous, chef ?

— Le porte-à-porte ? Presque terminé du côté du tramway et...

— Vraiment ? Mais il y a une tonne de surveillance là-bas. Peux-tu déplacer des êtres vivants là où je l'ai suggéré ? *S'il te plaît.*

Sur ce, Meg était de retour à taper sur son clavier et Andy se sentit congédié.

*Des êtres vivants.*

Elle avait le don des mots, mais c'était son esprit brillant qu'il admirait le plus. Et elle avait raison. Ils devaient maintenant élargir les recherches.

— Une minute, Andy ?

Pete tapotait sur un iPad en s'approchant.

— Liz est en route pour poser quelques questions supplémentaires à la mère, mais l'officier qui examine les images de l'immeuble vient de m'envoyer ça.

— Pourquoi fait-elle ça ?

— Terry lui a dit de le faire.

— Attends, pourquoi...

— Écoute, toi et Terry, réglez entre vous qui est chargé de dire à tout le monde où aller, mais pendant ce temps, le reste d'entre nous va continuer à chercher cette gamine. Pete fixa Andy du regard puis tourna l'iPad pour montrer l'écran. C'est à neuf heures quarante-cinq ce matin.

La vidéo montrait l'extérieur de l'immeuble. Maureen et Eliza marchaient dans la direction opposée au parc.

— L'heure sur la vidéo est correcte ? demanda Andy.

— Elle l'est.

— Donc Maureen s'est trompée et avait une demi-heure de décalage.

— Elle a dit qu'elle était à l'épicerie du coin à dix heures quinze. L'officier s'y rend maintenant pour demander à voir les images, mais nous aurons peut-être besoin d'un mandat rapidement s'ils ne coopèrent pas. L'épicerie est dans l'autre sens, alors où sont-elles allées, elle et Eliza, pendant cette demi-heure et pourquoi Maureen ne l'a-t-elle pas mentionné au cours de plusieurs conversations ? Pete retourna l'écran vers lui. Liz a repéré des images d'elle mettant un panier de linge dans une voiture derrière le bâtiment plus tôt ce matin et étant payée pour ça. Ou ça y ressemblait.

— Ah. Liz veut savoir combien de temps Eliza est restée seule.

Pete agita un doigt.

— Maintenant tu comprends. Je te ferai savoir si nous avons besoin de ce mandat.

*Je n'ai pas le temps pour tes conneries, McNamara.*

Mais au moins l'un d'eux pouvait être professionnel.

— Autre chose, Pete ?

— Un conseil. Quand il s'agit d'un enfant, nous cherchons tous la même chose. Chaque flic ici donne le meilleur de lui-même. Maintenant, que tu obtiennes la gloire ou quelqu'un d'autre... ça n'a pas d'importance. Donc tu vois, avec ou sans ta permission, Liz fait simplement son travail.

— Tout comme moi, Détective. Mais la chaîne de commandement est importante.

— Comme je l'ai dit, Liz fait simplement son travail.

— Et elle peut le faire. Tant qu'elle cherche Eliza, pas Ellen.

Tournant les talons, Pete s'éloigna d'un pas vif. Son majeur s'était peut-être levé en l'air, mais c'était trop fugace pour le rappeler. Et le petit con avait en partie raison, du moins sur le fait que tout le monde avait le même objectif. Mais le manque de respect et la façon dont l'homme se présentait étaient pathétiques. Andy avait entendu les histoires sur Pete McNamara. Son attitude je-m'en-foutiste et son apparence négligée étaient un retour aux forces de l'ordre des années 80 et avant. Il avait travaillé dans des groupes d'intervention et avait été infiltré, mais sûrement maintenant, en tant que détective de la brigade criminelle, McNamara devrait faire un effort sur la façon dont les autres le percevaient.

Andy ignora la voix qui le narguait à propos de son propre échec à entrer dans la brigade criminelle.

Cela arriverait avec le temps. Il avait juste besoin de faire ses preuves.

*Et retrouver Eliza Singleton m'aidera à y arriver.*

# SEPT

— Tout ce qu'elle a dit correspond à ce que tu m'as expliqué. Et au rapport initial qui est arrivé avant que Mme Singleton n'arrive, déclara l'agent de police chevronnée Annette Benski en secouant la tête alors qu'elle exposait ses réflexions dans le couloir du poste de police. Elle vient de travailler avec un dessinateur pour reproduire les lacets avec précision, mais je crois comprendre que vous en avez trouvé un. Une chaussure ?

— Les chiens l'ont trouvée. Elle était encore lacée et le laboratoire en a fait une priorité absolue.

— Pauvre petite. Elle doit être terrifiée, dit Annette.

— À moins qu'elle ne connaisse la personne qui l'a enlevée.

— Tu as du nouveau ?

— Une intuition. Tu me connais.

Liz et Annette se connaissaient depuis longtemps. Elles s'étaient souvent croisées et s'appréciaient sans pour autant avoir développé une véritable amitié.

*Peut-être qu'une amie serait la bienvenue.*

— Je vais aller lui parler. Elle a besoin d'un café ?

Annette haussa les épaules.

— Je n'arrête pas de lui proposer du café, du thé, de l'eau, tout, mais elle est anéantie.

— Merci. Je viendrai te voir quand j'aurai fini.

Cette femme avait besoin de se nourrir ou au moins de s'hydrater. Liz inséra des pièces dans deux distributeurs automatiques.

Maureen était affalée sur sa chaise, les yeux gonflés avec des cernes sombres d'épuisement. Elle leva les yeux lorsque Liz entra, son visage plein d'espoir tandis qu'elle se redressait.

— Vous l'avez trouvée ?

— Je suis désolée, pas encore. Mais nous la retrouverons, Maureen.

Une larme coula sur la joue de Maureen tandis que l'espoir quittait son visage.

— Vous devez être si fatiguée. Et assoiffée. J'ai apporté un assortiment parce que j'avais besoin d'un café. Liz étala son petit butin. Il y a deux cafés, un avec du lait et un noir, et je peux boire l'un ou l'autre, alors prenez celui que vous préférez. Et deux barres chocolatées et des chips, et il y a aussi quelques sandwichs. Aucune idée de ce qu'il y a dedans. De la salade, je suppose.

— Je ne peux pas.

Liz tira une chaise et s'assit.

— Vous devez, Maureen. Je sais qu'il s'agit principalement de cochonneries, mais vous êtes épuisée. Elle poussa un sandwich à travers la table. Quand nous aurons une piste sur Eliza, nous aurons besoin que vous soyez près de nous. Avoir sa maman à ses côtés fera toute la différence, mais si vous refusez de boire et de manger...

Maureen baissa la tête.

— Comment je vais faire ?

*Comme moi. Sauf que ton enfant rentrera à la maison.*

— Je meurs de faim. Mangez avec moi et nous parlerons. Et puis je vous ferai sortir d'ici quand nous aurons terminé, d'accord ?

— Donc je ne suis pas arrêtée ?

— Mon Dieu, non. Pourquoi pensez-vous cela ? Liz déroula

une quantité ridicule d'emballage plastique. Votre point de vue est important et être ici, avec quelqu'un comme l'agent de police Benski, nous donne les meilleures chances de rassembler les informations auxquelles tous nos officiers — et ils sont nombreux — qui recherchent Eliza en ce moment même ont accès. Mangez. S'il vous plaît.

Les deux sandwichs à la salade disparurent en premier et une fois que Maureen commença à manger, elle ne semblait plus pouvoir s'arrêter, déchirant le paquet de chips puis l'emballage de la barre chocolatée. Entre-temps, elle avalait le café. Elle avait plus d'énergie, probablement grâce à un méchant coup de pouce du sucre. Liz mangea son propre sandwich sans appétit, mais le café empêcha le mal de tête dû au manque de caféine. Elle ne buvait jamais de café avant de courir et commençait à s'énerver. Elle lut quelques messages de Pete et regarda à nouveau la vidéo qu'il avait envoyée.

Tout cela ne faisait que rendre la situation plus confuse.

— J'espère que ça vous a un peu aidée, Maureen, dit Liz. Elle posa son téléphone sur la table et roula les emballages pour les jeter.

— Donc on peut partir ?

— D'abord quelques questions. Vous m'avez dit que vous aviez essayé de mettre une machine en route ce matin, quelque temps après qu'Eliza ait pris son petit-déjeuner. Vous vous souvenez vers quelle heure ?

Maureen pinça les lèvres et se renversa sur sa chaise. Ses yeux parcouraient la pièce. N'importe où sauf sur Liz, qui insista davantage.

— Vous avez dit que vous vous étiez levée vers huit heures. Et que vous aviez fait quelques trucs sur les réseaux sociaux pendant un moment, puis préparé le petit-déjeuner une fois qu'Eliza était debout. Une estimation approximative suffit.

— Peut-être neuf heures. Peut-être un peu plus tard. Oui, plus tard. Parce que quand je n'ai pas pu mettre la machine en route, on a décidé d'aller au parc. Probablement neuf heures et demie.

— Expliquez-moi en détail.

— Expliquer quoi ? J'en ai vraiment assez des questions.

— Il n'y en a plus beaucoup. À quelle distance se trouve la laverie de votre appartement ? Liz observait attentivement Maureen. À quel moment la femme dirait-elle la vérité ?

— Nous sommes à une extrémité du couloir principal. La laverie est tout au bout, puis au coin.

— D'accord. Vous êtes allée à la laverie. Combien de temps y êtes-vous restée ?

Maureen marmonna dans sa barbe.

— Pardon, pouvez-vous répéter ?

— J'ai dit, une minute.

— Vous y êtes restée une minute. Il vous a fallu une minute ou deux pour retourner à l'appartement. Et pouvez-vous me rappeler à quelle heure vous êtes parties pour aller au parc ?

Avec un soupir, Maureen regarda Liz.

— Je vous ai dit que nous sommes d'abord allées à l'épicerie du coin et que nous avons acheté de l'eau en bouteille, et il était dix heures quinze d'après l'horloge derrière le comptoir. Mais en quoi tout cela importe-t-il ? Pourquoi ne cherchez-vous pas Eliza ?

— C'est ce que je fais. Une partie des recherches consistait à examiner les images de surveillance de l'immeuble à la recherche de quelque chose ou quelqu'un d'inhabituel. Une personne qui vous aurait suivies, par exemple. Ou qui rôderait devant. Ou derrière.

Le visage et le cou de Maureen devinrent rouge vif.

Liz prit son téléphone et localisa la deuxième vidéo, tournant l'écran pour la montrer à l'autre femme.

— S'il vous plaît, regardez cette vidéo. C'était plus tôt aujourd'hui. Il y a vous et Eliza. Vous tournez dans la direction opposée à l'épicerie du coin et au parc.

Les larmes montèrent aux yeux de Maureen et ses épaules s'affaissèrent.

— Il y avait une course que je devais faire. J'avais oublié.

Sortant son carnet, Liz hocha la tête.

— Dites-moi où vous êtes allées et qui vous as vu.

— Euh, eh bien, je ne m'en souviens pas.

— Il y a des policiers qui frappent à toutes les portes dans un rayon de deux pâtés de maisons autour du parc, Maureen. Magasins, appartements, entreprises. Et d'autres policiers passent au crible les images des trams et des bus, donc j'imagine que vous et Eliza apparaîtrez sur au moins quelques-unes. Si vous êtes passées devant une station-service ou avez traversé une route... vous voyez où je veux en venir ? Ça vous aide à vous souvenir ?

Les larmes coulaient sur le visage de Maureen tandis que sa bouche s'ouvrait et se fermait.

— Nous voulons retrouver Eliza. S'il manque quelque chose dans le créneau horaire que vous nous avez donné, dites-le-moi.

Liz ne se laissait pas émouvoir par l'émotion, feinte ou réelle.

— Qu'est-ce que vous voulez de moi ? J'ai perdu mon enfant. Mon mari est en prison. Tout le monde veut un morceau de moi. Tout le monde.

— Qui ?

La voix de la femme devint un murmure.

— S'il vous plaît, ne me forcez pas à vous le dire. J'ai besoin de cet argent supplémentaire.

— Je peux vous aider. Je peux organiser une aide d'urgence. Mais retrouver votre fille est ma seule priorité et je devrais m'y atteler plutôt que de devoir à m'occuper de vous.

Maureen eut le souffle coupé.

Liz s'en fichait.

— Soyez offensée si vous le souhaitez. Je connais beaucoup de femmes dont les maris sont incarcérés et certaines sont comme vous, attendant qu'ils sortent et survivant à peine. D'autres construisent leur propre avenir. Au final, c'est à vous de décider comment vivre votre vie, mais quand il y a un enfant innocent impliqué—

— Bing.

*Quoi ?*

— Je fais des trucs pour Bing. Brian Bisley. Il me fait payer moins de loyer si je fais des courses pour lui et je ne demande pas ce qu'il y a dans les paquets. Je le fais, c'est tout. La voix de Maureen devint rauque tandis que les larmes continuaient de couler. Je ne peux pas le supporter mais j'avais du retard dans mon loyer et il a dit qu'il nous mettrait dehors si je n'aidais pas une fois. Et puis c'était tout le temps et vous savez quoi, miss détective à la langue bien pendue ? Je ferai tout ce qu'il faut pour mettre Eliza à l'abri du besoin. Je ferais n'importe quoi.

Avec un cri, elle laissa tomber sa tête sur ses bras croisés sur la table et sanglota.

———

Le tableau blanc de l'unité de recherche des personnes disparues était déjà couvert de photos, de schémas et de notes quand Liz arriva une heure plus tard. Pete la rencontra à l'entrée tandis qu'Andy et Terry partageaient une conversation à voix basse et qu'une douzaine de détectives trouvaient des sièges.

— Ça ne sert à rien qu'on soit au parc maintenant. La caravane a été déplacée plus près de l'entrée principale et on encourage le public à s'y rendre. Les patrons sont sur le point d'annoncer quelque chose, dit Pete.

— Ils doivent entendre les nouvelles informations que j'ai.

— Terry est au courant.

— Pas de tout.

— On peut avoir l'attention de tout le monde ? demanda Terry. Liz, merci d'être revenue à temps.

Elle se percha sur le bord d'un bureau au fond. Pete tira une chaise et elle aurait pu jurer l'avoir entendu grogner en s'asseyant. Presque chaque fois qu'elle l'avait vu aujourd'hui, il avait été en train de courir ou de marcher à grands pas quelque part. Elle était sur le point de lui demander s'il vieillissait, mais un coup d'œil à son visage épuisé et elle décida que les taquineries seraient mieux pour une autre fois.

— Aujourd'hui, c'est de la merde. De la merde pour la mère, pour nous tous. De la merde pour Eliza. Mais gérer la merde, c'est ce qu'on fait et dans cette pièce, je vois certaines des meilleures personnes capables de ramener cette petite fille à la maison. Les yeux de Terry parcoururent la pièce, s'arrêtant sur Liz. On est tous fatigués mais on a de bonnes pistes et je pense qu'on retrouvera Eliza vivante.

Il fit un signe de tête à Andy et s'assit.

— Merci, Terry. Je suis d'accord avec tout ce que tu as dit. Ses yeux balayèrent la pièce, s'arrêtant à peine sur Liz, puis se tournèrent vers le tableau blanc. Ce département a la chance d'avoir une analyste scientifique sur place. Ce qui a commencé comme un essai s'est heureusement poursuivi et Meg est un atout. Elle est dans son bureau avec l'aide d'un jeune enthousiaste qui était là depuis le début. À ce stade, ils examinent des images triées. Comme il y a trop de choses à voir pour eux deux, tout est d'abord passé au crible.

— Passé au crible ? demanda l'un des détectives.

— Réduit. En éliminant tout ce qui ne contient pas d'enfant, par exemple.

— Ça ne va pas nous trouver un méchant, dit Pete. L'enfant, c'est une chose, mais exclure toute activité suspecte…

— Ai-je dit ça ?

— Oui. Pete croisa les bras et dirigea ce que Liz avait un jour surnommé son « regard de la mort » sur l'autre homme.

Andy commença à répondre, puis se ravisa, regardant le tableau blanc comme pour se donner du temps.

*Que s'est-il passé entre vous deux ?*

L'hostilité dans la pièce crépitait et Terry secoua très légèrement la tête.

— Nous accélérons l'analyse de toutes les preuves scientifiques de l'aire de jeux. La chaussure est notre meilleure piste et est en tête de liste à la fois pour les traces et pour la façon dont les lacets ont été noués d'une manière apparemment atypique. Grâce à l'endroit où la chaussure a été trouvée, nos équipes en charge du porte-à-porte se concentrent maintenant sur le même côté du parc et nous obtenons quelques résultats avec les caméras de sécurité et autres. Andy fit une pause et maintenant ses yeux se posèrent sur Liz. Les médias diffusent les informations que nous voulons faire passer et il y a déjà une ligne d'assistance téléphonique qui reçoit ce qui semble être des appels crédibles. Chaque policier de l'État est au courant de ce qui se passe, ainsi que tous les moyens de transport public et les aéroports.

— Les ports ?

Andy ne prit pas la peine de regarder Pete pour répondre à sa question, mais garda les yeux sur Liz.

— Les ports aussi. Ce niveau de saturation est à la fois utile et problématique, donc Terry et moi vous avons tous sélectionnés pour former une équipe spéciale.

Enfin, son attention se déplaça, cette fois vers le tableau blanc.

— Ce que nous savons, c'est qu'Eliza a quitté le parc entre dix heures quarante-cinq et onze heures ce matin. Espérons que nous pourrons affiner cela une fois que nous aurons accès aux images de la route où sa chaussure a été trouvée. Nous savons aussi que sa mère n'a pas été totalement honnête avec toutes ses informations et Liz a les dernières nouvelles à ce sujet. Voudrais-tu venir ici et t'adresser à l'équipe ?

Andy se déplaça de l'autre côté du tableau blanc et Liz prit sa place. Les détectives en face d'elle étaient des gens qu'elle connaissait. L'équipe était solide.

— Je reviens d'un entretien avec Maureen. Elle a eu une longue journée. Elle a parlé à plusieurs d'entre nous. Et elle s'en est tenue à la même histoire. Mais pendant que je vérifiais les images de son immeuble pour voir si elle et Eliza avaient été suivies, je l'ai prise en flagrant délit de mensonge. Plusieurs mensonges.

Elle avait l'attention de tout le monde.

— Premièrement. Elle fait des lessives au noir pour de l'argent et a mis une charge dans la voiture de quelqu'un à huit heures cinquante-cinq ce matin alors qu'elle nous avait dit qu'elle était dans son appartement. Nous avons l'immatriculation du véhicule et nous enquêtons dessus. Deuxièmement. Maureen a insisté sur le fait qu'elle et Eliza étaient à l'épicerie du coin à dix heures quinze et il semble que ce soit vrai, cependant elle a affirmé qu'elles y étaient allées directement après avoir quitté l'immeuble. En réalité, elle a d'abord fait une course.

Andy tapotait un stylo sur ses doigts.

— Quoi, du shopping ?

— Non.

*Attendez un peu.*

— Maureen a un arrangement avec le gérant de l'immeuble. Elle obtient un loyer moins cher et Dieu sait quoi d'autre, et en échange, elle livre des colis dans le quartier pour lui.

Maintenant, elle avait vraiment capté l'attention de tout le monde et elle jeta un coup d'œil à Andy. Il ne tapotait plus son stylo mais il fronçait les sourcils.

— Elle prétend ne pas savoir ce qu'il y a dans les colis. Mais ce gérant est là depuis plus longtemps que moi. C'est un pervers. Et peut-être qu'il est plus que ça. Peut-être qu'il fait du trafique d'enfants.

# HUIT

— Patron ? On a trouvé quelque chose, dit Meg en passant la tête par l'embrasure de la porte. Je peux t'emprunter Liz ?

Pete était debout en un instant.

— Bien sûr, tu peux venir aussi, sourit Meg.

— En fait, McNamara...

— Je reviens vite, Andy. Pete n'attendit personne et dès que Liz le rattrapa dans le couloir, il leva les yeux au ciel. J'en ai marre de lui.

— Je vous laisse seuls tous les deux pendant quelques heures et c'est le chaos.

— C'est lui qui a commencé.

— Putain, marmonna-t-elle. Il n'y avait pas de temps pour que des disputes d'adultes.

Meg travaillait dans un bureau long et étroit rempli d'écrans, de tableaux blancs et de comptoirs, ces derniers souvent couverts de cartes, de livres ou de tout ce qui était en cours d'investigation. Elle s'assit derrière deux claviers et trois écrans et leur fit signe de la rejoindre.

— J'ai envoyé le jeune gars nous chercher à manger. Il est bon. Je pourrais le garder. Meg ne leva pas les yeux, pointant plutôt vers l'un des écrans. Gardez un œil sur le trottoir.

La vidéo était une séquence prise à distance du parc, pointant vers le côté où la chaussure avait été trouvée. Elle filmait vers le bas, probablement depuis le deuxième ou le troisième étage d'un bâtiment. Ce n'était pas la séquence plus claire que Liz ait vue, mais elle identifia la marque de plusieurs voitures garées en épi et supposa que Meg pourrait obtenir les plaques d'immatriculation à partir d'images fixes.

Une silhouette vêtue d'un short et d'un sweat à capuche se dépêchait le long du trottoir en s'éloignant de la route principale, jetant des regards autour d'elle et par-dessus son épaule. Elle disparut de vue.

— Qu'est-ce qu'on regarde ? demanda Pete.

— Continue de regarder.

Au bout de quelques secondes, la même silhouette réapparut, presque en courant dans la direction d'où elle était venue.

Meg déplaça le curseur et changea d'angle, cette fois depuis la route principale et presque aligné avec le trottoir. La silhouette émergea du parc, près du coin mais définitivement à travers un trou dans la haie. Son dos était tourné vers la caméra alors qu'elle marchait en regardant nerveusement autour d'elle.

Les poils sur les bras de Liz se hérissèrent lorsqu'il se faufila entre deux voitures, se pencha, puis courut vers la caméra, repoussant sa capuche en arrière tout en enfonçant ses mains dans la poche avant de son haut.

— Merde. Merde, merde, merde.

— Je le connais, dit Pete en se penchant plus près alors que Meg mettait la vidéo en pause. Pourquoi est-ce que je le connais ?

Liz s'éloigna de quelques pas, passant une main dans ses cheveux pour s'empêcher d'exploser.

— Qui est-ce, Lizzie ?

Ce n'était pas possible. Comment avait-elle pu le manquer ?

Elle retourna vers les écrans.

— Je ne me suis même pas demandé comment il savait qu'Eliza avait disparu, mais il le savait. Nous devons découvrir à qui Maureen l'a dit dans l'immeuble avant que je ne rentre chez moi.

Meg et Pete la fixaient tous les deux.

— C'est Darryl. Il vit au même étage que moi.

———————

Terry avait convoqué une réunion dans son bureau, à huis clos. Lui, Andy, Pete et Liz.

Après les révélations de Meg, Liz était allée aux toilettes pour avoir un moment pour contrôler l'envie de trouver Darryl et de l'emmener dans une ruelle sombre quelque part. La fureur bouillonnait dans son corps, prête à passer à l'action. Mais ce n'était pas elle. Elle jouait selon les règles et s'appuyait sur elles pour la guider dans les moments difficiles.

Si elle était sortie de ces règles lorsqu'Ellen avait disparu, peut-être que la petite fille serait rentrée chez elle en un jour au lieu d'être toujours portée disparue, présumée morte. Et tandis qu'elle se regardait dans le miroir, la dureté dans ses yeux la choqua presque. Mais cette fois-ci était différente. Rien n'était exclu.

— Darryl Allan Tompsett. Né en 1973 à Melbourne. Formé comme ambulancier et blessé par un patient en 1998. A reçu une somme raisonnable dans le cadre d'une demande d'indemnisation. N'a plus jamais travaillé depuis. Terry leva les yeux du dossier qu'il tenait. A purgé une peine trois ans plus tard pour effraction. Il s'avère que c'était la maison du patient qui l'avait attaqué et bien que Tompsett ait réussi à garder l'argent de son indemnisation, il a passé un an derrière les barreaux pour agression. Que sais-tu de lui, Liz ?

*Que j'ai envie de le pendre par les couilles.*

— Il vit dans le même appartement depuis à peu près aussi longtemps que moi dans le mien, ce qui fait un peu plus de dix-huit ans. En tant que voisin, il est calme, sauf quand il est en pleine beuverie, ce qui arrive une ou deux fois par an. Il devient bruyant. Il arpente le couloir en frappant aux portes à la recherche de sa femme.

— Sa femme ? Terry fronça les sourcils, les yeux sur le dossier. Aucune mention ici.

— Tina quelque chose. Conjointe de fait quand il a eu son accident. Elle l'a quitté après l'agression qu'il a subie et il ne lui a jamais pardonné.

— Pete, trouve-moi Tina, griffonna Terry.

— Mais Andy n'est-il pas le meilleur choix pour les personnes disparues ? gémit Pete.

— Et pendant que tu y es, interroge la personne qui l'a agressé.

Pete se tut. Terry savait exactement comment le gérer et pour une fois, Liz n'était pas d'humeur à intervenir. Elle avait besoin que Pete reste proche et la meilleure chose qu'il puisse faire était de suivre les ordres et de ne pas aggraver les choses.

— Quoi d'autre, Liz ? Tu l'as déjà vu avec des enfants ? Ou agir bizarrement ?

— Si c'était le cas, j'aurais peut-être réalisé qu'il y avait plus derrière le personnage de malchanceux qu'il dépeint. Il se plaint de sa vie depuis que j'ai emménagé mais à ma connaissance, il n'a rien fait pour la changer. Patron, j'ai besoin d'accéder à tous les rapports de la disparition d'Ellen.

Andy se tortilla sur son siège pour pouvoir la regarder en face.

— Sa disparition a été fait l'objet d'une enquête. Les résidents de ton immeuble ont été interrogés et personne n'est apparu comme suspect.

— Qui a interrogé Darryl ?

— Tu ne sais pas ?

— Je ne m'en souviens pas, mais ce n'était pas moi. Puis-je y avoir accès s'il te plaît ? Ainsi qu'aux notes de journal et à tout ce qui a été classé. Il y a dix-huit ans, quelque chose a mal tourné dans tout ce foutu système et on a abandonné ma nièce beaucoup trop tôt. S'il y a ne serait-ce qu'une petite chance de connexion, ça vaut la peine que je regarde. S'arrêtant pour reprendre son souffle, Liz était bien consciente de la colère dans sa voix et essaya de filtrer ses prochains mots. Tu étais encore à l'académie. Ben Rossi n'était pas à l'unité de recherche des personnes disparues. Je ne vous blâme ni l'un ni l'autre. Mais j'ai été traitée comme si j'avais négligé ma propre nièce.

Andy hocha la tête. Il ne le prenait pas comme une attaque et c'était une chose que Liz admirait chez le jeune homme. L'ambition ne faisait pas obstacle à la logique.

Terry s'éclaircit la gorge et tous les regards se tournèrent vers lui.

— Mon gars, y a-t-il une chance que Liz jette un coup d'œil ? Ça pourrait valoir le coup étant donné où elle habite et les similitudes. Et Liz... va parler à Vince Carter.

Pete renifla mais garda sagement ses pensées pour lui.

Sans attendre que quelqu'un parle, Terry continua :

— Tompsett va venir pour s'entretenir avec nous, mais Liz, reste à l'écart. Agis comme la voisine inquiète qui ne comprend pas pourquoi il serait interrogé, car ça pourrait payer à long terme. Pendant qu'il sera ici, nous jetterons un coup d'œil à son appartement pour voir où il a mis la deuxième chaussure. Autre chose pour le moment ?

Andy se leva et les autres suivirent.

— Je vais à une réunion pour obtenir plus de main-d'œuvre. Et Liz, je vais passer un coup de fil pour toi. Il fit un signe de tête à Terry et partit, fermant la porte derrière lui.

— Merci, chef.

— J'aimerais pouvoir te donner quelqu'un pour t'aider.

— Je pourrais peut-être emprunter ce jeune officier. Celui qui aide Meg.

Pete sourit.

— Plutôt toi que moi pour essayer d'arracher quelqu'un à Meg. N'oublie pas, elle sait comment cacher un corps.

———

— Maureen veut voir son mari et je ne peux pas lui en vouloir. Pete venait de raccrocher et avait sprinté pour rattraper Liz à la voiture. Je vais te déposer chez toi et la récupérer en même temps.

— *Tu* vas la conduire à Barwon ?

— Je vais assister à leur entretien. C'est la seule façon dont ça va se passer étant donné les circonstances. Il déverrouilla la voiture. On lui a dit que j'allais la chercher.

Une fois sortis du parking, directement dans la circulation dense de la fin d'après-midi, Liz appuya sa tête en arrière et ferma les yeux. Personne ne s'était arrêté pour plus qu'une pause pipi ces dernières heures. Si elle se reposait trop longtemps, elle perdrait sa concentration. Elle força ses yeux à s'ouvrir et se redressa.

— C'était à peine une micro-sieste.

— Ça va.

— Appelle simplement Vince. Ne conduis pas jusque là-bas alors que tu es déjà crevée, Liz. Ne t'éloigne pas.

Il avait raison.

Jusqu'à ce qu'elle ait parcouru le dossier sur Ellen — ce qu'elle n'obtiendrait probablement pas avant demain ou plus tard — elle ne pouvait compter que sur sa mémoire des événements. Vince pourrait se souvenir de plus. Ce n'était pas tant le trajet qui posait problème, mais le fait d'être trop loin de l'immeuble et du parc s'il y avait du nouveau.

— Peut-être.

— Bien.

— Tu as des potes qui vaillent le coup de demander ?

Pete sourit, comprenant exactement ce qu'elle voulait dire. Les opérations secrètes faisaient peut-être partie de son passé, mais il avait réussi à garder des contacts et n'hésitait pas à les utiliser.

— Garde tes amis près de toi et tout ça ? Ouais, j'ai contacté quelqu'un. Quelques personnes.

C'était un certain réconfort d'entendre ça. Ses contacts

louches du milieu n'étaient pas des gens qui parleraient à elle ou à la plupart des flics, mais il avait un don avec eux. Plus qu'avec ses collègues.

— C'est quoi le problème entre toi et Andy ?

— Je pourrais te poser la même question, Liz.

— Il pense que je ne peux pas être objective et Terry pense probablement la même chose. Il le dit juste différemment. Mais vous deux, vous n'avez pas ce problème.

Pete ne répondit pas.

— Ce n'est tout simplement pas utile de vous voir vous chamailler tous les deux, mon pote.

— Alors il doit arrêter... écoute, peu importe. On va tous les deux faire notre boulot, d'accord. Tu dois faire attention à ce que tu lui dis et comment tu le dis, et avant que tu ne m'engueules, je veille juste sur toi. S'il y a un espoir de retrouver cette gamine vivante, alors tu dois garder tes distances avec les gens comme Montebello.

— Ce dont j'ai besoin, c'est de travailler sur cette affaire, soupira-t-elle. Je suis épuisée à force de m'empêcher d'entraîner Darryl dans une ruelle sombre.

Le regard que Pete lui lança était comique. Il l'avait rarement entendue dire un mot sur le fait de s'écarter des règles. C'était son truc à lui, qu'il refrénait ces jours-ci, mais sa réputation et ses accrochages passés avec ses supérieurs l'avaient une fois amené au point où il avait risqué de perdre son emploi. Il s'était assagi, mais il ne faudrait qu'un peu d'encouragement de sa part pour se retrouver dans cette ruelle métaphorique avec Darryl au mauvais bout de son poing.

Et Brian Bisley.

Si elle avait son mot à dire, l'immeuble entier serait fouillé de fond en comble.

Quelqu'un savait où étaient ces enfants.

# NEUF

Liz ne voulait pas être dans l'appartement. Des ombres d'Ellen accompagnées de son doux rire apparaissaient puis s'estompaient avant que Liz ne puisse s'y accrocher. C'était comme les jours et les semaines après la disparition et cela la rendait folle si elle ne restait pas occupée.

Son intention était de rester juste assez longtemps pour passer un coup de fil et se changer. Elle ouvrit le rideau de sa chambre et regarda la rue en contrebas. Terry ne lui avait pas donné d'indication sur le moment où un mandat serait délivré pour permettre une perquisition de l'appartement de Darryl, mais elle supposait qu'il ne serait pas arrêté avant que cela ne se produise.

Il y avait un agent en uniforme de l'autre côté de la rue qui surveillait l'entrée de l'immeuble. D'ici, elle pouvait presque voir le parc. S'il y avait eu un immeuble de moins sur le chemin, la vue aurait été dégagée et elle ne doutait pas que certains des étages supérieurs pouvaient en voir au moins une partie.

Elle se déshabilla entièrement et se jeta sous la douche à nouveau, voulant se débarrasser de la sueur séchée et avoir un moment pour ressentir autre chose que le chagrin implacable et lancinant dans son cœur. L'eau coulait sur sa tête et elle l'imaginait emporter la douleur avec elle tandis qu'elle ruisselait sur son corps et tourbillonnait vers le siphon.

Après avoir allumé la bouilloire, elle s'habilla pendant que l'eau chauffait. Avant de faire le café, elle vérifia le couloir. C'était calme. Elle laissa la porte entrouverte et déplaça une chaise de sa petite table à manger à un endroit d'où elle pourrait voir tout mouvement. Après une gorgée de café, elle appela Vince.

Vince Carter avait été son premier coéquipier quand elle avait débuté il y a toutes ces années, mais il avait été autant un mentor et un ami qu'un collègue de travail. Il était au milieu de sa carrière et était un flic populaire et respecté... jusqu'au jour où ils avaient été affectés à un défilé de l'Anzac Day. Il lui avait sauvé la vie ce matin-là, ainsi que potentiellement des dizaines d'autres personnes, mais chez lui, sa femme perdait son combat contre une crise d'asthme. Il n'avait plus jamais été le même, submergé par une culpabilité et des remords injustifiés. Laissé avec sa petite fille à élever, Vince avait changé, coupant les ponts avec son entourage jusqu'à ce qu'il prenne brusquement sa retraite quelques années plus tard. L'année dernière, il avait perdu sa fille et l'histoire se répétait alors qu'il élevait sa petite-fille. Mais récemment, les choses avaient changé et Vince était un homme plus heureux.

— Lizzie. On l'a retrouvée ?

Typique de Vince. Pas même un bonjour alors qu'ils ne s'étaient pas parlé depuis des semaines.

— Non. Mais cette fois, nous avons des pistes.

— Tu penses que c'est le même criminel.

— Oui.

— Comment puis-je aider ? La voix rauque de Vince était ferme, rassurante. Et il la croyait.

— J'ai demandé l'accès à tout ce qui concerne Ellen, mais ça pourrait prendre un jour ou deux et mon instinct me dit qu'on doit agir plus vite que ça.

— Tu y trouveras mon agenda. Dans le dossier. Et le tien aussi, et ne les néglige pas, Liz. Dix-huit ans, c'est long pour se souvenir clairement des détails, peu importe à quel point tu penses t'en souvenir. Lis d'abord tes propres notes. Attends une seconde. Vince devait avoir éloigné le téléphone. Sois de retour avant la tombée de la nuit, d'accord ?

— Ça ne prend pas *si* longtemps de ramener Pomme du pré de Lyndall. La voix était celle de la jeune Melanie, qui avait neuf ans.

— Demande à Lyndall de t'aider si tu n'es pas sûre.

— Pomme m'adore. À plus !

— À plus tard. Sa voix était plus proche à nouveau et empreinte d'une nouvelle chaleur. Qui aurait cru qu'elle voudrait être responsable de la ponette.

Quelqu'un passa devant la porte de Liz et elle alla regarder, mais ce n'était qu'un voisin se dirigeant vers les escaliers.

— Je ne savais pas que vous aviez emménagé dans la nouvelle maison.

— La semaine dernière. La construction s'est terminée plus tôt que prévu et Mel était impatiente d'être chez elle. Ça faisait trop longtemps.

Liz rit.

— J'avais l'impression que Melanie se sentait à l'aise chez ta voisine, en haut de la colline. Que vous deux l'étiez.

— Je ne vois pas du tout pourquoi tu pensais ça, Elizabeth.

*Ah... tu as bien un faible pour Lyndall.*

Il revint au sujet initial.

— J'ai regardé ce qui passe pour du journalisme depuis la première diffusion. La petite fille... Eliza ? Elle ressemble à Ellen.

— Plus que ça, Vince. Presque le même âge. Toutes les deux du même immeuble. Sa mère et moi étions assises sur le même banc dans le même parc pendant que les filles jouaient sur les mêmes jeux. Certes, ça pourrait être un imitateur, mais il y a tous ces détails qui n'ont pas été rendus publics. Te souviens-tu de quelque chose concernant la disparition d'Ellen, en particulier ses vêtements ?

Elle ne voulait pas l'orienter vers une conclusion.

— Elle portait un t-shirt vert et un short blanc. Des chaussettes vertes avec des dragons dessus. Un chapeau de soleil. Des chaussures blanches. Une queue de cheval.

Bon sang, il était doué.

— Autre chose ?

Vince resta silencieux un moment.

Il y avait des gens dans le couloir. Des pas lourds. Plus d'une personne.

— Ellen t'avait dit qu'un homme avait attaché ses lacets. Tu as cherché et n'as trouvé personne, mais les lacets étaient différents de la façon dont tu les avais attachés ce matin-là. Tu as supposé que c'était quelqu'un de passage qui avait quitté le parc.

— Et ça s'est reproduit, Vince, sauf que cette fois, une chaussure a été retrouvée. La chaussure d'Eliza attachée d'une manière spécifique.

— Bon sang.

— Je dois y aller. Mon voisin est sur le point d'être emmené pour interrogatoire et son appartement va être fouillé.

— Vas-y. Mais Liz, rappelle-moi plus tard. Peu importe l'heure.

Il y eut du remue-ménage dans le couloir et Liz raccrocha et ouvrit grand la porte. Trois agents en uniforme et deux détectives se tenaient devant la porte de Darryl, qui était entrouverte.

— Nous avons un mandat, M. Tompsett, et plutôt que de forcer la chaîne de sécurité, que diriez-vous de simplement la déverrouiller ?

— Allez-vous-en. Je suis une victime, pas un criminel.

La voix de Darryl était geignarde et pathétique.

Liz croisa le regard du détective en chef.

— Je peux ?

Tout le monde recula suffisamment afin de laisser Liz être visible pour l'homme à l'intérieur.

— Darryl ? C'est Liz. Écoute mon vieux, je ne sais pas ce qui se passe, mais si la police a un mandat, tu ferais mieux de les laisser entrer. D'accord ? Tu peux venir t'asseoir dans mon appartement si tu veux.

*Menteuse.*

Le détective fronça les sourcils. Croyait-il sérieusement qu'elle laisserait ce crétin entrer chez elle ?

— Liz ? Tu m'arrêtes ?

— Pourquoi je ferais ça, Darryl ? Allez, c'est probablement juste un contrôle de routine ou quelque chose comme ça et je vais me renseigner pour toi. Mais laisse-les entrer pour l'instant.

Un de ses yeux scruta Liz à travers la petite ouverture, puis il ferma la porte et déverrouilla. Elle s'ouvrit à nouveau et il recula. Le détective en chef fit signe aux autres d'entrer.

— Darryl Tompsett, j'ai un mandat pour fouiller ces lieux. Je vous demande également de m'accompagner pour un interrogatoire.

— Maintenant ?

— Maintenant.

— Mais pourquoi ? Son visage avait perdu ses couleurs et ses mains tremblaient. Qu'est-ce que j'ai fait ?

— Des questions de routine concernant la disparition d'Eliza Singleton.

— Mais je ne sais rien.

— Darryl, va simplement répondre à quelques questions et quand tu reviendras, tout sera terminé, dit Liz. De nombreux résidents vont être interrogés. Pas seulement toi.

— Tu es sûre ?

— Je le suis.

— Tu veux bien venir avec moi ?

*Même pas dans tes rêves les plus fous.*

— Je voudrais bien. Je voudrais vraiment, Darryl, mais je dois être ailleurs. Je suis juste rentrée me changer avant de suivre quelques pistes sur la petite fille. Mais ces détectives vont bien s'occuper de toi.

— C'est moi qui t'ai dit qu'elle avait disparu, Liz. Ça doit compter pour quelque chose parce que j'aidais. N'est-ce pas ?

— Tu te souviens qui t'en a parlé ?

Son visage était impassible.

Liz s'écarta alors que Darryl quittait l'appartement.

— Les détectives vont prendre soin de toi. On veut tous retrouver Eliza, n'est-ce pas ?

Il hocha la tête mais ses yeux se tournèrent vers l'intérieur.

— Ils vont mettre le bazar chez moi ? Ils ont intérêt à ne pas le faire. J'ai besoin de mon avocat ?

Le détective prit le relais, faisant signe à Liz de partir.

— Vous pouvez avoir votre avocat à tout moment, Darryl, mais tout ce que nous allons faire, c'est aller au poste pour avoir une conversation. Avez-vous besoin de prendre votre porte-feuille et votre téléphone ?

Une fois qu'elle eut fermé sa porte, les voix étaient trop étouffées pour qu'elle puisse les entendre. Elle décrispa ses mains. Vouloir frapper l'homme jusqu'à ce qu'il dise la vérité n'aidait pas, mais s'il croyait qu'elle était de son côté, alors elle aurait sa confiance plus tard. Qu'il croie qu'elle se souciait de lui en tant que voisin de longue date et peut-être qu'il laisserait échapper quelque chose.

Elle passa un peigne dans ses cheveux encore humides et remplit sa bouteille d'eau. Après avoir verrouillé la porte derrière elle, Liz entra dans l'appartement de Darryl. Les officiers qui effectuaient la perquisition avaient fermé la porte pour éviter les regards indiscrets et ils levèrent les yeux quand elle entra dans le salon, mais ne lui dirent pas de partir. L'endroit était un taudis. Des ordures empilées dans un coin étaient probablement la raison d'un dégoûtant arôme de quelque chose en décomposi-tion. La moquette était dégoûtante. Une bouteille de bière ouverte, à moitié bue, tenait à peine debout sur une table basse débordant de contenants de restauration rapide.

La cuisine était encore pire, si c'était possible.

— Attention. Le sol est collant.

— Beurk. C'était vrai. Quelque chose ?

L'officier secoua la tête.

— On en a pour un moment.

Liz n'allait pas traîner. Avec Pete qui faisait le trajet jusqu'à la prison de Barwon, elle allait se renseigner sur l'ex de Darryl. Elle aurait préféré assister aux interrogatoires de Darryl et Bisley, mais au moins elle pouvait faire quelque chose.

———

Tina Pollock vivait de l'autre côté de la ville dans une maison de ville et arriva chez elle au moment où Liz se garait devant. Elle était infirmière et portait sa tenue de travail lorsqu'elle déverrouilla la porte, proposant immédiatement un café à Liz quand elle montra son badge.

— Laissez-moi me changer. Asseyez-vous.

Liz se percha sur un tabouret au comptoir de la cuisine pendant que la machine à café chauffait. C'était l'opposé de l'appartement de Darryl en termes de propreté et de convivialité et d'après sa brève présentation de l'occupante, il était difficile d'imaginer ces deux-là vivant ensemble par le passé.

— Désolée pour ça, dit Tina en se dépêchant de revenir. J'ai hâte de me remettre en jogging à la fin de mon service. Un café noir, ça va ? Je n'ai pas de lait.

— C'est parfait, merci.

— Qu'est-ce que Darryl a fait ? La femme n'y alla pas par quatre chemins une fois qu'elle eut apporté les cafés. Il a été arrêté ?

— Il est interrogé. C'est mon voisin et il y a eu un incident touchant une des familles dans l'immeuble où nous vivons. Il fait partie des nombreuses personnes interrogées. Liz but une gorgée de café pour se donner un moment.

— Vous ne parlez pas de la petite fille qui a disparu aujourd'hui ?

— Malheureusement, si.

— Mais il ne ferait jamais de mal à un enfant. Un adulte ? Eh bien, il a prouvé qu'il en était capable, mais pas un enfant. Vous ne le soupçonnez pas de l'avoir enlevée ?

— Rien n'indique qu'il l'ait enlevée, non.

*Seulement d'avoir aidé la personne derrière tout ça.*

Tina fixa Liz. Elle avait un visage aimable. Des yeux doux qui semblaient inquiets.

— Depuis quand n'avez-vous pas vu ou parlé à Darryl ? demanda Liz.

— Un moment. De temps en temps, il téléphone et on a une belle conversation. Comme au bon vieux temps. Il promet qu'il a mis le passé là où il doit être et qu'il prend un nouveau départ et a des projets pour trouver un emploi et je lui dis que je suis contente pour lui. Mais il ne change pas. Vous dites que vous êtes sa voisine ?

— Depuis longtemps. Dix-huit ans, dit Liz.

— Et il oublie toujours de s'habiller la plupart du temps et dépense son argent en alcool et fast-food ?

— Vous n'êtes pas allée le voir ?

Tina secoua la tête.

— Je n'y suis allée qu'une fois, quand il a emménagé, mais il s'était mis en tête que j'allais vivre avec lui et s'est mis en colère quand je lui ai fait comprendre que ça n'arriverait jamais. Maintenant, je me contente d'appels téléphoniques. C'était un homme bien. Je suppose qu'il l'est toujours, sous la douleur et l'échec qu'il ressent. Elle soupira profondément. Après son agression, il n'a plus jamais été le même. Il n'arrêtait pas de dire que je le quitterais pour quelqu'un d'autre juste parce qu'il avait quelques cicatrices. Il a refusé toute aide pour gérer sa colère et il n'y avait qu'un certain nombre de fois où je pouvais le rassurer.

— Était-il violent ? Envers vous ?

— Après une journée à picoler et à avaler des antidouleurs, il m'a giflée. Puis il s'est effondré sur le canapé dans un état second. Quand il s'est réveillé, j'avais fait ses bagages et son frère l'attendait pour l'emmener chez lui. Il a supplié et promis de se faire aider, mais je ne donne pas de seconde chance quand il s'agit de ma vie. J'ai probablement l'air sans cœur.

— Vous avez l'air sensée.

Pendant qu'elle finissait son café, Liz posa des questions de routine pour se faire une idée de Darryl, mais il y avait peu de choses qu'elle ne savait pas déjà.

— Une dernière chose, et ça va vous paraître bizarre. Elle sortit son téléphone et trouva l'image du devant de la chaussure d'Eliza, montrant juste les lacets. Les gens ont tendance à avoir leur propre façon de lacer leurs chaussures et je me demandais si ça vous semblait familier.

Tina regarda longuement puis se recula.

— Désolée, pas du tout. Ça a l'air serré, non ? Et la façon dont les boucles sont parfaites... mais si vous pensez que ça pourrait avoir été lacé par Darryl, alors je dirais que non. Son père lui a appris à faire ces boucles en oreilles de lapin et ensuite à les doubler. C'est drôle comme on apprend des choses étranges de nos parents.

Après avoir quitté Tina, Liz s'assit dans sa voiture, contemplant l'image de la chaussure d'Eliza. Il y avait quelque chose de parfait dans ces lacets et un souvenir la titillait, trop profond pour l'atteindre. Peut-être que Meg avait des images fixes qu'elle pourrait examiner. Cette chaussure perdue était plus qu'un indice sur l'endroit où Eliza était montée dans une voiture.

# DIX

— Je vous l'ai déjà dit, à vous et à l'autre détective. Tout ce que j'ai fait, c'est aller me promener.

Les bras croisés, penché en arrière sur sa chaise, Darryl n'était pas troublé par sa situation. Au contraire, il devenait de plus en plus confiant à chaque minute qui passait.

— Avant que je vous montre les images, vous affirmiez ne pas avoir quitté votre appartement de la journée. Andy avait pris la relève du détective qui avait amené Darryl dès qu'il avait terminé un appel avec Terry. Grâce aux efforts du sergent-chef, une douzaine d'officiers supplémentaires venaient aider au porte-à-porte, ce qui ne représentait que la moitié de ce qu'ils avaient demandé, mais c'était mieux que rien.

— Je me suis trompé. Je pensais qu'on me demandait si j'étais allé quelque part.

— On vous a demandé si vous aviez quitté l'immeuble aujourd'hui et vous avez répondu non.

— Non. Ce que j'ai compris, c'était à propos de m'éloigner du quartier. Faire des courses. Visiter la ville. Ce genre de choses. Pas une promenade autour du parc que je fais tous les jours.

C'était triste de voir un ancien membre productif de la société tomber à ce point dans les failles du système. Les ambulanciers subissaient plus de violence que certains autres services et trop de bonnes personnes abandonnaient le travail qu'elles aimaient à cause des dangers. Darryl avait travaillé dans une région où la criminalité était particulièrement élevée. Malgré une indemnité décente et des offres de soutien pour l'aider mentalement et à trouver un nouvel emploi, il avait nourri une telle colère qu'il avait fini par se retrouver lui-même en prison.

— Parlez-moi d'une journée typique dans votre vie.

Après avoir levé les yeux au ciel, Darryl décroisa les bras et s'appuya sur la table.

— Pas grand-chose ne change, mon vieux. Je vis dans un appartement pourri qui donne sur une ruelle. Mon dos me fait toujours un mal de chien depuis l'agression et je passe une grande partie de ma vie dans la douleur. Deux fois par semaine, je vais au pub du coin pour la soirée. Je fais les courses une fois par semaine pour l'épicerie. Le reste du temps, je regarde la télé. Et je me promène autour du parc tous les jours, qu'il pleuve ou qu'il vente.

— Que s'est-il passé aujourd'hui lors de votre promenade habituelle ?

— Rien. J'ai marché. Je suis rentré.

*Continue à t'enfoncer.*

— Où exactement avez-vous marché ? À partir du moment où vous avez quitté votre appartement, s'il vous plaît.

Pour la première fois, les yeux de Darryl se déplacèrent de droite à gauche et il aspira de l'air entre ses lèvres. Andy resta immobile. Il était doué pour cerner les gens et Darryl était nerveux. Comme il devait l'être.

— D'accord. J'ai enfilé un sweat à capuche. Depuis la fenêtre, il faisait plutôt frais dehors et je suis frileux. J'ai pris mes clés et c'est tout. Je ne prends pas mon portefeuille ni mon téléphone au cas où je me ferais agresser. Les escaliers prennent du temps à monter et descendre parce que ça fait mal et ce fainéant qui gère l'immeuble ne fait rien pour que l'ascenseur fonctionne. Je suis resté devant l'immeuble pendant quelques minutes pour récupérer, puis je suis allé au coin et j'ai traversé. J'ai marché jusqu'au parc. J'ai fait le tour du parc. J'ai enlevé mon sweat à capuche sur le chemin du retour car il faisait trop chaud. Le tout a pris une demi-heure maximum.

Darryl était fier de lui, à en juger par le sourire narquois sur son visage.

— Voulez-vous revoir les images ? Il y a des caméras partout de nos jours, y compris de l'autre côté de la rue, du côté calme du parc et tout le long du chemin que vous avez emprunté. Tenez. Jetez-y un autre coup d'œil.

Andy poussa son iPad vers lui et appuya sur lecture. Tout était synchronisé pour montrer la progression de Darryl sous les deux angles, mais l'homme ne jeta même pas un coup d'œil à l'écran.

— Non ? Vous venez de me dire que vous avez fait le tour du parc. Ici, on vous voit marcher le long d'un côté, vous arrêter assez longtemps pour vous pencher entre deux voitures garées, puis faire demi-tour et revenir sur vos pas. Assez rapidement. Et avant que d'autres mensonges ne sortent de votre bouche, Darryl, notre analyste scientifique a visionné les images sous tous les angles autour de cette période et nous savons que vous n'avez pas fait le tour complet du parc. Alors que faisiez-vous ?

Le visage fermé, Darryl ne répondit pas.

— Voici ce que je pense, poursuivit Andy. Vous avez ramassé quelque chose.

— Je me suis penché pour m'étirer. Regardez encore. J'étais à l'agonie, d'accord, et je ne voulais pas le dire pour ne pas paraître faible. Je sais ce que les gens comme vous pensent des hommes qui ont été en prison. Des gens qui ont eu de la malchance. Nous sommes une proie facile et c'est ce qui se passe maintenant, n'est-ce pas ? Vous devez trouver quelqu'un à blâmer pour la disparition de cette petite fille et je coche toutes vos cases. Comme pour prouver à quel point il souffrait, Darryl se leva et s'appuya contre un mur.

Cela tournait en rond. Andy reprit son iPad.

— Parlez-moi de votre relation avec Maureen Singleton. Et Eliza.

— Aucune relation. Depuis que ma femme m'a foutu dehors, j'ai juré de ne plus m'approcher des femmes.

— Mais vous la connaissez.

— Bien sûr. Juste pour dire bonjour si on se croisait.

— Et où cela arrivait-il ? Que vos chemins se croisent ? demanda Andy.

— À la laverie. Elle venait utiliser celle au bout de mon étage. Probablement à la plupart des étages parce que la sienne n'a qu'une machine qui fonctionne correctement.

L'état des vêtements de Darryl rendait peu probable que l'homme passe beaucoup de temps près d'une machine à laver.

— Cela fait partie de son entreprise de blanchisserie ? Qui d'autre l'utilise ?

Darryl se ferma et fixa le plafond.

— Où est Eliza pendant que Maureen va d'étage en étage utiliser plusieurs laveries ? Je doute qu'elle la suive partout.

— Demandez-lui. Je ne l'ai vue que de temps en temps et je n'en ai aucune idée. Je peux partir ?

— Asseyez-vous, Darryl. De nouvelles images des caméras de sécurité dans la zone entre l'immeuble et le parc arrivent constamment, donc ce n'est qu'une question de temps avant que nous n'apercevions ce que vous transportiez. Pourquoi vous êtes-vous arrêté là ?

L'autre homme se laissa tomber sur son siège en grognant.

— Je vous l'ai dit. Pour m'étirer.

Andy se pencha en avant d'un mouvement brusque qui fit sursauter Darryl.

— Une enfant a disparu. Une petite fille qui jouait dans un parc public et s'attendait à rentrer chez elle avec sa mère pour déjeuner. Elle est sans doute terrifiée et je n'aime pas ça. Aucun enfant ne mérite d'être enlevé d'une aire de jeux et emmené dans la voiture d'un inconnu, loin de sa mère et de tout ce qu'elle connaît. Mais nous savons que la chaussure trouvée sur la route était celle d'Eliza et ensuite nous vous voyons vous précipiter, regardant par-dessus votre épaule, vers l'endroit exact et vous savez quoi d'autre, mon vieux ? Vous ne vous étiriez pas. Vous ramassiez quelque chose. Je veux savoir où est la chaussure que vous avez prise.

Darryl commença à secouer la tête.

— Arrêtez ça. Vous pouvez améliorer votre situation, Darryl. Dites-moi ce qui s'est passé et donnez-moi quelque chose pour m'aider à retrouver la petite Eliza.

— Non, j'ai rien fait de mal. C'est un chemin public, une route publique. Je veux voir un avocat.

*Merde.*

Andy conclut l'interrogatoire. À la porte, il se retourna.

— Réfléchissez bien, Darryl. Et dites à votre avocat ce que vous avez fait pour qu'il puisse vous aider à nous aider. Il ferma la porte derrière lui. Un officier était avec Darryl et rien de plus ne serait abordé jusqu'à ce qu'un représentant légal lui parle.

———

— Tu es sûr que tu n'as pas besoin d'emporter un désodorisant avec toi, patron ? Meg était beaucoup trop joyeuse à propos du prochain interrogatoire d'Andy. Elle était dans la salle d'observation avec son ordinateur portable tout en regardant le moniteur dans la salle d'interrogatoire.

— Il a l'air correct d'ici. Semi-professionnel.

Elle renifla.

— Ignore mes conseils alors. Je vais juste m'asseoir de ce côté de la vitre où ça sent bon et observer pendant que tu souffres.

Andy enfila sa veste de costume. Il avait fait une courte pause après avoir quitté Darryl, juste le temps de boire de l'eau et de manger une barre protéinée.

— Comment sais-tu quelle odeur il a ?

— Liz a dit qu'il fume sans arrêt dans son bureau.

— Dans l'immeuble ?

— Ouais.

— Charmant. Du nouveau sur Darryl ? Andy jeta un coup d'œil par-dessus l'épaule de Meg vers l'ordinateur portable. L'écran affichait un défilement continu de mises à jour textuelles, un peu comme un forum de discussion. Des nouvelles de Liz ?

— Non et non. Tu veux qu'elle te rejoigne quand elle reviendra ?

— Pas tout de suite. Je préfère laisser nos visiteurs penser que Liz est tenue à l'écart de l'enquête autant que possible. Souhaite-moi bonne chance.

— Tu n'en as pas besoin, dit Meg. Un désodorisant par contre...

Andy entra dans la salle d'interrogatoire et plissa le nez. Elle avait raison, mais il ne le lui dirait pas. Il fit un signe de tête à l'agent en uniforme avec un rapide :

— Prenez une pause. L'homme parut reconnaissant et quitta la pièce en quelques secondes.

Brian Bisley grogna en se levant et tendit la main pour la serrer. Sa peau était moite et l'odeur de cigarettes imprégnait la petite pièce.

— Brian. Mais appelez-moi Bing.

— Sergent-détective principal Andy Montebello. Veuillez vous asseoir. Je fais partie de l'unité de recherche des personnes disparues et j'apprécie que vous soyez venu me parler aujourd'hui.

La chaise de Bisley grinça de façon alarmante quand il s'assit. Il portait une chemise blanche fraîchement repassée, une cravate et un pantalon de costume, et ses cheveux étaient coiffés sur le côté pour couvrir un crâne dégarni. Plusieurs doigts de chaque main étaient ornés d'épaisses bagues et son téléphone, posé face contre table, était logé dans un étui doré et brillant.

*Gérant de boîte de nuit ou d'immeuble ?*

— Je tuerais pour une clope là, Andy.

— Désolé, c'est un bâtiment non-fumeur. Je peux vous faire apporter un café si vous voulez ?

— Je ne devrais pas rester longtemps, hein ? C'est terrible de perdre de vue un enfant dont on a la garde.

*Choix de mots intéressant.*

— Nous rassemblons autant d'informations que possible sur les événements d'aujourd'hui et vous savez que nous avons commencé à parler aux résidents de l'immeuble. Il y a quelques personnes à qui nous avons demandé de venir, comme vous. En tant que gérant de l'immeuble, vous avez une compréhension unique du bâtiment et des personnes qui y vivent.

Andy n'hésitait pas à utiliser la flatterie et à jouer sur la nature d'un suspect, et il avait vu le petit éclair de fierté dès qu'il avait mentionné la position de Bisley. L'homme s'était presque pavané, mais il y avait aussi une lueur dans ses petits yeux. Il était intelligent et probablement méfiant.

— Ce serait utile d'avoir votre opinion sur la famille Singleton. Et un peu de leur histoire depuis qu'ils ont emménagé, si ça ne vous dérange pas de nous donner un coup de main ? Je sais que vous comprenez que plus vite nous aurons des informations exactes, plus vite nous pourrons agir, et nous voulons tous voir Eliza retrouver sa mère le plus rapidement possible.

— Vous pensez que vous allez la retrouver alors ?

— Oui. Nous avons des pistes prometteuses. Que pouvez-vous me dire sur Maureen Singleton ?

— Je ne la connais pas vraiment bien. Elle est discrète. Je n'ai jamais eu de plaintes à son sujet ou venant d'elle. Elle paie son loyer à temps. Elle dit bonjour si vous la croisez dans le couloir, mais c'est à peu près tout ce que je sais.

*Pas même proche de ce que tu sais réellement.*

— Depuis combien de temps Maureen et Eliza vivent-elles dans leur appartement ?

— Hum... Il faudrait que je vérifie mes dossiers, mais de mémoire, je dirais deux ans. Nous avons eu un entretien quand elle a postulé et elle a mentionné que son mari venait d'entrer à Barwon pour une accusation montée de toutes pièces... désolé. Il eut un sourire narquois. Je lui ai montré l'appartement et puis elle et l'enfant ont emménagé quelques jours plus tard.

— Et elle travaille ?

Bing haussa les épaules.

— Aucune idée. Enfin, pas tout à fait vrai parce que je la vois souvent dans l'immeuble avec l'enfant, donc je doute qu'elle ait un emploi régulier. Peut-être qu'elle fait un de ces boulots en ligne depuis chez elle. En fait, j'ai entendu dire qu'elle fait quelques heures de ménage par semaine quelque part.

— Pas de lessive ?

Son cou rougit.

— Par lessive, je veux dire, fait-elle des lessives et du repassage pour d'autres résidents ? Pour des gens en dehors de l'immeuble aussi ?

— C'est contre le règlement de gérer une entreprise depuis l'immeuble.

— Et vous pourriez être une personne gentille qui sait qu'elle a besoin d'un peu d'argent supplémentaire pour joindre les deux bouts. Vous pourriez fermer les yeux sur quelque chose d'aussi inoffensif que quelques lessives par semaine.

Bisley sortit un mouchoir froissé de sa poche et tamponna son front.

— Il faudrait baisser le chauffage, Andy. Je ne supporte pas très bien la chaleur. Il se lécha les lèvres et rangea le mouchoir. Je pourrais perdre mon travail si le propriétaire de l'immeuble pensait que je laissais quelqu'un faire quelque chose d'illégal.

— Je ne vous retiendrai pas beaucoup plus longtemps. Votre bureau est au rez-de-chaussée, donnant sur la rue ?

Un hochement de tête.

— Tout ce dont vous vous souvenez concernant les allées et venues dans l'immeuble aujourd'hui pourrait nous aider. Des livraisons, des résidents, n'importe quoi.

Même s'il n'avait pas besoin de son carnet ici, Andy fit mine de l'ouvrir, puis attendit avec ce qu'il espérait être une expression expectative.

— Je suis sûr que vous pouvez comprendre à quel point mon travail me tient occupé. De la paperasse à n'en plus finir et des gens qui passent pour bavarder. Bisley plissa le visage comme s'il essayait de se souvenir. Un ou deux livreurs pour moi dès le matin. Des trucs habituels comme des fournitures de bureau. Je crois avoir vu un livreur de supermarché entrer. Quelques-uns des résidents plus âgés se font livrer. Oui, c'est ça. Il y a quelques vieilles dames qui se retrouvent pour aller prendre le petit-déjeuner le jour de leur pension et je les ai vues juste devant l'immeuble.

— L'heure ?

— Je ne sais pas. Huit heures. Un peu plus tard ?

— À quelle heure Maureen et Eliza sont-elles parties ?

Une fois de plus, le cou de l'homme rougit, mais cette fois, la rougeur s'étendit jusqu'à ses joues.

— Je ne les ai pas vues.

— Non ? Et Darryl Tompsett ?

Bing jeta un coup d'œil à sa montre.

— Je ne savais même pas qu'il était sorti de l'immeuble. J'ai bientôt un rendez-vous.

— Dernières questions. Avez-vous remarqué des routines ? Des résidents qui font une promenade à la même heure chaque jour ou quelque chose de similaire ? Ou quelqu'un d'inhabituel qui traînait dans les parages ?

— Comme je l'ai dit, je suis généralement le nez dans le guidon.

L'image n'était pas plaisante.

Andy se leva.

— Merci pour votre temps. Je vais demander à quelqu'un de vous raccompagner. Il tint la porte ouverte et après que Bisley soit sorti lourdement, il la laissa se refermer derrière eux. Si vous vous souvenez de quoi que ce soit d'inhabituel, vous avez ma carte.

Avec un hochement de tête, Bisley suivit l'agent en uniforme.

Meg apparut depuis la porte d'à côté.

— La fouille de l'appartement de Darryl n'a rien donné d'intéressant, mais j'ai d'autres images.

De retour dans l'autre pièce, Meg tapota sur le clavier.

— Les images proviennent de la caméra de tableau de bord d'une voiture garée, figurez-vous. Le conducteur s'est manifesté avec ça.

Ces images étaient beaucoup plus nettes que les vidéos granuleuses de la même zone. Prises par la caméra arrière d'une voiture garée en diagonale en face de l'endroit où la chaussure d'Eliza a été trouvée, il était immédiatement évident qu'il n'y avait rien sur la route. Pas de chaussure. Sur le trottoir, l'homme à capuche s'arrêta une seconde, regardant à droite et à gauche, avant de descendre sur la route près du trottoir et de se pencher. Au même moment, il sortit quelque chose de la poche de son sweat à capuche et le posa sur le bitume. Puis, tout aussi rapidement, il retourna sur le trottoir et disparut en quelques pas.

— Il a déposé la chaussure là, dit Meg, en mettant la vidéo en pause et en levant les yeux vers Andy. On s'est complètement trompés. Il ne prenait pas une chaussure sur deux, mais en déposait une.

# ONZE

Meg n'était pas à sa place habituelle. La brigade criminelle était calme, avec seulement le personnel de soutien qui ne pouvait pas lui dire où tout le monde était parti. Pete ne serait pas de retour avant un moment et même Terry était absent de son bureau. Quelque chose avait dû se passer et personne ne l'avait prévenue. Elle envoya un texto à Terry.

*Où est tout le monde ?*

Elle se laissa tomber sur sa chaise. Si elle était la seule détective à l'étage, alors soit tout le monde était rentré chez soi — ce qui était impossible — soit il y avait eu une avancée. Son téléphone bipa.

*Rejoins-moi dans le bureau d'Andy.*

Liz gémit en se levant. Ses muscles, ses tendons et même ses os lui faisaient mal. Pas d'étirements après sa course ce matin, puis des heures de stress et de tension. Et elle avait faim. Repoussant tout cela, elle prit l'ascenseur au lieu des escaliers. Juste pour une fois.

Cet étage était animé. Des détectives travaillaient en petits groupes autour de tableaux blancs. Des téléphones sonnaient. Meg discutait devant un grand écran de télévision, parlant à une poignée d'officiers en uniforme, dont plusieurs de rang supérieur.

*Alors tout le monde travaille à l'unité de recherche des personnes disparues maintenant ?*

Terry et Andy avaient la tête proche l'un de l'autre, assis du même côté du bureau d'Andy, les yeux rivés sur un iPad. Tous deux levèrent les yeux quand elle tapa à la porte ouverte.

— Entrez. Fermez la porte, Liz, dit Andy.

— Comment ça s'est passé avec Tina ? Terry fit pivoter sa chaise et fit signe à Liz de s'asseoir.

Elle prit le siège restant, en face des hommes.

— Il y a pas mal à démêler. Darryl m'avait dit il y a des années — et l'avait répété plusieurs fois par an — que Tina l'avait quitté juste après qu'il ait été agressé en s'occupant d'un patient. En réalité, elle l'a mis dehors après qu'il l'ait frappée. Il était rentré de l'hôpital, faisait de la kiné et tout ça, et il a perdu les pédales avec elle alors qu'il était ivre. Elle l'a mis à la porte.

— Donc sa violence envers son agresseur n'était pas l'incident isolé dont le tribunal a entendu parler, dit Terry. Quoi d'autre ?

— En gros, elle jure qu'il ne ferait jamais de mal à un enfant. Elle ne l'a pas vu depuis des années mais reste en contact par des coups de fil occasionnels. Et c'est un témoin solide.

Terry et Andy échangèrent un regard.

— Que s'est-il passé ? Si seulement ils pouvaient lui dire qu'ils avaient retrouvé Eliza.

— Version courte, dit Andy. J'ai interrogé Darryl et Bisley. Tous deux prétendent ne rien savoir de louche, encore moins quand il s'agit d'Eliza.

— Darryl a-t-il dit que ce n'était pas lui sur les images ?

— Au début. Puis il a prétendu qu'il s'étirait parce qu'il avait mal au dos. Et maintenant il s'est retranché derrière un avocat.

Son cœur se serra.

— Pourquoi ?

— Je l'ai poussé. Il a paniqué. Mais il y a plus, Liz. Andy

poussa son iPad à travers le bureau. Meg a trouvé ça il y a une demi-heure.

Liz appuya sur lecture.

— On s'était trompé. Il ne ramassait pas une chaussure d'une paire pour une mauvaise raison. Ça n'avait pas de sens qu'il en ait laissé une derrière lui.

Liz avait du mal à en croire ses yeux alors que Darryl sortait la chaussure d'une poche et la plaçait sur la route. Cet acte était délibéré et soulevait tant de questions. Elle regarda à nouveau en silence puis rendit l'iPad.

— J'ai peur de demander ce que tu en penses, dit Terry avec un petit sourire.

— Beaucoup de choses qui me feraient arrêter. Andy, tu as dit qu'il s'était retranché derrière un avocat, donc il est toujours là ?

— Oui. Son représentant légal n'est pas encore arrivé.

— Laisse-moi lui parler. En tant que sa voisine.

Les deux hommes secouèrent la tête.

— Pas encore, Liz. Je préfère te garder hors de son radar au cas où nous n'obtiendrions rien de plus. Terry grimaça. Moi aussi, je suis frustré aussi. As-tu parlé à Vince ?

*Il faut forcer Darryl à parler.*

Le dire à voix haute l'aurait fait virer de l'affaire, même si Andy et Terry y pensaient aussi. Si ça ne tenait qu'à elle, mes lois et les procédures pourraient bien aller au diable. Mettez quelqu'un comme Pete là-dedans avec ce petit visqueux et Darryl se mettrait à table.

— Liz ?

— Désolée, Andy. Vince a une mémoire d'éléphant. Il se souvient de détails précis comme la couleur et le type de vêtements et de chaussures qu'Ellen portait. J'aimerais qu'on ait eu le luxe à l'époque d'avoir une chaussure parce qu'il y a quelque chose dans la façon dont ces lacets ont été refaits sur celles d'Eliza et je ne me souviens pas à quoi ils ressemblaient. Oh, Tina dit que la façon dont ces lacets sont faits n'est pas l'œuvre de Darryl. Il fait le truc des oreilles de lapin comme un gamin.

Andy en prit note sur son iPad.

— Tu es sûre que tu ne te souviens de rien concernant les lacets d'Ellen ? Ses yeux rencontrèrent ceux de Liz. Si le même agresseur est impliqué, ça pourrait aider.

— Vince m'a dit de relire mes propres notes sur sa disparition. De le faire en premier.

— Il y a des cartons en route. Ils devraient être à ton bureau d'ici une heure.

C'était la première nouvelle positive de la journée et elle soupira lentement.

Terry regarda derrière elle alors que la porte s'ouvrait.

— Pete, joins-toi à nous.

— J'ai entendu parler des nouvelles images. Il ne restait plus de chaises, alors Pete se percha sur le bord d'un placard. Vous voulez que j'aie une petite conversation avec notre ami ? Il sourit. Les caméras et l'audio pourraient présenter un court dysfonctionnement. Ça ne prendrait pas longtemps du tout.

Il y avait un léger sourire sur le visage de Terry. Il avait tout entendu de Pete au fil des ans.

— Fais-nous un point sur Maureen, s'il te plaît.

— Elle n'a presque rien dit pendant le trajet. Elle ne voulait pas que j'écoute sa visite avec son mari, mais lui s'en fichait que je sois là. Le pauvre type est fou d'inquiétude. On lui avait déjà dit que la gamine avait disparu et il n'était pas beaucoup aidé pour faire face à la situation. Il m'a plus parlé qu'à sa femme et je ne vois aucun d'eux avoir quoi que ce soit à voir avec ça. Il éprouve beaucoup d'amour pour Eliza.

— Un peu de temps perdu alors, marmonna Andy.

— Je n'ai pas fini, si ? De Barwon jusqu'à l'immeuble, je n'ai pas réussi à faire taire Maureen. Non pas que j'aie essayé, mais c'était comme si un barrage avait cédé. Elle gère son entreprise de blanchisserie depuis un an et gagne quelques centaines de dollars par semaine. Mais voilà le truc. Elle remet la moitié de ses gains au gérant, en plus de faire gratuitement ses livraisons de temps en temps. Sinon, il la dénoncerait à Centrelink.

— Pourquoi ça ne me surprend pas ?

Tous les regards se tournèrent vers Liz.

— Brian est un piètre gestionnaire d'immeuble et rend la tâche trop difficile pour la plupart des résidents qui ne peuvent que se plaindre des problèmes. Les ascenseurs en sont un parfait exemple. Il y en a deux, un à chaque extrémité du bâtiment. L'un fonctionne bien, mais l'autre, qui est le plus proche de l'entrée de la rue, est soit hors service, soit trop lent la plupart du temps. Il en fait juste assez pour que le bâtiment reste conforme, mais préfère rester assis sur son cul à fumer plutôt que de faire ce pour quoi il est payé.

— Il s'est donné beaucoup de mal pour me dire à quel point il ne savait rien sur les Singleton, dit Andy. Je suis d'accord qu'il est louche comme pas possible, mais a-t-il quelque chose à voir avec la disparition d'Eliza ?

— J'en doute, répondit Terry en reculant sa chaise et en se levant. Le risque de perdre son petit empire répugnant serait trop élevé. Et quel motif aurait-il ?

Pete croisa le regard de Liz. Il voulait lui parler en privé.

Terry fit rouler son siège autour du bureau.

— Nous intensifions le porte-à-porte autour du parc et Meg est en contact étroit avec PTV et ainsi de suite. Une équipe se concentre sur le suivi des déplacements de Darryl depuis qu'il a quitté l'appartement et après qu'il a déposé la chaussure. Il doit bien y avoir quelque part des images de l'endroit où il l'a ramassée ou où on la lui a donnée. Et c'est notre meilleure chance jusqu'à présent de retrouver Eliza.

------

— Je ne suis pas d'accord avec Terry.

Liz appuya sur le bouton de l'ascenseur plus fort que nécessaire.

Pete haussa les sourcils mais fut assez malin pour garder la bouche fermée.

Elle jeta un coup d'œil autour d'elle. Dire des choses à Pete était une chose, mais Terry n'avait pas besoin d'entendre ses pensées en colère. Personne n'était assez proche pour écouter, même s'ils y prêtaient attention. Tout le monde à l'étage était occupé. Les portes de l'ascenseur s'ouvrirent et elle s'y engouffra.

Dès que les portes se fermèrent, elle appuya sur « stop ».

— Heureusement que je ne suis pas claustrophobe, dit Pete.

— Désolée. J'ai juste besoin d'un moment.

— Avec quoi n'es-tu pas d'accord ?

— Ne pas me laisser interroger Darryl est la première chose. Et je comprends pourquoi il tient tant à savoir d'où vient cette chaussure, mais je ne pense pas que le simple fait de le découvrir soit suffisant. Nous devons ramener Brian ici et obtenir un mandat pour son bureau. D'ailleurs, nous devrions fouiller tout le bâtiment. Elle prit une respiration rapide. Mettre Maureen sous surveillance. En fait, où est-elle ? Ne devrait-elle pas être ici ?

— OK, arrête.

— Non, nous n'en faisons pas assez, Pete. Deux enfants disparus doivent être retrouvés. Elle se détourna, frappant le mur de l'ascenseur de sa main avant d'appuyer son front contre le métal froid.

Une main ferme saisit son épaule et pendant une seconde, Liz eut envie de se laisser aller contre Pete et de sangloter. C'était une réaction stupide qui l'horrifierait autant que lui et n'avait rien à voir avec Pete mais tout à voir avec un moment de soutien quand le reste du monde était devenu fou. Elle ne pouvait pas continuer à réagir si violemment car elle allait tout gâcher.

— Si tu veux aller à la salle de sport et passer tes nerfs sur un sac de frappe, je le tiendrai pour toi. Je peux même lui donner un nom. Voyons voir... Bing ? Darryl ? *Andy* ?

Le dernier nom fut prononcé sur un ton plein d'espoir et ce fut suffisant pour changer les idées à Liz. Elle se redressa et se tourna vers Pete, dont la main retomba.

— On peut se relayer avec le sac et tu peux l'appeler Andy quand tu mettras tes gants.

— Marché conclu. Pete redevint sérieux. Ça va, Lizzie ? Je peux te couvrir si tu veux aller manger. Ou boire un verre.

Elle appuya sur le bouton et l'ascenseur se remit en marche.

— Idée plaisante. Un verre ou trois. Y avait-il autre chose concernant la visite à Barwon ?

— C'est de ça dont je voulais te parler. Loin des autres.

Les portes s'ouvrirent et ils sortirent sur un étage encore calme, à l'exception d'un officier impatient à son bureau. Il avait déposé deux boîtes dans un coin et vint à sa rencontre, lui tendant un porte-formulaires.

— Comme demandé.

Prenant le porte-formulaires, elle se dirigea vers son bureau et vérifia les détails de chaque boîte par rapport aux documents pendant que l'officier la regardait d'un air mécontent.

— Tu n'aimes pas les heures supplémentaires, mon vieux ? demanda Pete.

— C'est ce que vous avez ? Des heures supplémentaires ?

— Bien vu.

— C'est tout ? demanda Liz. Il doit y avoir plus de boîtes que ça.

— Je les ai vérifiées moi-même. Tout y est. Puis-je avoir votre signature, s'il vous plaît ?

Elle signa et rendit le porte-formulaires, attendant que l'officier quitte la zone.

— Comment est-ce possible, Pete ? C'est vraiment tout ce que vaut l'enlèvement d'une petite fille ?

— Enlèvement ?

— Peut-être. Peut-être pas en tant que tel. Il n'y a jamais eu de demande de rançon. Jamais aucun contact de la part de ceux qui ont pris Ellen. Mais comment appeler ça autrement ? Elle ne voulait pas de réponse. Son cœur était lourd d'un chagrin retrouvé et il devait partir. Où vas-tu maintenant ?

— Je peux aider.

Elle secoua la tête.

— Ou je peux voir si Meg a du nouveau. Et chercher à manger. Tu veux manger ?

— Qu'allais-tu me dire ?

— Maureen a dit qu'elle avait été surprise d'être acceptée pour l'appartement. Partout où elle avait essayé, on l'avait refusée et elle se préparait à aller dans un refuge quand elle a reçu un appel d'un ami de son mari lui disant d'aller voir Bisley. Il le lui a loué sans poser de questions.

— Donc il pourrait avoir des contacts criminels ?

— C'est ça. Et c'est probablement une idée stupide, mais et si ce n'était pas juste un coup de main mais quelqu'un qui pensait à l'avenir ? Pete secoua la tête. Non, j'en doute. Mais je vais creuser.

Liz attendit que Pete soit parti en prenant les escaliers. Elle était la seule personne à l'étage et c'était une bénédiction. Son cœur battait la chamade tandis qu'elle retirait les couvercles des deux boîtes, laissant échapper l'odeur de renfermé du carton longtemps fermé. Aucune des deux boîtes n'était bien rangée. Peut-être que l'officier avait été tellement agacé de devoir les apporter ici si tard dans la journée qu'il les avait secouées. Plus probablement, la dernière personne à les avoir touchées les avait laissées en désordre.

Sur le côté de chaque boîte se trouvait une feuille avec des noms, des dates et les signatures de ceux qui y avaient eu accès.

Elle prit des photos. Cette partie pouvait attendre pour l'instant. Jusqu'à ce que les filles soient retrouvées.

« Eliza. Jusqu'à ce qu'Eliza soit retrouvée. » Prononcer ces mots l'aidait. Pour Ellen, la cause était sûrement perdue d'avance, mais Eliza n'était pas loin. C'était encore le jour même de sa disparition. Encore une question d'heures plutôt que de semaines. En voiture, elle n'était peut-être plus dans l'État de Victoria. En avion, il était possible qu'elle ne soit même plus dans le pays. Mais il était inconcevable qu'Eliza soit partie depuis longtemps. Tout cela avait un aspect personnel. Trop de similitudes. Ce n'était pas aléatoire.

Sortant un grand bloc-notes à lignes, Liz commença à écrire.

*Quels sont les points communs ?*

*Quelles sont les différences ?*

*Comment les filles ont-elles été choisies ?*

*Quel genre de personne fait cela ?*

*A-t-il/elle de l'aide ?*

C'était un homme. Comment deux filles peuvent-elles signaler un homme leur attachant les lacets sans que ce soit la personne qui les a enlevées ?

Elle repoussa le bloc-notes et fit de la place sur le bureau.

Puis elle commença à sortir tout le contenu des boîtes.

# DOUZE

Il y avait plusieurs dossiers de photocopies prises dans les journaux de dizaines de policiers, y compris Vince, qui avaient participé à l'enquête, classés par date. Seul le journal de Liz était présent dans son intégralité. Elle avait insisté pour qu'il soit joint au dossier d'Ellen plutôt que d'être archivé dans l'installation sécurisée qui abritait des millions de mots enregistrés par les officiers au fil des décennies. Parcourir tout cela était intimidant et elle mit les dossiers de côté pour y revenir plus tard.

Il y avait des preuves dans des sacs transparents, principalement des objets d'Ellen prélevés dans l'appartement de Liz. À sa connaissance, rien n'avait été trouvé dans le parc après la disparition. Pas de chaussure. Ni le petit sac qu'Ellen emportait partout, ni rien qui aurait pu mener à l'enfant ou au monstre qui l'avait enlevée.

Liz ouvrit une nouvelle bouteille d'eau et but rapidement. La tâche qui l'attendait — revenir sur une période si douloureuse — était impossible. Sauf qu'il fallait le faire. Les chances que sa nièce soit en vie étaient proches de zéro, mais une autre petite fille avait besoin que Liz soit au mieux de sa forme. Elle était une détective compétente et il était temps d'aborder cela de manière impartiale, comme quelqu'un qui verrait et lisait le contenu des boîtes pour la première fois.

Elle vérifia chaque élément un par un, prenant des notes puis les replaçant dans la boîte appropriée. Un échantillon de l'écriture enfantine d'Ellen. Des photos d'elle. Des détails sur ses parents et autres membres de sa famille, y compris Liz. Des photographies du parc et de l'immeuble. Elle les mit de côté pour y revenir plus tard. Quand il ne resta plus que son journal, Liz l'ouvrit. Et le referma.

Elle se leva et alla à la fenêtre. La nuit tombait presque et les gratte-ciel de la ville précipitaient l'obscurité. En bas, c'était une débauche de couleurs provenant des phares et des feux arrière alors que la circulation encombrait les rues. Des vélos de livraison zigzaguaient entre les voitures immobilisées aux intersections.

Sa ville. Un jour, elle achèterait un endroit le long du fleuve, assez proche pour marcher jusqu'aux restaurants qui le bordaient ou un peu plus loin pour voir un spectacle. Elle avait l'argent, grâce à une vie de travail avec très peu de dépenses. Ce qui la maintenait dans l'appartement était ce besoin stupide de rester là où Ellen pourrait la trouver. Après toutes ces années, même si Ellen était en quelque sorte vivante et revenait à Melbourne d'où qu'elle ait été, comment se souviendrait-elle d'un endroit où elle n'avait séjourné qu'une douzaine de fois ?

— Lizzie ?

Pourquoi Andy était-il ici ? D'ailleurs, elle ne l'avait jamais entendu utiliser son nom de cette façon et cela semblait un peu étrange.

— Il y a du nouveau ?

Elle le rejoignit à son bureau.

— Non. Non, désolé si vous avez pensé ça. Il leva le bras pour montrer le sac en plastique qu'il portait. J'ai dû m'éloigner un peu. Me vider la tête. Et manger. J'en ai plus qu'assez pour deux si vous voulez partager ?

Liz le regarda fixement. S'il essayait d'arranger les choses pour repartir sur de meilleures bases, alors la nourriture était un bon début.

— Je meurs de faim. Merci.

Elle dégagea de l'espace sur son bureau en déplaçant les boîtes sur le sol et les dossiers et son journal sur le bord. Andy déballa une demi-douzaine de boîtes à emporter.

— Thaï, ça vous va ?

— J'adore.

Les arômes qui s'échappaient des boîtes ouvertes firent grogner son estomac et pendant un moment, ils mangèrent tous deux en silence. La nourriture l'aiderait à se concentrer et elle accomplirait davantage ce soir avec l'estomac plein. Quelques autres détectives allaient et venaient, récupérant des choses sur leur bureau et souhaitant bonne nuit.

— Tout le monde a travaillé si dur.

Andy acquiesça en glissant de grosses nouilles dans sa bouche.

— À moins que Terry ait besoin de moi ailleurs, je veux rester ici jusqu'à ce que j'aie tout lu.

Il la regarda fixement en finissant sa bouchée.

— Il pourrait y avoir quelque chose, Andy. Quelque chose pour aider Eliza. Sa voix était calme. Elle n'avait plus d'énergie pour se battre et avait besoin qu'il comprenne. J'ai le sentiment qu'elle est encore proche de la ville quelque part.

— Une intuition ?

— De la logique. Jusqu'où un inconnu pourrait-il aller avec une petite fille dans une voiture ? En supposant que ce soit une voiture parce que maintenant nous devons revoir où elle a quitté le parc. Même si elle est partie volontairement — s'il l'avait persuadée avec la promesse de quelque chose de bien — elle s'en rendrait compte après un moment et commencerait à faire du bruit.

— Il y a des moyens de faire taire un enfant.

La façon dont Andy avait dit cela, avec tant de désinvolture, était glaçante. Elle repoussa le reste de nourriture.

— C'est pénible pour nous tous, Liz, mais nous avons peut-être affaire à un tueur. Mais ce que tu as dit avant ? Et s'il n'était pas un inconnu pour elle ?

Liz se pencha en avant.

— Je pense qu'il l'est parce qu'elle a dit à sa mère qu'un homme « gentil » avait attaché ses lacets. Aucune mention de familiarité, mais et s'il en savait assez sur elle, ou Maureen... ou son père ? Oui, et s'il l'avait attirée avec la promesse de l'emmener voir son père ? C'était l'anniversaire d'Eliza hier.

— Peut-être. Vous pensez à quelqu'un qui connaît son père ?

— Apparemment, c'est un ami du mari de Maureen qui lui a parlé de l'appartement.

— Obtenons plus d'informations, dit Andy. Il prit une note sur son téléphone. Je vais demander à quelqu'un de s'en occuper.

Se rasseyant, Liz tapotait des doigts sur le bureau. Andy prit une autre bouchée. Comme Pete, il semblait capable de manger à tout moment. Elle prit sa tablette et ouvrit les notes qu'elle avait prises lors de sa conversation initiale avec Maureen.

— Bon, elle a dit qu'Eliza lui avait parlé d'un homme gentil qui avait attaché ses lacets. Il doit y avoir plus.

— Avec Ellen... t'a-t-elle dit quelque chose à propos d'un homme ?

Après avoir posé sa tablette, Liz ouvrit son journal, trop consciente de son rythme cardiaque élevé.

La première partie était un mélange de ses observations et de ses spéculations. Elle lut des extraits à voix haute.

— Le parc était calme sans autres visiteurs. Journée chaude. Ellen a joué un moment sous le pont à l'endroit le plus ombragé. Elle est revenue chercher sa bouteille d'eau et a bu. Puis elle est retournée grimper le long du pont. À un moment, elle est revenue en courant au banc et a dit qu'elle voulait une glace. J'ai dit qu'on en prendrait une sur le chemin du retour, mais elle ne voulait pas partir à ce moment-là.

Liz regarda en direction de la fenêtre. Si seulement elles étaient parties à ce moment-là.

— Ce n'est pas votre faute, Liz.

Elle prit une inspiration brusque et se força à revenir au journal.

— Ellen a montré ses chaussures et a dit qu'un homme avait attaché ses lacets. J'ai demandé qui et où il était et elle a pointé du doigt le pont. Nous sommes toutes les deux retournées là-bas et j'ai passé quelques minutes à le chercher. Personne n'était en vue et je suis retournée au banc. Elle a dit autre chose. Oh mon Dieu, j'avais oublié.

Andy la regardait fixement mais il resta silencieux.

— Elle a dit que la petite fille de l'homme était morte et qu'il était triste.

Il n'y avait aucun moyen d'empêcher les larmes de lui monter aux yeux, mais Liz les chassa d'un battement de paupières.

— Où est Maureen ?

— Dans son appartement. Un officier reste avec elle.

— Avez-vous lu toutes ses déclarations jusqu'à présent ?

— Oui. Et il n'y a rien de tel.

— Elle a été sous le choc aujourd'hui, Andy. Nous devons lui parler. Voir si elle se souvient de quelque chose de nouveau. Je peux le faire ? Maintenant ?

Il jeta un coup d'œil à sa montre.

— On y va tous les deux.

— Comment va-t-elle ? demanda Liz à l'officier qui restait avec Maureen. Ils étaient juste devant l'appartement.

— Je l'ai informée que vous alliez venir mais qu'il n'y avait pas de nouvelles d'Eliza. Elle sursaute au moindre bruit et vérifie constamment que son téléphone fonctionne. Mais elle a des somnifères et en prendra un dans une heure pour essayer de dormir.

— Prenez une pause. Nous serons là pour une quinzaine de minutes si tu veux te dégourdir les jambes.

Andy poussa la porte. L'officier rentra assez longtemps pour prendre sa veste et ressortit. Liz suivit Andy dans l'appartement décloisonné. Seules deux portes partaient de l'espace combiné salon/salle à manger/cuisine, probablement la salle de bain et la chambre. C'était beaucoup plus petit que chez elle et donnait sur le bâtiment derrière. Comme celui de Darryl, avec vue sur la ruelle.

Blottie sous une couverture, Maureen était allongée sur le côté sur le canapé, zappant de chaîne en chaîne, d'un programme d'information à l'autre. Elle jeta à peine un regard à Andy et Liz.

— Ça ne vous dérange pas si on s'assoit quelques minutes ? demanda Liz.

Maureen hocha la tête et baissa le son.

— L'officier a dit qu'il n'y avait pas encore de nouvelles mais c'est partout à la télé. Pourquoi personne ne l'a encore vue ?

Andy se percha sur un fauteuil.

— Nous avons mis en place une ligne d'urgence et une équipe gère les appels téléphoniques. Beaucoup de gens appellent et même si, pour l'instant, il n'y a pas de pistes solides, ce n'est qu'une question de temps. En plus de la télévision, un communiqué de presse a été envoyé à tous les grands réseaux, y compris la radio et les réseaux sociaux, qui à leur tour le diffusent à leurs antennes régionales.

Poussant la couverture de côté, Maureen se redressa et posa ses pieds par terre. Elle portait les mêmes vêtements que ce matin.

— C'est vrai pour Darryl ?

— Qu'avez-vous entendu ? demanda Andy.

— Qu'il a été arrêté. Que son appartement a été mis sens dessus dessous.

— Pas arrêté, mais il nous aide dans notre enquête.

— Eh bien, qu'est-ce que ça veut dire ? Vous pensez qu'il a enlevé mon Eliza ? La voix de Maureen s'éleva tandis qu'elle se tournait vers Liz. Il vit près de chez vous. Pourquoi ne le saviez-vous pas ? Vous avez dû le voir agir de façon suspecte mais vous n'avez rien fait. Même pas après l'enlèvement de votre propre nièce !

— Attendez, Maureen... commença Andy.

— C'est bon, elle soulève des points intéressants.

Toute la formation et l'expérience de Liz dans les situations de pression prirent le dessus et mirent de côté ses sentiments personnels.

— Darryl est interrogé parce qu'il se promenait autour du parc après la disparition d'Eliza. Nous travaillons avec lui pour voir ce dont il pourrait se souvenir. Et oui, il est mon voisin mais de l'autre côté du couloir et à quelques portes, donc pas assez près pour que je sois au courant de ses allées et venues, dit Liz. Elle maintint un contact visuel constant avec Maureen. J'ai parlé à Darryl après l'enlèvement d'Ellen. D'autres policiers aussi. Il n'y avait pas non plus de raison de le suspecter à l'époque.

— Oh. Désolée. Je n'aurais pas dû dire ça.

— Maureen, comme nous tous, je comprends. J'imagine que les journalistes ont déterré des histoires sur Ellen et je ne vais pas regarder tout ça parce que je pense qu'ils se tromperont et inventeront leur propre version des événements. Mais quoi que vous ayez entendu, la vérité est que ma nièce a disparu du même parc. Elle n'a jamais été retrouvée. Je m'en veux chaque jour même si, logiquement, je comprends que cela serait arrivé peu importe ma vigilance parce que celui qui l'a enlevée voulait l'enlever.

Des larmes coulaient sur le visage de Maureen et Liz s'assit à côté d'elle, attrapant une boîte de mouchoirs au passage. Elle posa la boîte sur les genoux de l'autre femme.

— Il y a dix-huit ans, nous n'avions pas la technologie d'aujourd'hui. Nous allons retrouver Eliza et la ramener chez elle. C'est ce que je veux, ce que le sergent-détective principal Montebello veut, et tout le département de police. Tout le monde est de votre côté. Du côté d'Eliza. D'accord ?

Maureen hocha la tête, s'essuyant les joues avec des mouchoirs.

— Chaque petit détail fait une différence. N'importe quelle observation qui n'avait pas d'importance sur le moment pourrait en avoir maintenant. Vous vous souvenez de quelque chose d'autre ?

— J'ai repassé ça encore et encore. Avec les premiers policiers arrivés au parc, puis un autre, et ensuite vous. Je ne me souviens même plus de ce que j'ai dit. Pas vraiment.

— Eh bien, une dernière fois ? Et laissez-nous faire un enregistrement audio parce qu'alors nous saurons exactement ce dont vous vous êtes souvenu. Ça ne vous dérange pas ? Ça pourrait faire une différence.

Après avoir regardé de Liz à Andy, Maureen hocha la tête.

Andy prépara son téléphone pour enregistrer.

— Racontez-nous cette matinée depuis le moment où Eliza et vous êtes arrivées au parc.

Pendant quelques minutes, Maureen répéta les mêmes informations que Liz avait entendues. Elle était ferme sur les détails. Probablement gravés dans son cerveau de la même manière que la disparition d'Ellen l'était dans celui de Liz. Quand elle en arriva à la partie où Eliza revenait pour boire, elle fronça les sourcils et fit une pause pour réfléchir. Ses yeux se levèrent brusquement vers Liz.

— Est-ce que je vous ai dit ce qu'elle a dit ? Je suis sûre de vous l'avoir dit. Ses lacets étaient attachés et elle a dit qu'un gentil monsieur les avait attachés. Et puis elle est devenue un peu silencieuse.

— Pourquoi... pourquoi ça ? Liz pouvait à peine parler.

— Elle a dit que la propre fille de l'homme était morte. Elle trouvait ça triste.

Il y eut le bourdonnement familier dans les oreilles de Liz et elle eut peur de bouger de crainte de tomber. Elle sentit la bile remonter dans sa gorge mais ensuite, avec une vague de soulagement, elle réalisa à quel point cela changeait les choses. Personne ne pouvait nier qu'il s'agissait de la même personne. Elle allait retrouver Eliza et ensuite elle poursuivrait le monstre qui avait enlevé Ellen. Même si cela lui prenait le reste de sa vie.

# TREIZE

Bien que Pete ait dit à Liz que son idée était stupide, elle ne l'était pas. Plus il creusait la disparition d'Ellen et celle d'Eliza, plus il penchait vers la théorie qu'une grande planification avait été nécessaire pour les deux enlèvements.

Le problème était que personne d'autre n'allait gaspiller de précieuses ressources pour sa théorie. Pas quand ils étaient déjà débordés avec le porte-à-porte et une centaine d'autres tâches prioritaires. Cependant, *son* temps — quand il n'était pas métaphoriquement de service — c'était une autre histoire.

Pete traversa Bourke Street en courant entre les tramways et la circulation, faisant un signe de la main à un bus qui klaxonnait. Sa façon bien à lui de saluer. Donna était déjà sur le balcon à l'étage du pub bruyant qu'elle préférait pour leurs discussions occasionnelles.

Il prit une bière et un autre verre de vin pour elle.

Ici dehors, ce n'était pas aussi bruyant, pas encore. Une fois que la foule d'après-dîner arriverait, ça changerait, mais à la table tout au bout du balcon, ils pouvaient s'entendre parler.

— Six mois entre deux verres, c'est pousser l'amitié un peu loin, dit Donna Miles. Elle avait quarante ans, était maigre comme un clou et aimait les femmes beaucoup plus jeunes. Elle travaillait aussi pour Teresa Scarcella sur *At Six Tonight* et ne voyait pas d'inconvénient à échanger quelques informations. Dommage qu'il ait fallu une enfant disparue pour te voir.

— Tu as mon numéro de téléphone.

— C'est *moi* qui ai appelé la dernière fois.

Pete sourit.

— Change tes préférences et je t'appellerai plus souvent.

C'est ça. Donna avait toujours un regard effrayant. Une chasseuse à la recherche de sa proie.

— Chéri, tu serais beaucoup trop vieux pour moi pour commencer.

— Sympa. Tu as quelque chose sur la personne dont je t'ai parlé ?

Elle fit la grimace.

— Le boulot, hein ? Très bien. Mon contact à Barwon connaît le père de la gamine et dit qu'il est honnête. Coupable comme pas deux pour effraction, mais un type bien comparé à la plupart des détenus. Il connaît aussi l'homme qui est intervenu pour l'appartement et pense que c'était un service rendu. Il a entendu dire que la femme et l'enfant de Singleton se dirigeaient vers un refuge et a fait pression sur le gérant de l'immeuble.

— Quel service ?

— Si mon contact le sait, il ne l'a pas dit. Ce que je peux faire, en supposant que tu puisses me le rendre bientôt, c'est te donner le nom de l'intermédiaire. Il n'est plus en prison.

— Je te le rendrai.

— Peux-tu obtenir une interview de ton patron pour Teresa ?

Pete faillit recracher la gorgée de bière qu'il venait de prendre.

— Je vais prendre ça pour un non. Que dirais-tu de Liz Moorland ?

— Oublie ça. Elle a déjà assez à faire. Écoute. Je vais essayer d'arranger quelque chose avec le sergent-détective principal Andy Montebello. Il est sympa et beau gosse. Et jeune.

Donna lui lança un long regard.

— D'accord. Je t'enverrai le nom par SMS dès que tu me donneras l'heure.

La main de Pete jaillit et saisit son bras. Elle le fusilla du regard mais n'essaya pas de se dégager. Ils avaient déjà joué à ce jeu auparavant.

— Une petite fille risque de perdre la vie et tu veux chicaner pour une interview. Je te promets que j'essaierai, mais Donna, si tu sais quelque chose et que tu ne le partages pas ici et maintenant, tu peux dire adieu à toute future information.

# QUATORZE

Tout ce qu'Andy avait présumé à propos de Liz s'était envolé après la dernière heure ou presque. Elle avait une colonne vertébrale d'acier et un désir implacable de justice, et elle n'allait laisser tomber personne en faisant partie de la force spéciale. Plus encore, elle avait une façon de regarder les éléments d'information et de les transformer en un tout cohérent. Donc si elle avait besoin d'un moment pour elle de temps en temps pour gérer ce qui devait être une surcharge d'émotions concernant cette affaire, qu'il en soit ainsi.

Depuis qu'ils étaient revenus à sa voiture, elle était sur son iPad et ne lui avait pas accordé un mot ni un regard pendant qu'elle travaillait. Ils s'arrêtèrent à un feu rouge et elle leva soudainement les yeux, comme si elle se souvenait qu'elle était dans la voiture.

— Désolée. J'ai eu une idée.

— Je t'écoute.

— Ça pourrait nécessiter l'expertise de Meg parce que je ne sais pas vraiment trouver un homme dont la fille est morte dans une ville où il doit y avoir un nombre incalculable de personnes répondant à ce critère. J'ai créé les bases d'un profil et j'espère qu'il pourrait y avoir quelque chose d'autre d'utile à ajouter à partir des dossiers sur mon bureau.

— C'est une autre partie du puzzle, Liz. Chaque élément vaut la peine d'être examiné.

Son visage se détendit et elle hocha la tête.

Le feu passa au vert et Andy tourna sur la route menant au parking du poste de police.

— La façon dont vous avez géré Maureen... vous avez un excellent contact avec les gens. Même quand elle a commencé à vous reprocher de ne pas avoir vu Darryl comme un danger, vous l'avez laissée dire.

— Cette pauvre femme est stressée au maximum et épuisée. Et ce ne sont que des mots. Liz bâilla, couvrant rapidement sa bouche. Tout le monde est fatigué.

Il lutta pour contenir son propre bâillement. Ces choses contagieuses.

— Et maintenant ? Liz rangea l'iPad.

Il était plus de vingt heures.

— Terry va afficher une sorte de planning. S'assurer que tout le monde ait une pause et du sommeil. Nous avons arrêté le porte-à-porte jusqu'à demain matin, mais honnêtement, je pense que nous avons épuisé cette piste d'enquête.

Engageant la voiture dans la pente raide de l'entrée, Andy ouvrit sa fenêtre pour utiliser sa carte d'accès. Une fois la porte d'accès ouverte, il descendit plusieurs étages jusqu'à sa place.

Liz était de nouveau silencieuse. Pensive. Alors qu'ils attendaient l'ascenseur, elle parla enfin.

— J'aimerais continuer à parcourir les dossiers.

— Ou tu pourrais observer l'entretien que Terry a commencée il y a quelques minutes avec Darryl. Son avocat s'est enfin présenté et je suis pour ma part impatient de regarder.

Elle appuya sur le bouton.

— La meilleure offre que j'ai eue depuis des heures.

Avec un café chacun grâce à l'un des agents, Liz et Andy s'installèrent sur des sièges dans la salle d'observation. Les lumières projetaient une lueur étrange à travers la vitre sans tain, périodiquement obscurcie lorsque Terry déambulait d'un côté à l'autre de la salle d'interrogatoire. Un avocat était assis sur le côté avec un bloc-notes et Darryl était avachi derrière la table.

— Il a l'air terrible, dit Liz.

— Eh bien, on lui a proposé de se changer et il a mangé et s'est reposé dans l'une des cellules en attendant son conseil juridique. Est-ce qu'il a déjà l'air beaucoup mieux que ça ?

Liz lui lança un regard surpris.

— Vous avez dit qu'il change rarement de débardeur et de short... et par short, je n'avais pas réalisé que vous vouliez dire boxer jusqu'à ce qu'on l'arrête.

— Il a un certain style, n'est-ce pas ?

Andy augmenta le volume venant de l'autre pièce.

— Tu vois notre problème, mon pote ? Terry arrêta de faire les cent pas et se tint debout, les bras croisés et les jambes écartées, presque directement devant la table. Ces images vidéo sont claires comme de l'eau de roche.

— C'est pas moi.

— Ce n'est pas toi ? Terry se pencha en avant et tapota un iPad sur la table. Peux-tu me dire qui c'est alors ? Je jurerais que c'est toi. Les mêmes vêtements que ceux dans lesquels nous t'avons trouvé cet après-midi, y compris le sweat à capuche, qui fait l'objet d' analyses scientifiques en ce moment même. Oh, regarde ce passage. Tu regardes directement la caméra, Darryl. Je parie que si on passe ça dans notre logiciel de reconnaissance faciale, ça confirmera ce que nous pouvons tous voir.

Darryl se tourna vers son avocat.

— Ils peuvent faire ça ? Le truc du logiciel ?

L'homme hocha la tête.

— Faites-le alors. Perdez votre temps et le mien parce que j'ai dit que ce n'est pas moi. Les yeux de nouveau sur Terry, Darryl eut presque un sourire narquois.

Liz serra les poings. Andy comprenait. Il aurait aimé faire sortir la vérité de ce petit merdeux à coups de poing, mais c'était une réaction instinctive et rien qu'Andy ne ferait. McNamara ? Eh bien, si personne ne regardait, Pete aurait probablement une approche différente de l'interrogatoire, mais s'en tirer serait une autre histoire.

Terry tira une chaise et s'assit, laissant libre cours à son langage corporel. Le sourire narquois de Darryl disparut et après une minute ou deux de silence, il se détendit et s'adossa à sa chaise.

— Je n'ai jamais compris pourquoi Terry a choisi de monter en grade alors qu'il est si bon dans ce domaine, dit Liz. Il n'a jamais rien fait de secret ou sous couverture, mais c'est un maître dans l'art d'interroger un suspect.

— Tout le monde n'a pas l'estomac pour le travail secret. Et même ceux qui l'ont sont rarement sollicités. Ça fait de McNa-mara un oiseau rare ces derniers temps. Tu le ferais ? Si on te le proposait ?

Elle ne répondit pas.

— Ça a dû être un sacré choc, Darryl. Quelqu'un frappe à ta porte et tout d'un coup il y a une douzaine de flics et tu es convoqué pour nous rendre visite ici. Terry secoua la tête. Je vais être franc avec toi. Une perquisition de ton appartement ne nous a pas donné grand-chose.

Les yeux de Darryl allaient et venaient entre l'avocat et Terry.

— Remarque, je ne parle que de la perquisition initiale. On a trouvé un peu d'herbe, mais sérieusement, qui n'en consomme pas de temps en temps ?

— Ouais, exactement.

— Monsieur Tompsett. C'était son avocat qui avait enfin prêté attention. Nous pouvons arrêter ça quand vous voulez.

— Il a raison, Darryl. Si tu veux une pause, dis-le. Café. Nourriture. Une couverture, dit Terry. Des magazines.

Liz rit.

— Si tu es fatigué, on peut te ramener dans ta cellule en quelques minutes. Cette cellule froide et nue avec rien d'autre qu'un matelas pourri et un oreiller fin pour la nuit.

— Il n'est pas sûr de lui. Regarde à quel point Darryl s'agite. Je n'ai pas travaillé autant que vous avec Terry, Liz, mais j'ai tendance à être d'accord sur ses compétences.

Terry s'était remis debout et faisait les cent pas.

— Ton avocat veut que tu gardes le silence. Fais passer tous tes commentaires par lui, tu en as le droit. Le truc, mon vieux, c'est que ce n'est qu'une question de temps et d'expertise avant qu'on ne trouve quelque chose. Ton ordinateur est entre les mains de notre spécialiste en informatique et craquer les mots de passe est son sport matinal favori. Tout ce qui s'y trouve arrivera sur mon bureau dès demain matin. Et Darryl ? Terry s'arrêta à nouveau. Je veux dire absolument tout. Jeux d'argent illégaux. Porno. E-mails louches. D'une manière ou d'une autre, tu es dans la merde. La profondeur dépend de ta coopération ce soir.

— Je n'ai rien fait de mal.

— Alors tu n'as rien à craindre. Terry s'affala sur la chaise, s'appuyant cette fois sur la table. Explique-moi, Darryl. Comment la chaussure s'est-elle retrouvée dans ta poche ?

L'avocat s'éclaircit la gorge.

— J'aimerais parler à mon client en privé.

— Bien sûr. Frappez à la porte quand vous serez prêts.

En sortant, Terry arrêta l'enregistrement et le son fut coupé. Une minute plus tard, il passa la tête dans la salle d'observation.

— Bien, j'espérais que vous seriez tous les deux-là. Des suggestions ?

— À ce qu'il paraît, il veut parler. Andy fit un signe de tête vers la salle d'interrogatoire.

Darryl et l'avocat se tenaient face à face. Agitant les bras, le visage de Darryl était rouge tandis qu'il essayait de faire passer un message, mais l'avocat ne cessait de secouer la tête.

Liz informa Terry des nouvelles informations concernant Maureen.

— C'était largement connu, Liz ? La presse, par exemple ?

— Non. Ça, ainsi que l'information concernant l'homme qui a attaché les lacets d'Ellen, ont été gardés secrets, ce qui en fait un argument convaincant pour dire que c'est la même personne qui a enlevé les deux enfants. J'ai commencé à établir un profil.

— Il faudra faire venir quelqu'un, Terry, dit Andy. Avec Liz qui fournira un dossier pour un expert, Meg aura quelque chose de solide pour réduire les paramètres une fois qu'ils auront fait leur part. Demain matin, on pourrait passer en revue quelques options ?

L'avocat frappa à la porte de la salle d'interrogatoire.

— C'est mon signal. Tu rentres chez toi, Lizzie ?

— Je suis encore en train d'examiner les dossiers sur Ellen.

Son ton ne laissait aucun doute sur le fait qu'elle argumenterait si nécessaire, et Andy ne put retenir un léger sourire quand Terry leva les yeux au ciel en tournant le dos à Liz.

— Ne pariez pas sur l'issue de cet entretien.

La porte à nouveau fermée, Liz leva les sourcils vers Andy.

— Il a levé les yeux au ciel, n'est-ce pas ?

— Vous connaissez Terry depuis longtemps, pas vrai ?

Elle sourit et reporta son attention sur la fenêtre.

De retour à son bureau, Andy envoya un message.

*J'imagine que tu as entendu parler de l'enfant disparu ? J'ai besoin d'un service. Des noms de personnes que tu aurais envisagées pour travailler sur le profil du suspect. Je préfère garder ça local. Merci.*

Son ancien patron, Ben Rossi, était un pur produit de Melbourne jusqu'à son déménagement le long de la côte, et Andy l'avait vu plus d'une fois sortir des contacts de sa tête. Andy était un nouveau venu. Un transplant de Sydney un an après avoir obtenu son diplôme universitaire, grâce à une relation qui s'était presque immédiatement brisée. Mais il avait déjà commencé sa carrière dans la police victorienne et était tombé amoureux des ruelles et des cafés de sa ville d'adoption. Il lui manquait simplement les contacts intégrés qu'un natif de Melbourne comme Ben pouvait solliciter à volonté.

L'étage était plus calme que lorsqu'il était parti chercher à manger. La moitié des officiers étaient partis pour la nuit et ceux qui restaient s'étaient rassemblés autour des tableaux blancs.

Certaines lumières étaient éteintes, créant un mur d'obscurité autour d'eux.

Son téléphone bipa.

*Je t'ai envoyé quelques noms à ton adresse mail. Pauvre gosse. Comment Liz tient le coup ?*

Andy avait oublié que Ben connaissait Liz depuis longtemps. Il fixa l'obscurité. Aussi loin qu'il s'en souvienne, Andy avait toujours voulu travailler à la brigade criminelle. Toutes ses études supérieures allaient dans ce sens. Mais jusqu'à présent, il n'avait pas été retenu pour les rares postes à pourvoir.

*La personne la plus coriace que je pense avoir rencontrée. Et merci. Comment va la vie ?*

Son poste à l'unité de recherche des personnes disparues était dû au départ de Ben. Il le savait. Mais il avait quand même saisi l'opportunité à deux mains. Ben avait une nouvelle vie. Il avait trouvé l'amour et une famille et avait décidé que cela comptait plus que de travailler sur des affaires sans fin et souvent déchirantes.

*J'adore ma vie, mon pote. Viens nous rendre visite. Il y a toujours une planche de surf en rab.*

Il rit doucement. Sa vie était à l'opposé de celle de Ben. La carrière était tout. L'ambition était son maître-mot. Et il travaillait dur. Il aimait son travail à l'unité de recherche des personnes disparues et s'épanouissait en résolvant une affaire.

Mais celle-ci ?

Tant d'éléments en mouvement. Si Liz n'était pas impliquée, ce serait plus simple à certains égards, mais son plan initial de demander à ce qu'elle soit retirée de l'enquête n'était plus envisageable. Retrouver Eliza pourrait mener à ce qui s'était passé il y a toutes ces années avec Ellen. Ou, si de nouvelles informations surgissaient sur Ellen, alors Eliza pourrait être retrouvée avant qu'il ne soit trop tard.

Terry déambula et jeta un coup d'œil autour de lui jusqu'à ce qu'il trouve Andy.

— J'ai fait tout ce que je pouvais ce soir. Il se laissa tomber dans le fauteuil en face avec un grognement. Ce foutu avocat a insisté pour que Darryl dorme un peu.

— Pourquoi ne veut-il pas ce qu'il y a de mieux pour son client ? D'ici demain matin, on aura probablement quelque chose de solide pour l'inculper, donc il devrait coopérer ce soir. Pendant qu'il y a peut-être encore le temps de retrouver Eliza avant...

Passant ses mains dans ce qu'il restait de ses cheveux, Terry marmonna un juron.

— J'ai quelques noms à proposer pour aider Liz avec ce profil, dit Andy. Elle travaille à la lumière d'une lampe à son bureau en examinant ces boîtes.

— Je vais peut-être passer la voir en partant. Tu t'entends bien avec elle maintenant ?

— Si tu l'avais vue avec Maureen... Elle a encaissé des commentaires désagréables et ensuite elle a réconforté cette femme. Elle est remontée dans la voiture et a commencé à élaborer un plan pour trouver le salaud. Andy secoua la tête. Comment fait-elle ? Je veux dire, elle est confrontée à ce qui est probablement une répétition du pire jour de sa vie, et pourtant, à part le petit moment de faiblesse au début, elle est solide.

— Tu ne verras probablement que ce qu'elle veut bien te montrer, du moins maintenant qu'elle a assimilé l'information. Liz ne déçoit jamais personne, et surtout pas elle-même, sauf pendant ces quelques minutes il y a toutes ces années. L'hiver dernier, elle a dû choisir entre empêcher un meurtrier de tuer son plus vieil ami et s'assurer qu'une petite fille était en sécurité.

Andy se pencha en avant.

— Tu parles de Vince Carter ?

— Oui. Elle a dû être tiraillée, mais elle a fait confiance à un autre flic pour protéger Vince pendant qu'elle s'occupait de l'enfant.

Il se souvenait de cela. Enfin, des détails tels que présentés par la presse ainsi que par les canaux officiels. Le nom de Liz n'avait guère été mentionné.

— Le flic de confiance ? Pete McNamara ?

Avec un rire, Terry se leva.

— Ne sous-estime jamais Liz. Elle sait cerner les gens et elle voit ce que la plupart d'entre nous ratent. Comme le bon côté de Pete. Bonne nuit, mon pote. Je serai de retour à l'aube.

Cela allait à l'encontre de tout ce qu'Andy ressentait à propos de McNamara. De ce qu'il savait de lui, de croire qu'on lui avait fait confiance pour protéger un homme qui l'avait autrefois dénoncé pour une éthique douteuse. Mais Vince Carter était vivant et McNamara avait joué un rôle crucial dans cette histoire. Andy n'allait pas devenir son meilleur ami, mais il devrait peut-être se montrer un peu moins dur envers Pete. Peut-être.

# QUINZE
## ~DEUXIÈME JOUR~

Minuit était passé sans que personne ne s'en aperçoive.

Cet étage était complètement immobile, sauf quand Liz se levait pour s'étirer ou remplir sa bouteille d'eau.

Les ascenseurs passaient périodiquement et les bruits de la rue s'infiltraient de temps en temps. Terry était passé assez longtemps pour lui annoncer la mauvaise nouvelle concernant Darryl. C'était il y a des heures. Une boîte était refermée, plus rien à examiner. Rien qui ne la fasse pleurer si elle s'y attardait trop longtemps.

Et pleurer était une perte de temps et d'énergie.

Son ordinateur bourdonnait en arrière-plan avec plusieurs onglets ouverts. Des canaux officiels et quelques sites axés sur les médias, mais qui valaient la peine d'être surveillés.

Sur le bureau, elle avait un bloc-notes A4 ouvert avec déjà plusieurs pages remplies. Des mots qui ressortaient. Une page dédiée à un schéma du parc qu'elle avait esquissé ce soir. Une couleur pour Eliza et une pour Ellen. Les deux se chevauchaient. Noms des témoins, personnes interrogées. Mais rien qui ne résolve immédiatement cette affaire. Rien qui ne lui assure de trouver un moyen pour retrouver Ellen. Et Eliza.

Elle ouvrit un autre dossier.

Chacun était consacré à différents aspects de l'affaire et celui-ci contenait la totalité des preuves scientifiques, qui étaient bien maigres.

Plusieurs rapports couvraient les échantillons prélevés dans la zone autour du pont. Écorce, sol, empreintes digitales. Il n'y avait rien qui indiquait une lutte. Aucune trace d'Ellen autre que des mèches de cheveux. Liz fronça les sourcils, ne se souvenant pas de celles-ci. Il y avait une photographie. Une douzaine de cheveux courts provenant du cuir chevelu. Des cheveux blancs.

— Ça n'est pas possible.

Liz ouvrit l'autre boîte et fouilla jusqu'à ce qu'elle trouve le sac de preuves contenant les cheveux. Elle les tint près de la lampe. Définitivement blancs. Il devait y avoir eu une erreur car les cheveux d'Ellen étaient blond doré sans aucune trace de gris ou de blanc. Elle avait tressé ses cheveux assez souvent pour en être certaine.

Elle relut le rapport.

*Échantillon localisé sous le pont. La position correspond à quelqu'un frottant le haut de sa tête contre la rugosité de la poutre. En raison de la hauteur, l'échantillon provient probablement de l'enfant debout sur l'une des souches peintes. Correspondance proche de l'ADN d'Ellen. Preuve potentiellement altérée par l'exposition aux éléments avant la mise sous scellés.*

— Mais ce n'est pas possible.

Elle vérifia le reste du dossier sur les preuves scientifiques. Elle prit une photo d'un rapport technique. Liz avait une compréhension basique de la génétique et du fonctionnement de l'ADN, mais tant de choses dépendaient de facteurs externes et c'est là qu'elle était bloquée. Au minimum, cet échantillon devait être réanalysé car il ne pouvait pas appartenir à Ellen.

— Alors à qui ?

Liz ne se souvenait pas s'être jamais tenue sous le pont, encore moins de s'être frottée contre les planches. Au début, ses propres cheveux avaient été comme ceux d'Ellen mais avaient progressivement viré au blond foncé, voire brun sous certains éclairages, mais pas le gris qu'elle ait trouvé jusqu'à présent et de plus, ces mèches semblaient plus épaisses que ses cheveux. Et définitivement plus épaisses que les cheveux d'Ellen, qui étaient très fins. Aucun des parents d'Ellen ne correspondait non plus, sa mère teignant ses cheveux en roux depuis toujours et son père ayant les cheveux châtain clair.

Le téléphone toujours dans sa paume, Liz fit défiler ses contacts, s'arrêtant sur celui d'Anna.

Elle n'avait pas entendu la voix de sa sœur depuis des années. Ni vu son sourire. Anna en voulait à Liz pour la disparition d'Ellen et avec le temps, leur relation s'était détériorée au point qu'elles ne supportaient plus d'être proches l'une de l'autre.

Mais elles devraient se reparler parce qu'il valait mieux qu'Anna entende parler des similitudes de cette affaire de sa bouche plutôt que de la version des médias.

Utilisant le téléphone, Liz prit d'autres photographies. Les mèches de cheveux sous la lumière de la lampe puis sous les fluorescents brillants dans les toilettes des dames. Tout le dossier de la police scientifique. Elle ne pouvait rien ramener à la maison des boîtes, mais au moins de cette façon, elle pourrait faire un peu de recherche loin du bureau. Après avoir emballé les boîtes, elle les porta au local des preuves et les enregistra pour la nuit.

Il y avait un autre endroit où elle devait aller.

———

Même maintenant, à près de deux heures du matin, il y avait des curieux. Le parc était délimité par de la rubalise et plusieurs officiers patrouillaient aux abords. À l'entrée principale, la caravane de police était éclairée mais n'avait qu'un personnel réduit qui ne signalait rien de nouveau du côté du public depuis une heure. L'un des officiers, visiblement ennuyé assis derrière une table, accompagna Liz jusqu'à l'aire de jeux.

— Y a-t-il quelque chose en particulier que vous voulez examiner, Madame ?

— Sous le pont. L'équipe de la scène de crime a-t-elle terminé ?

— Avec l'aire de jeux, oui. Ils retournent au banc et à la fontaine, je crois. Mais on nous a dit qu'on pourrait rouvrir le parc une fois qu'ils auront fait ça en premier lieu demain matin.

Néanmoins, Liz enfila une paire de surchaussures.

— Je peux travailler seule.

Elle alluma une puissante torche et se baissa sous le pont.

Un frisson lui parcourut l'échine alors qu'elle balayait la lumière ici et là. Personne n'était en vue à part l'officier, qui s'appuyait contre un arbre proche. Par le passé, elle avait ressenti cela à l'occasion et presque toujours c'était parce qu'elle était observée. Elle doutait que ce soit le cas maintenant. Plus probablement, c'était une réaction au fait d'être là où Eliza avait été une fois. Où Ellen avait été une fois.

Elle se tenait dans une sorte de lit de rivière asséché. Beaucoup de pierres, des galets aux petits rochers, en composaient le fond. De temps en temps, il y avait des souches d'arbres à différentes hauteurs, larges et solides et toutes peintes de couleurs vives. Éparpillées autour se trouvaient des plantes robustes et de petite taille aimant l'ombre, principalement des succulentes douces pour les petites mains. En plein jour, cela ferait un espace de jeu intéressant et sûr. La nuit, c'était un peu effrayant.

Il y avait beaucoup d'indices indiquant la présence antérieure des officiers de la scène de crime, avec de la poudre à empreintes sur chaque tronc et les plus gros rochers ainsi que sur la demi-douzaine de poteaux verticaux. Au moins le temps s'était maintenu sans prévisions de pluie pour un jour ou deux de plus.

Liz parcourut le dessous du pont d'un bout à l'autre, prenant son temps pour examiner attentivement les poutres en bois brut. Comme elles étaient toutes au-dessus de sa tête, elle monta sur le plus bas des troncs. Cela ne la surélevait que suffisamment pour toucher la poutre sans tendre complètement le bras. Elle passa au troisième niveau avant que sa tête ne s'approche du dessous. Il ne restait qu'un seul tronc plus haut.

Mais comment diable ces cheveux — identifiés comme appartenant à Ellen — s'étaient-ils retrouvés là ? L'enfant aurait dû être sur les épaules de quelqu'un. Liz descendit et s'assit sur le tronc. Était-ce la réponse ? Une enfant portée sur les épaules de quelqu'un. Un « gentil monsieur » qui était triste parce que sa propre petite fille était morte.

Quelque part dans le rapport de la police scientifique devait se trouver une photo ou un dessin indiquant l'emplacement des cheveux. Même en se tenant sur la pointe des pieds sur la plus haute des souches, la tête d'Ellen n'aurait été à aucun moment près du pont.

Elle appela l'officier.

— Pourriez-vous m'accorder une minute ?

Il accourut.

— Tout va bien ?

— Quelle est votre taille ?

— Un mètre quatre-vingt-quatorze.

— Y a-t-il un endroit du pont où vous devriez vous baisser pour passer dessous ?

Avec un sourire, il retira sa casquette.

— Il n'y a qu'une façon de le savoir.

— Essayez de ne pas frôler le bois au-dessus de vous.

L'officier fut prudent et minutieux et trouva un endroit où il avait dû éviter de toucher le haut. C'était sur la berge du lit de rivière asséché où le sol s'élevait un peu. Liz prit quelques photos, à la fois avec l'officier en place et lorsqu'il s'écarta.

— Savez-vous si des cheveux ont été récupérés ?

— Désolé, non. Dois-je demander aux autres ?

— Non. Je vérifierai. Merci quand même.

Ils retournèrent à la caravane et l'officier alla immédiatement s'occuper de quelqu'un qui réclamait son attention.

Liz traversa la route. En rentrant chez elle, ses yeux passaient d'un côté à l'autre de la rue, repérant les caméras de sécurité extérieures. Tant de magasins, et au-dessus, des appartements, tous surplombant les rues où Eliza et Maureen avaient marché moins d'un jour plus tôt sans autre intention qu'une promenade au parc. Quelqu'un avait forcément dû les voir. Peut-être même remarqué qu'elles étaient suivies.

Arrivée au coin en face de son immeuble, elle s'arrêta et le contempla. La plupart des fenêtres étaient sombres. Mais l'appartement de Brian Bisley était éclairé comme un phare. Le sien était au dernier étage, au bout avec l'ascenseur fonctionnel. Logique. C'était un loyer gratuit dans le cadre de son rôle de gestionnaire d'immeuble et il était plus grand que la plupart, avec même un balcon dont beaucoup d'autres étaient dépourvus. Il y eut un léger mouvement dehors et une cigarette s'alluma. Pourquoi était-il éveillé si tard ?

*Pourquoi le suis-je ?*

Elle devait être de retour au bureau aux premières lueurs du jour et rester plantée-là ne servait à rien. Liz se traîna dans les trois volées d'escaliers. L'appartement de Darryl était fermé sans aucun signe extérieur qu'il avait été fouillé plus tôt. S'enfermant à l'intérieur, elle s'appuya contre la porte un moment. Il y a environ quinze heures, elle avait appris la nouvelle concernant Eliza et sa vie avait changé. Encore.

Mais cette fois c'était différent. Cette fois, elle allait attraper le salaud.

———

Liz prit un tramway, utilisant le temps pour lire les pages qu'elle avait photographiées du dossier de la police scientifique. Il y avait un schéma indiquant où les cheveux avaient été trouvés et cela semblait correspondre à peu près à la zone que l'officier avait indiquée. Jusqu'à ce qu'elle puisse tout comparer côte à côte, elle n'était pas prête à espérer que ce soit un indice clé.

Arrivant avec quelques minutes d'avance avant une réunion

avec Terry, Liz acheta un bon café et un burrito pour le petit-déjeuner qu'elle dévora en montant les escaliers. Plus tôt, elle s'était réveillée sur son canapé, un verre de vin vide sur la table basse, avec un intense désir de dormir davantage. Mais le sommeil attendrait.

La réunion se tenait à nouveau à l'unité de recherche des personnes disparues, dirigée par Terry et Andy, qui avaient tous deux l'air épuisé. Les détectives qui avaient dormi étaient là pour un briefing tandis que la plupart de ceux qui avaient travaillé toute la nuit partaient. Plusieurs tableaux blancs étaient à différents stades de développement selon l'objectif de la petite équipe qui les gérait. Les deux qui intéressaient Liz étaient celui des dernières nouvelles scientifiques et celui dédié au parc et à ses environs immédiats.

— Nous avons Darryl Tompsett en garde à vue. Enfin, il est retenu pour un interrogatoire. Malgré des images vidéo claires qui l'identifient en train de placer l'une des chaussures d'Eliza là où les chiens l'ont ensuite trouvée, il nie que ce soit lui. De plus, son avocat fait tout son possible pour empêcher son client de répondre aux questions qu'il semble enclin à considérer. Terry secoua la tête. Je retourne en entretien plus tard mais nous arrivons au point où nous devons soit l'inculper, soit le relâcher.

— Heureux de vous décharger de cette tâche, patron, dit Pete. Ça vous donnera l'occasion de profiter d'un bon petit-déjeuner hors du bâtiment. Et pas besoin de gaspiller de l'électricité pour enregistrer quoi que ce soit.

Un éclat de rire allégea l'atmosphère. Même les coins de la bouche d'Andy se soulevèrent un instant.

— À moitié tenté, mon pote. À moitié tenté. Terry fit un geste vers l'un des tableaux blancs. Passons en revue les meilleurs appels que nous avons reçus du public.

Liz décrocha. S'il y avait quelque chose qu'elle devait savoir, elle recevrait des alertes. Ses yeux se portèrent sur le tableau blanc concernant le parc. Il comportait plusieurs parties. Une photographie aérienne était au centre et plusieurs zones étaient mises en évidence avec des marqueurs. L'aire de jeux, le banc où Maureen s'était assise, l'entrée qu'elle et Eliza avaient utilisée pour entrer dans le parc, et l'endroit où la chaussure avait été trouvée par le chien policier. Il y avait une liste. Distance jusqu'à l'immeuble d'appartements et itinéraire emprunté par Maureen. Plusieurs lignes avaient des coches à côté, probablement là où il y avait eu des preuves de surveillance de leur passage. Tout le reste était trop petit pour être déchiffré à cette distance.

Les notes sur les analyses de la police scientifique à ce jour étaient principalement de l'écriture soignée de Meg. Liz regarda autour d'elle. Elle n'était pas présente, avait-elle donc travaillé toute la nuit ?

Il y avait deux colonnes. La première était intitulée « Meg » et l'autre « CSS », chacune comportant une longue liste en dessous. En tant qu'analyste légiste, la liste de Meg couvrait les données extraites de plusieurs sources, notamment PTV qui entretenait une relation et un système avec la police en ce qui concernait les besoins en images provenant de leurs véhicules — bus, tramways, trains — ou de leurs stations et arrêts. La gestion d'un si grand nombre de caméras représentait un exercice massif colossal, mais plus d'une fois, elles avaient fourni des preuves utiles contre des activités criminelles ou aidé à localiser une personne disparue.

Les services de la police scientifique étaient une unité exceptionnelle mais surchargée qui s'occupait du côté pratique du travail scientifique. Elle s'occupait de tout, des traces prélevées sur une scène d'accident ou de crime comme le sang ou les particules de peinture, jusqu'à l'ADN et la reconstruction d'un vieux squelette. L'unité travaillait avec une technologie révolutionnaire et était vitale pour la résolution de nombreux crimes.

La liste sous CSS incluait les empreintes digitales, les preuves photographiques, les empreintes de pas, la chaussure d'Eliza — avec une question sur le laçage des lacets — et un certain nombre d'objets prélevés dans l'appartement de Darryl, y compris un ordinateur portable.

*Rien sur les cheveux.*

Le briefing se termina par un rapide discours d'encouragement d'Andy, puis la plupart des détectives se dispersèrent, certains pour continuer à passer au crible les données au bureau et d'autres pour retourner au parc ou dans des endroits similaires.

Pete se déplaça à travers la pièce et se laissa tomber sur un siège à côté de Liz.

— Tu as dormi un peu ?

— Suffisamment.

— Ouais, bien sûr. Je dirais que j'ai eu huit heures, mais si je soustrayais le nombre de fois où je me suis réveillé en essayant de résoudre les choses, ça pourrait se réduire à la moitié.

— Je suis retournée au parc.

Liz informa Pete des éléments importants.

— Tu ne te souviens pas des cheveux d'Ellen ?

— Non. Je vais y jeter un coup d'œil plus approfondi ce matin.

Terry leur fit signe à tous les deux avant de suivre Andy dans son bureau. Lorsque Liz et Pete les rejoignirent, Andy leur fit signe de s'asseoir. Il sourit brièvement à Liz avant d'ouvrir un dossier.

— Meg a travaillé toute la nuit et est enfin rentrée chez elle pour dormir. Elle a accédé à l'ordinateur portable de Darryl grâce au mandat qui s'étendait à tout ce qui se trouvait dans l'appartement. La plupart sont des conneries. Du porno ordinaire, rien avec des enfants. La boîte mail est remplie de spam. Il ne supprime probablement jamais rien, mais ça s'est avéré utile. Andy laissa tomber le dossier et s'appuya sur ses coudes sur le bureau. Il y a une demi-douzaine de contacts récurrents, mais seulement deux qui se démarquent comme méritant notre attention. L'un est Brian Bisley. Parfois plusieurs e-mails par jour et tous rédigés d'une manière qui indique l'utilisation d'une sorte de code. Des chiffres suivis de noms. Rien qui n'ait de sens.

— Pas encore, dit Terry.

— Exactement. L'autre adresse e-mail n'a pas encore été identifiée. Meg a confié le travail à quelqu'un pendant qu'elle dort. Mais les e-mails eux-mêmes sont bizarres. Rien dans le corps des messages autre qu'une image d'une coupure de journal. Toutes différentes. Et parfois une photo d'un endroit.

— Y a-t-il un point commun ? demanda Pete.

— Trop tôt pour le dire. Il y a un côté aléatoire à tout cela qui met mon sixième sens en alerte, dit Andy en fronçant les sourcils. Je fais tout imprimer et j'apprécierais que vous y jetiez un coup d'œil, Liz.

Pete lui lança un regard qu'elle ignora.

— Bien sûr. J'ai quelque chose à vous dire à tous.

Elle capta immédiatement leur attention. Une partie d'elle se sentait mal de ne pas avoir informé Pete davantage, mais le temps était son ennemi.

— J'ai découvert une anomalie concernant Ellen.

— Une anomalie, comment ça ? demanda Terry.

— Il y a des cheveux, y compris des follicules du cuir chevelu, qui sont marqués comme appartenant à Ellen. Je n'ai pas encore découvert quand ils ont été trouvés, mais ils sont liés à elle par ADN comme une correspondance proche. Suffisamment proche, apparemment.

— Apparemment ?

— Terry, il y a quelque chose de bizarre. Les cheveux sont blancs et épais. Pas blond doré et fins comme l'étaient les cheveux d'Ellen. Je comprends que la météo aurait pu les affecter, mais il y a une différence visible.

— On peut les faire réanalyser, dit Andy.

— Merci. Et oui. Mais il y a plus. Je suis retournée au parc hier soir... ce matin. Bref, il n'y a aucun moyen que la tête d'Ellen ait pu frôler le dessous du pont. Pas à moins qu'elle n'ait été sur les épaules de quelqu'un. Ou...

Pete n'avait pas détaché ses yeux d'elle. Elle les avait sentis la transpercer.

— Quelque chose ne va pas. N'est-ce pas ?

Elle secoua la tête.

— J'ai demandé à l'officier qui m'accompagnait de se tenir sous le pont. Il mesure un mètre quatre-vingt-quatorze et il n'y avait qu'un seul endroit étroit où ses cheveux auraient pu être assez proches pour toucher le pont. Mais aucune chance qu'Ellen ait pu atteindre cette hauteur.

— Tu penses que les cheveux pourraient être de celui qui l'a enlevée, dit Pete.

— Je ne sais pas. Il pourrait y avoir plusieurs réponses plus logiques.

Ses yeux rencontrèrent ceux d'Andy. Il y a seulement quelques heures, elle n'aurait pas lui aurait pas transmis cette information directement. Mais il avait changé d'approche à son égard, et en mieux. Son expression était pensive.

— Liz, dresse une liste de tous les parents d'Ellen, s'il te plaît. Mais ne la priorise pas car nous devons d'abord établir ce profil. Terry s'agita sur sa chaise. Plus vite nous aurons finalisé ce profil, mieux ce sera. Ce qui me rappelle, Andy, tu as dit que tu avais des noms ?

— En effet, grâce à Ben Rossi.

Tout le monde acquiesça. Ben avait été populaire.

— Envoie-les-moi et je commencerai à passer des appels. Je pense que nous avons un bon argument pour piquer une partie du budget réservé aux barbecues des chefs sur des yachts. Terry sourit.

— Mieux vaut toi que moi.

Il était peut-être heureux de refiler le travail, mais Andy était tout aussi capable d'obtenir ce dont il avait besoin pour son équipe... du moins dans ces circonstances. Liz admirait sa concentration et son ambition, même si occasionnellement cela le ramenait à la brigade criminelle. Son heure viendrait, mais quand elle arriverait, le jeune homme aurait-il l'estomac pour ce travail qui était le sien ?

— Qu'est-ce que vous voulez que je fasse, Terry ? Pete croisa les bras.

— En fait, si personne n'y voit d'inconvénient, j'aimerais t'emprunter, Pete, dit Andy. Ça ne me dérangerait pas de passer en revue quelques antécédents sur deux ou trois personnes mentionnées dans certains appels sur la ligne d'urgence.

— Tu sais que ce ne sont que des abrutis qui essaient de se débarrasser de leurs ennemis ?

— Je préfère en être sûr et tu connais ces gens mieux que la plupart d'entre nous. Andy ne céda pas. Sa voix était ferme sans être autoritaire et Liz devait lui reconnaître ça. S'il essayait de se mettre Pete dans la poche — du moins, son côté utile — alors il s'y prenait bien.

— D'accord. Mais si Liz a besoin de moi. Ou Terry.

— Alors vous irez les aider. Il y a un tableau blanc fraîchement rempli en bas.

Terry jeta un coup d'œil à sa montre.

— Je vais prendre un petit-déjeuner puis reprendre l'interrogatoire. Quelqu'un d'autre ?

Personne ne le suivit, chacun se dirigeant vers son poste.

# SEIZE

Après avoir récupéré les boîtes dans la salle des scellés, Liz se replongea dans les dossiers.

Elle imprima les schémas indiquant où les cheveux avaient été trouvés ainsi que ses photos et les plaça côte à côte. L'officier se tenait exactement là où les cheveux avaient été localisés dix-huit ans auparavant, à quelques centimètres près.

Pourquoi n'avait-elle pas été informée de la découverte des cheveux et de leur analyse ? Un simple coup d'œil suffisait à soulever une douzaine de questions et si on les lui avait montrés à l'époque... mais ça n'avait pas été le cas. Pour une raison quelconque, cette pièce à conviction cruciale avait été négligée. Les doigts de chaque main serrèrent un crayon jusqu'à ce qu'il se brise.

— Liz ?

Elle avait oublié que Pete était au tableau blanc à quelques mètres de là.

— Oups, dit-elle en jetant les deux morceaux du crayon.

— On ne peut pas se permettre de perdre des crayons, dit-il. Terry n'essaie-t-il pas d'augmenter notre budget pour les fournitures ?

— Très drôle. Pete, jette un coup d'œil à ça, tu veux bien ? Donne-moi ton avis.

Il était ravi de s'éloigner de la tâche qui lui avait été assignée et regarda par-dessus son épaule.

— Une idée s'il y avait auparavant une de ces souches à cet endroit ? Quelque chose de beaucoup plus haut ?

— Aucune. Et tout ce qui aurait été trop haut aurait été dangereux pour les jeunes enfants.

— Ce qui signifie qu'il y en avait peut-être une qui a été enlevée par la suite.

Liz nota de vérifier auprès de la personne qui gérait le parc. Quelque part dans tout ça se trouvaient les coordonnées. C'était une possibilité à laquelle elle n'avait pas pensé.

— En supposant que tu aies tort..., commença-t-elle.

— Impossible.

— Comment ces cheveux auraient-ils pu se retrouver coincés sous le pont ? Elle se retourna pour le regarder et il s'appuya sur le bord d'une armoire.

— Mis à part le fait que je sache que les cheveux n'appartiennent pas à un jeune enfant, de quelles façons ont-ils pu arriver là ?

Pete pouvait plaisanter au point d'être agaçant, mais à cet instant, il était on ne peut plus sérieux.

— Il n'y a pas beaucoup de possibilités. Je vais faire quelques suppositions ici, mais rien que nous ne puissions vérifier. Je doute qu'ils proviennent du dessus du bois. J'ai passé pas mal de temps sous et sur ce pont hier, et les planches ne sont pas ouvertes. Il y a à peine de la place entre elles pour la poussière, encore moins pour que des cheveux tombent miraculeusement et glissent à travers, sans parler de s'accrocher à la rugosité en dessous.

*Et c'est pour ça que je tolère tout le reste chez toi, mon vieux.*

— Les cheveux ont été arrachés du cuir chevelu et cela ne me laisse que deux conclusions possibles. Soit la tête de quelqu'un a frôlé le bois qui est assez rugueux pour avoir accroché les cheveux. Soit..., il se pencha pour retirer un autre crayon qui avait trouvé son chemin dans les mains de Liz, quelqu'un les a mis là.

— Si c'était la deuxième option, alors pourquoi ?

Pete remit le crayon dans son contenant.

— C'est si difficile à faire sans que ce soit évident pour un expert de la police scientifique, mais réponds à cette question et tu pourrais bien trouver qui était impliqué dans l'enlèvement d'Ellen. N'y a-t-il rien de plus substantiel dans le rapport à ce sujet ?

Liz ouvrit le dossier et feuilleta quelques pages.

— Tout ce que j'ai trouvé, c'est un bref commentaire sur des cheveux localisés deux jours après qu'Ellen ait été signalée disparue. Deux putains de jours. Elle le regarda. Avec Eliza, le parc a été immédiatement fermé. Une équipe s'est précipitée pour mener une enquête appropriée le jour de sa disparition. Ce n'est rien de comparable à ce que j'ai vécu, Pete. Rien du tout.

Sur le point d'atteindre le crayon, elle s'arrêta.

— Tu peux jeter un coup d'œil si tu veux. En fait, j'apprécierais.

— Et si on faisait un entretien ?

— Tu peux t'expliquer ?

Il hocha la tête.

— Et si toi et moi allions dans une salle d'interrogatoire pour avoir une conversation ? Si tu me fais confiance, je reviendrai avec toi à ce jour-là et verrai s'il y a quelque chose qui a été oublié ou négligé.

Une petite partie de Liz fut réduite en un million de morceaux. Elle avait été interrogée après l'enlèvement d'Ellen et la plupart du temps, on lui avait laissé entendre qu'elle avait manqué à son devoir de vigilance.

Mais le reste d'elle-même s'élevait en spirale vers quelque chose qui ressemblait à de l'espoir.

— Tu promets que tu n'éteindras pas les caméras ?

Avec le plus grand des sourires, Pete retourna à son tableau blanc.

— Je ne vais jamais promettre quelque chose que je ne peux pas tenir, Lizzie.

———

Terry accepta l'entretien, mais pas avant que Liz ait fini de compiler le dossier. Il avait réussi à trouver l'un des contacts de Ben Rossi qui avait accepté de venir dans l'après-midi et ne laissa aucun doute à Liz sur le fait qu'elle devait avoir les informations aussi prêtes que possible.

Elle se plongea dans les dossiers restants et prit de nombreuses notes, se forçant à ignorer l'envie de traquer tous ceux qui avaient été impliqués dans la négligence d'un tel ensemble de preuves convaincantes sur la disparition d'Ellen et de leur arracher la tête. Cela pouvait attendre. En fait, elle devait trouver un moyen de gérer sa colère et être capable d'en interroger certains elle-même, ce qui n'arriverait pas si elle montrait sa fureur à qui que ce soit. Même pas à Pete. Et il avait retiré tous ses crayons sauf un.

Autour d'elle, la pièce bourdonnait de conversations et d'appels téléphoniques. Des détectives, quelques agents en uniforme et du personnel de soutien se déplaçaient entre les étages au fur et à mesure que différentes informations leur arrivaient. Quelqu'un lui mit un café devant elle à un moment donné et l'atmosphère était intense.

Tout le monde voulait retrouver Eliza.

Alors que son estomac commençait à protester contre son état de vide, elle finit de compiler le dossier. Plusieurs pages de données croisées entre les deux disparitions furent imprimées. D'autres furent copiées du dossier d'Ellen. Elle avait créé une page qui mettait en évidence les similitudes suffisamment convaincantes pour mériter d'être incluses. Et une autre — la page la plus importante — qui contenait tout ce qui concernait ce qu'ils savaient du criminel. Ce n'était pas grand-chose, mais c'était plus que ce qu'ils avaient eu.

Il n'y avait rien de plus qu'elle puisse faire. Pas encore.

Après avoir imprimé plusieurs copies du dossier et les avoir mises dans leur propre chemise, elle frappa à la porte de Terry. Il était absent. Plutôt que de les laisser sur son bureau, Liz se rendit à l'unité de recherche des personnes disparues et le trouva avec Andy.

Elle hésita à les interrompre. À travers la porte vitrée, il était évident que les deux hommes étaient très impliqués dans un appel téléphonique. Mais Andy la remarqua et lui fit signe d'entrer, alors elle entra et ferma doucement la porte.

— Sûrement que cela serait mieux géré par notre service de communication, dit Terry. Me retirer moi ou Andy de nos équipes est une perte de temps. Avec tout le respect que je vous dois, monsieur.

La voix à l'autre bout de la conférence téléphonique était celle du patron de Terry. Liz le connaissait comme un homme attaché aux règles qui avait une vision négative des médias et une position ferme sur la criminalité.

— En temps normal, je serais d'accord. Mais vous vous êtes bien débrouillé hier et avoir un visage familier pour s'adresser au public de temps en temps est préférable que de les laisser spéculer ou écouter certaines des absurdités qui circulent. Rendez-vous disponible au parc à quatorze heures.

Terry leva les yeux au ciel.

— Oui, monsieur.

La conversation terminée, Terry marmonna quelque chose de peu flatteur.

— Que se passe-t-il au parc ? demanda Liz.

— Il va y avoir une reconstitution des déplacements de Maureen et Eliza hier matin. Filmée et sous-titrée. Le trajet qu'elles ont emprunté près de l'appartement, puis dans le parc, avec des acteurs. Terry fera ensuite une courte déclaration aux médias pour demander plus d'aide au public et répondre aux questions, expliqua Andy.

— La seule question est pourquoi faire ça maintenant. Terry repoussa sa chaise. Nous sommes tous surchargés et c'est quelque chose qu'on fait normalement quand l'intérêt pour l'affaire diminue. Quand il y a moins d'informations qui arrivent. Mais je ne fais qu'obéir aux ordres.

Liz lui passa les dossiers.

— Cinq copies du rapport.

Terry en laissa tomber trois sur le bureau, en tendit une à Andy et ouvrit la dernière. Les deux hommes parcoururent rapidement le document.

— C'est du bon travail, Liz, dit Andy. Clair et concis. Bonne utilisation des informations des deux affaires et des liens solides. Ça va nous aider. Il posa le dossier. Terry m'a dit que vous alliez faire une interview pour revenir sur la disparition d'Ellen. Préféreriez-vous que je fasse ça avec vous, plutôt que McNamara ?

Sur le point de dire à Andy que son expérience n'était même pas proche de celle de Pete, Liz s'arrêta pour y réfléchir. Comme il la connaissait à peine, cela lui permettrait d'insister sur des domaines que Pete pourrait ne pas aborder. Il y aurait un avantage. Mais Pete — qui pourrait plaisanter sur le fait que son style d'interrogatoire n'était pas adapté aux caméras — était un meilleur choix pour une raison importante. Elle lui faisait confiance. Même si Andy se réchauffait à son égard, Liz n'avait aucune idée de ce qu'il pourrait faire avec ce qui ressortirait de l'interview.

— Voyons comment ça se passe comme prévu, mais je garderai votre offre à l'esprit.

Andy hocha la tête.

Terry était debout.

— Liz, pouvez-vous être disponible quand le docteur Carroll viendra ? Je pourrais être coincé au parc au même moment.

Elle jeta un coup d'œil à sa montre.

— Bien sûr. Vous retournez voir Darryl ?

— Vous voulez regarder ?

— Tant que je peux manger et regarder en même temps.

— Ça ne vous donnera pas une indigestion ? Andy sourit.

— Je prendrai le risque. De toute façon, ce ne serait pas la première fois que Darryl me rend malade. Le voir ivre et nu, à part un caleçon et des chaussettes montantes, courir dans le couloir à la maison n'est pas un spectacle pour les estomacs fragiles.

---

Heureusement qu'elle mourait de faim et mangeait vite, car Darryl n'était pas coopératif.

— Je veux rentrer chez moi.

— Alors répondez honnêtement à mes questions et sans partir dans tous les sens, dit Terry.

Son avocat allait parler mais Terry lui lança un regard noir qui le fit taire.

Darryl s'était douché et portait un T-shirt et un pantalon de survêtement. Il avait l'air reposé et plus sûr de lui que Liz ne l'avait jamais vu. Arrogant oui, il avait toujours été un peu comme ça, toujours désireux d'avoir le scoop sur les ragots locaux ou de se vanter de sa brillante carrière de paramédical si tragiquement interrompue. Mais la façon dont il se tenait et avait un sourire narquois sur les lèvres chaque fois qu'il regardait Terry était inquiétante. Il savait quelque chose.

Terry ouvrit un dossier et le tourna pour que Darryl puisse le regarder.

— Votre ordinateur portable a fait l'objet d'un examen par la police scientifique qui est toujours en cours. Ce que je vous montre est une impression d'adresses e-mail que j'aimerais que vous identifiiez.

Darryl ne regarda même pas.

— Non ? Terry fit glisser la première page sur le côté. Nous faisons des suppositions au bureau à propos de celles-ci. Toute une sélection de rapports de journaux, tous soigneusement choisis pour vous. Pourriez-vous nous expliquer leur signification ?

Avec un haussement d'épaules, Darryl jeta un coup d'œil rapide.

— Je ne sais pas. Ça apparaît tout le temps. J'ai pensé que j'avais dû accidentellement m'abonner à une chaîne d'information.

— Du passé ?

Et voilà encore ce sourire narquois.

— Parce que certains de ceux-ci remontent à plus de dix-huit ans, Darryl. Ce que je pense, c'est que quelqu'un les a envoyés comme une sorte de message. Ce sont des indications sur où vous devriez aller ou même où se trouvent ces endroits. Ou étaient. Jusqu'à présent, nous en avons identifié quelques-uns. Terry se pencha en avant pour toucher le papier. Celui-ci, d'il y a dix-huit ans et quatre jours, est une histoire sur l'un des bâtiments près du parc.

— Si vous le dites.

— Je le dis. Et celui-ci concerne les transports. Les trams et les trains. Tous sont à une courte distance à pied de votre appartement et du parc.

— En effet. Très étrange.

Terry se leva et s'éloigna. Liz savait qu'il n'aurait rien aimé de plus que d'attraper Darryl et l'étrangler... sauf que Terry ne faisait pas ce genre de choses. Il était frustré et fixait la fenêtre comme si elle lui disait quelque chose.

— Vous voulez que j'appelle Pete, patron ? Elle sourit, sachant parfaitement qu'il ne pouvait ni l'entendre ni la voir.

— Et que dire des e-mails de Brian Bisley ?

— C'est le gestionnaire de l'immeuble.

Terry retourna à son siège et fit glisser une autre page.

— Des chiffres et des mots. Que signifient-ils ?

— Du charabia. Je n'ai jamais compris pourquoi il les envoyait.

— Vous n'avez jamais pensé à demander ?

Darryl feignit la surprise.

— Ouais. C'est une idée.

Terry le fixa du regard. Pas un mot, juste un long regard qui fit son effet. L'expression stupide de Darryl disparut et il détourna les yeux.

— Détective Hall, mon client doit être relâché.

— Vraiment ?

L'avocat hocha la tête.

— Il n'y a aucune raison de le retenir.

— Je vais vous dire. Suggérez à votre client d'avoir une conversation franche et appropriée avec moi au sujet de la chaussure qu'il a placée sur la route et j'examinerai les charges à retenir. Il y a déjà des motifs pour toute une série d'entre elles. Entrave à la justice. Interférence dans une enquête criminelle. Potentiellement, enlèvement d'une mineure. Et ainsi de suite. Je vais me faire un café, alors vous et votre client prenez quelques minutes pour discuter de la bonne façon de procéder.

Il avait presque atteint la porte quand Darryl parla.

— Ouais, d'accord. Je vais vous le dire.

— Monsieur Tompsett, je dois vous mettre en garde contre…

— Non. Plus de mise en garde. Si vous voulez faire quelque chose, vous pouvez aller vous faire voir.

*Eh bien, eh bien. Que mijotes-tu maintenant, Darryl ?*

L'avocat supplia Darryl de reconsidérer sa décision, mais après quelques mots secs, il rangea sa mallette et sortit de la pièce à grands pas.

Terry retourna à la table et se laissa tomber sur le siège sans un mot.

# DIX-SEPT

— Ça change la donne.

Terry était devant le tableau blanc avec la carte du parc, entouré d'un groupe de détectives.

Liz était perchée sur un bureau au fond. Elle avait envie d'être sur le terrain. De chercher. De parler à des témoins potentiels. De parler à Bisley. N'importe quoi plutôt que de rester assise à attendre, mais Terry devait bientôt se rendre au parc et il était inutile qu'elle s'éloigne trop au cas où il ne serait pas de retour pour rencontrer la psychologue, le Docteur Carroll.

— Notre ami Darryl a avoué avoir placé la chaussure d'Eliza sur la route. Il a admis avoir été en possession de la chaussure. Mais il nie toute implication dans son enlèvement.

— Alors comment a-t-il eu sa chaussure ? demanda un détective, et d'autres murmurèrent leur accord.

— Il prétend avoir reçu un e-mail lui demandant d'être à un certain endroit à une certaine heure. Ici, dit Terry en utilisant un marqueur rouge pour faire un « X » sur le tableau blanc. On lui a dit de récupérer l'article vestimentaire qu'il trouverait. La chaussure était sous un buisson, poussée hors de vue. Il l'a ramassée, l'a fourrée dans la poche avant de son sweat à capuche et a terminé le travail.

Le « X » était situé le long du côté du parc le plus proche de l'aire de jeux.

— Vous avez dit « article vestimentaire », patron ? Pas chaussure, fit remarquer un autre détective.

— Ce sont ses mots et je lui ai demandé deux fois de clarifier. Il n'avait aucune idée de ce à quoi s'attendre jusqu'à son arrivée. Les services de la police scientifique vont réexaminer cette zone en général et nous allons redoubler d'efforts pour trouver des images, qu'elles proviennent d'une caméra de sécurité, d'une caméra embarquée ou d'un taxi de passage, couvrant cette partie du trottoir et du parc.

Terry regarda sa montre et fronça les sourcils.

— Meg travaille sur l'aspect e-mail de cette information car Darryl l'avait supprimé et vidé son cache.

— Il ne dit plus qu'il ne connaît rien aux ordinateurs, dit Liz. Tout le monde se tourna vers elle comme s'ils avaient oublié sa présence. Il n'a cessé de geindre qu'il ne comprenait rien à la technologie depuis sa blessure au travail. Il m'a dit que c'était à cause du traumatisme, mais visiblement, il en sait assez pour supprimer une communication compromettante.

— Il dit que c'était un expéditeur anonyme. Terry leva les yeux au ciel. Je lui ai demandé pourquoi il suivrait les instructions de quelqu'un qu'il ne connaissait pas et il a dit... attention. Qu'il se sentait effrayé.

Le rire qui éclata était loin d'être amusé. Tout le monde en était au stade de remettre en question chaque bribe d'information et de vouloir que cette affaire soit résolue. La patience n'était plus de mise.

— Que faisons-nous ensuite ? demanda quelqu'un.

— La même chose qu'avant. Répondez aux appels. Examinez les images. Identifiez les personnes qui doivent être interrogées ou réinterrogées. Je pars maintenant mais Andy vous contactera si besoin et Liz est votre référente sinon. D'accord ?

Liz se leva alors que les détectives se dispersaient. Terry la rejoignit à mi-chemin.

— Je suis désolé de te laisser gérer les choses. Je ne m'attendais pas à être rappelé au parc pour un show médiatique.

— Tu vas jeter un œil là où était la chaussure ?

— C'est la première chose que je ferai.

— Je ne comprends pas cependant, Terry. Darryl a reçu un e-mail lui disant où et quand récupérer un article vestimentaire. En supposant que ce soit vrai, le criminel ne savait pas quel vêtement il laisserait, donc l'e-mail a été envoyé avant qu'il n'enlève Eliza. Mais il avait prévu un moyen de nous égarer et a choisi un loser comme Darryl pour accomplir la tâche. Liz secoua la tête. Il y a plus que ça. Nous devons trouver qui a envoyé cet e-mail.

— Va parler à Meg. Darryl ne va nulle part pour l'instant. Et si tu as des problèmes avec le Docteur Carroll, appelle-moi.

Après son départ, Liz partit à la recherche de Pete. Il n'avait pas assisté au briefing ni répondu à son appel téléphonique. Elle demanda aux personnes des deux étages actifs mais n'obtint que des haussements d'épaules.

*Si tu mènes ta propre enquête, inclus-moi, mon vieux.*

Pour une fois, elle aimerait être celle qui franchit un peu la ligne et avoir un accès au monde souterrain de la ville.

Juste une fois.

———

Liz commanda deux bons cafés et des pains aux raisins dans un café plus haut dans la rue. Elle avait besoin de quitter le bâtiment avant de rencontrer la psy. S'éloigner du chaos organisé créé par une enquête en cours. Comme toujours, il y avait de l'attente. L'endroit était populaire grâce à la proximité de l'immense poste de police qui abritait également plusieurs étages de personnel administratif et autour du bâtiment, il y avait beaucoup d'autres entreprises locales.

Attendre l'obligeait à faire une courte pause. À part vérifier les nouvelles sur son téléphone, il n'y avait rien d'autre à faire que d'observer les gens et réfléchir.

Un tramway passa en cahotant. Les passagers fixaient leur téléphone ou regardaient par les fenêtres, le visage impassible. C'était un grand défi pour trouver des témoins de l'enlèvement d'Eliza. Et d'Ellen. Les gens s'ennuyaient dans les transports en commun. Beaucoup se tournaient vers leur téléphone ou lisaient un livre. D'autres attendaient simplement d'arriver à leur arrêt. Mais il devait y en avoir qui regardaient le paysage et les passants avec intérêt, ne serait-ce que pour passer le temps.

On appela son nom et elle récupéra le plateau et le sac.

Sur le chemin du retour, son téléphone bipa mais elle l'ignora jusqu'à ce qu'elle atteigne le bureau de Meg. Meg était au téléphone alors Liz déposa les cafés et les pains aux raisins et se dirigea vers le bout de la longue pièce. Le message était de Vince.

*J'ai quelques idées. Mieux en personne. Je peux venir te voir ?*

Il valait mieux qu'il vienne, mais quand ? Qui sait combien de temps elle serait occupée cet après-midi et il avait sa petite-fille à récupérer après l'école.

*J'ai une réunion bientôt. Je peux venir plus tard ?*

Le temps supplémentaire pour aller chez lui était embêtant, mais une heure ou deux de plus ne feraient pas grande différence et pourraient tout changer si ses « idées » menaient à Eliza.

*Je serai là.*

Elle lui envoya un pouce levé. Le voir, et peut-être Melanie, était soudainement très important. Cela faisait trop longtemps.

— C'est pour moi, Liz ?

Meg sourit largement et brandit un pain aux raisins.

— Je me suis dit que si j'avais besoin de café et de glucides sucrés, tu en aurais peut-être besoin aussi. Liz se servit de l'autre délicieuse viennoiserie. Je suis sûre que tu en as marre que les gens viennent chercher de nouvelles informations toutes les cinq minutes.

— Non, mais je suis un peu fatiguée de traiter avec des menteurs et ce Darryl est aussi bête que possible tout en faisant preuve d'une intelligence irritante. Meg prit une grosse bouchée et tapa sur son clavier de sa main libre, parlant la bouche pleine. Il a supprimé ses e-mails-

— Je ne comprends pas un mot. Tu peux manger. Je vais parler, dit Liz. Je sais que tu es spécialisée dans le cyber, mais j'ai trouvé quelque chose de bizarre. Dans le dossier d'Ellen. Ma nièce ?

Meg avala, hocha la tête et prit une gorgée de café, les yeux rivés sur Liz.

— Des cheveux ont été retrouvés sous le pont du parc après l'enlèvement d'Ellen. Les tests ADN les ont attribués à elle, mais ce n'est pas possible. Meg, ce sont des cheveux d'adulte, épais. De la mauvaise couleur. Et à moins qu'elle n'ait été sur les épaules de quelqu'un, sa tête n'aurait pas pu atteindre cet endroit.

— Refais les tests. Nous avons de nouvelles technologies qui donneront de meilleures informations.

— Ça prend du temps et Eliza n'en a pas.

— Il y a une entreprise privée qui obtient des résultats incroyables avec des échantillons beaucoup plus petits que d'habitude et ils sont rapides, mais Liz, le coût est prohibitif pour nous.

— Je peux payer ? Tout cet argent sur son compte bancaire devait bien servir à quelque chose.

— Oh, je ne le proposerais même pas. C'est le moyen le plus rapide de discréditer des preuves si l'affaire va en justice. Je vais passer un coup de fil pour obtenir un tarif et un délai, et tu en parleras à Terry.

— Et si je le faisais d'un point de vue civil ?

Meg soupira.

— Seulement si tu veux quitter la police. Du moins, c'est mon avis.

— J'apprécie. C'était un pari risqué. Terry ne serait pas d'accord. Liz mordit enfin dans son pain aux raisins.

— Maintenant, comme je le disais tout à l'heure, nous avons récupéré les e-mails supprimés. Ce n'est pas aussi simple que de donner les noms parce que l'expéditeur est intelligent. Donne-moi encore quelques heures et je pourrais avoir quelque chose à partager.

— Mais tu es confiante de trouver la source ?

Avec un sourire, Meg enfourna son pain aux raisins dans sa bouche et fit signe à Liz de partir.

———

Le docteur Candace Carroll était une femme énergique, brusque et d'une beauté à couper le souffle.

En dehors de son observation habituelle des gens, Liz ne prêtait pas particulièrement attention à l'apparence, sauf si cela avait un rapport direct avec une affaire. Les gens étaient des gens. Mais la psychiatre quinquagénaire avec sa coupe pixie argentée, ses yeux verts perçants et ses traits à la Helen Mirren était impressionnante.

*Est-ce que je change avec l'âge ?*

Liz repoussa cette idée. Elle n'avait aucun intérêt pour une relation, peu importe à quel point le partenaire était désirable. L'amour était nul. Il prenait tout ce qu'une personne avait, le broyait en un million de morceaux et le lui renvoyait comme des éclats de verre tranchants.

— Détective ?

La voix grave du docteur tira Liz de ses pensées stupides. Elles étaient assises l'une en face de l'autre dans une salle de conférence, le rapport de Liz étalé entre elles.

— Docteur Carroll, comme mentionné plus tôt, le Sergent-détective Hall s'excuse de ne pas être là. Il y a eu des développements dans l'affaire nécessitant sa présence à une conférence de presse. Je peux parler en son nom dans une certaine mesure.

— Vous êtes également dans une position unique pour présenter ces informations.

— Peut-être. Certains pensent que je suis trop proche.

— Appelez-moi Candace. Elle se pencha en arrière dans son

siège, une main posée sur la table. Ses doigts étaient fins et longs. Élégants, sans bagues. Ongles courts mais parfaits. Être proche est une position unique. Vous voyez des choses que personne d'autre ne voit. Ce qui pourrait être une intuition pour un autre officier est une vérité pour vous. J'ai lu le rapport. Il est bien écrit et offre des raisons convaincantes pour profiler une personne qui a enlevé non pas un, mais au moins deux enfants. Mais Liz, que pensez-*vous* ?

C'était inattendu et cela déstabilisa Liz. Et si le docteur évaluait sa capacité à présenter un argument rationnel ? Mais quand Liz regarda Candace, son regard perçant qui pénétrait son âme, il n'y avait aucune malice.

— Je ne sais pas vraiment. Il y a des aspects de l'affaire de ma nièce qui ne collent pas maintenant que je les ai réexaminés et j'ai un... sentiment, une intuition, appelez ça comme vous voulez, que celui qui a enlevé ces enfants...

Elle ne pouvait pas le dire.

Candace se pencha en avant.

— Je vois des choses qui ne sont pas réelles. Je fais des liens sans aucune preuve... du moins, pas à moins qu'il y ait un moyen de réexaminer un échantillon d'ADN rapidement.

— Tout est possible s'il y a des raisons convaincantes. Quelles connexions voyez-vous ?

Au pire, Candace dirait à Terry que son officier supérieur avait perdu la tête et elle serait retirée de l'affaire. Cela ferait plaisir à Andy. Mais et s'il y avait ne serait-ce qu'un petit brin de vérité dans ce qui tournait dans sa tête depuis des heures ?

— Je suis ici parce que je veux aider, Liz. Pas pour vous juger, bien que si je le faisais...

Liz plissa les yeux.

— Vous êtes tout à fait saine d'esprit. Vous travaillez trop dur et affrontez vos démons avec grâce et courage. Ben Rossi pense le plus grand bien de vous et je ne vais pas parler à tort et à travers à qui que ce soit, peu importe ce que vous me confiez.

*Je me suis fait confiance pour m'occuper de ma nièce. Ma sœur m'a fait confiance pour assurer sa sécurité.*

— Et si tout ça était à propos de moi ? Les mots jaillirent de Liz. Il n'y a rien de fortuit dans le fait que deux filles aient été enlevées du même parc dans des circonstances presque identiques. Les deux filles sont proches en âge et en apparence. Elles jouaient toutes les deux dans la même zone et les adultes étaient distraits. Et les deux petites filles ont un lien fort avec le même bâtiment.

— Ce qui pourrait signifier quelque chose ou rien du tout, dit Candace. Mais tout cela nous dit seulement que celui qui les a ciblées avait connaissance du bâtiment ou du parc. Peut-être qu'ils vivent en vue de l'un ou l'autre et ont un type particulier quand il s'agit d'enfants.

Un frisson parcourut l'échine de Liz.

— Il y a plus que ça. Deux filles dont les prénoms commencent par E. Deux filles vivant, ou dans le cas d'Ellen, séjournant avec une femme seule. Il y a plus. Je suis certaine que si je creuse davantage, je trouverai plus de similitudes.

Candace hocha la tête.

— Je suis d'accord avec vous. Mais qu'est-ce qui vous pousse à croire que ces crimes sont à propos de vous, à part le fait qu'Ellen soit l'un des enfants enlevés ?

— Les cheveux. Liz tendit la main et tourna les pages du dossier jusqu'à la photographie de l'échantillon. Je n'ai jamais eu accès à cela jusqu'à maintenant, mais les cheveux sur l'image ont été prélevés sous le pont de jeu. Ce ne sont *pas* ceux d'Ellen et c'était un travail bâclé de la part de celui qui s'en est occupé à l'époque. L'ADN la relie à moi et ils ont accepté que les cheveux devaient donc appartenir à Ellen.

— Vous n'avez jamais été sous le pont ?

— Pas jusqu'à hier soir quand j'y suis allée faire des recherches.

— Dans ce cas, il est logique que vous remettiez en question toute connexion. Ce raisonnement vous conduit-il à un suspect ?

Liz sentit ses épaules s'affaisser. C'était son impasse.

— Il y a trop de choses qui se bousculent dans ma tête. En ce moment, j'ai une douzaine de choses qui requièrent mon attention.

Candace observa Liz un instant. C'était troublant.

— L'un des détectives, quelqu'un avec qui je suis à l'aise, va m'interroger. Il va repasser en revue la disparition d'Ellen et voir s'il peut en tirer quelque chose de nouveau.

— Soyez prudente. Être à l'aise est une chose, mais l'expertise en est une autre.

Liz sourit un instant.

— Pete a de l'expertise. J'ai confiance en lui.

Il y eut un moment, un échange silencieux qui disparut aussi vite, mais Liz était convaincue que Candace avait voulu offrir *son* expertise à la place de celle de Pete. Ou peut-être, aux côtés de la sienne.

— Dans ce cas, je vais passer un peu de temps à revoir votre dossier et organiser un rendez-vous avec Terry. Candace sortit une carte de visite et écrivit au dos. Si vous avez besoin de parler, à n'importe quel moment, appelez-moi à ce numéro. C'est mon numéro personnel.

Bien qu'elle n'ait aucune intention d'utiliser le numéro, Liz accepta la carte et se leva.

— Je vous en prie, utilisez la salle aussi longtemps que vous le souhaitez. Je parlerai à Terry une fois qu'il aura terminé la conférence de presse. Et merci.

— Pour quoi, Liz ? Candace inclina la tête.

— De me croire.

Un autre long regard, puis Candace reprit le dossier au début. Son attention se porta sur le résumé et Liz sortit.

# DIX-HUIT

Andy brûlait d'envie de trouver un canapé et de fermer les yeux. Juste pour une demi-heure.

*Sauf que ça se transformera en une demi-journée si personne ne me dérange.*

Il ouvrit le tiroir supérieur de son bureau et choisit une barre de chocolat parmi une demi-douzaine de variétés assorties. En la déchirant, il la porta à son nez et savoura l'arôme avant d'y mordre. Ce n'étaient pas des chocolats ordinaires. Il avait un ami qui était copropriétaire de l'un des meilleurs chocolatiers artisanaux du pays et il recevait un approvisionnement sans fin chez lui. Il ne faisait pas grand-chose en retour. Juste quelques services occasionnels quand son ami se plantait.

À l'extérieur de son bureau, c'était une ruche en activité. Des abeilles ouvrières, tous les officiers et le personnel de soutien. Et ils devaient travailler à pleine capacité car quelque part, une petite fille terrifiée avait besoin d'eux. Il ne faudrait qu'un seul indice valable. Une découverte qui mènerait au tordu qui la détenait.

Quand son téléphone fixe sonna, il faillit sursauter.

— Montebello.

La ligne était silencieuse.

— Parlez ou raccrochez.

Un moment. Une respiration.

Qui avait transféré cet appel ?

— Vous êtes un responsable ?

La voix était masculine. Plus âgée. Éduquée. École privée.

— L'un des responsables. Comment puis-je vous aider ?

— Je veux parler au responsable.

Levant les yeux au ciel, Andy saisit un stylo et écrivit sur un bloc-notes. *Cinglé.*

— Vous voulez la ramener ? Eliza ? Vous me parlez à moi.

Se redressant, Andy jeta son stylo contre la fenêtre. Comme personne ne réagit, il prit une tasse, vide depuis longtemps d'un café bu froid des heures auparavant, et la lança après le stylo. Elle se brisa. Plusieurs têtes se levèrent. Andy fit des gestes frénétiques.

— Je vous parle.

La porte s'ouvrit. Andy pointa le téléphone et articula silencieusement « tracez l'appel ».

C'était probablement impossible car l'appel passait sûrement par le standard principal, mais cet officier était parti et d'autres se rassemblaient à sa place.

Andy saisit son portable et commença à enregistrer, tenant les téléphones proches l'un de l'autre.

— Je vous écoute.

— Mais vous ne me prenez pas au sérieux.

— Si. Je m'appelle Andy. Comment dois-je vous appeler ?

— C'est sans importance. Il y a quelque chose que vous devez faire pour moi si vous voulez récupérer l'enfant.

— Est-ce *vous* qui avez enlevé l'enfant ?

— C'est sans importance. Vous n'aurez qu'une seule chance alors écoutez attentivement, Andy. Je vais vous donner une adresse. Avant qu'il ne fasse jour demain matin, je veux rencontrer y l'un de vos officiers. La femme.

— Quelle femme ?

L'estomac d'Andy se noua. Ça ne pouvait être qu'une seule.

— La détective qui a laissé son enfant seul dans le parc.

— Pourquoi voulez-vous la rencontrer ?

Il y eut un silence. Andy se concentra sur les bruits de fond mais ne pouvait entendre que la respiration de l'appelant.

— Eliza est-elle en vie ?

— Il n'y aurait aucun intérêt à vous parler si elle ne l'était pas. Sa mère lui manque.

Andy ferma les yeux un instant. Ça semblait sincère.

— Dites à Elizabeth Moorland d'être à l'endroit indiqué une demi-heure avant l'aube. Je sais que vous enregistrez ça, alors je ne dirai l'adresse qu'une fois.

Il la débita rapidement et Andy la nota frénétiquement.

— La mère d'Eliza est désespérée. S'il vous plaît, déposez-la dans un endroit sûr. Ne la faites pas attendre.

L'homme avait raccroché.

Liz n'était pas dans le bâtiment et Andy lui en était reconnaissant. Elle pouvait rester en dehors de la boucle jusqu'à ce qu'il ait parlé à Terry et probablement à certains des supérieurs. Mais Candace Carroll était toujours là et elle écoutait l'enregistrement dans une autre pièce.

— Je veux McNamara alors retrouvez-le, s'il vous plaît. Il raccrocha pour ce qui lui semblait être la cinquantième fois depuis l'appel de l'homme.

Le *suspect* avait appelé.

Andy ne pouvait pas encore prendre le temps d'analyser en profondeur la conversation. Il avait envoyé l'enregistrement à Meg avec ses propres souvenirs de tout ce qui s'était passé lors de la brève rencontre. C'était la première chose qu'il avait faite, avant même de répondre à la douzaine de questions des officiers qui avaient afflué dès qu'il avait indiqué que l'appel était terminé.

Quelqu'un avait nettoyé le désordre qu'il avait fait. Il y avait eu des éclats de tasse partout sur la moquette et maintenant il y avait une fissure sur la fenêtre.

Il aboya quelques ordres. Des gens de son équipe dont il avait besoin ici tout de suite. Même s'ils étaient en pause ou pas de service.

Terry était en route et pour une fois, tout ce qu'Andy voulait était de voir le chef de la brigade criminelle. Ils s'étaient toujours bien entendus, mais le fait de devoir partager la responsabilité de cette affaire avait agacé Andy et ce n'est qu'en travaillant étroitement avec Terry qu'il avait réalisé combien il avait encore à apprendre.

C'était une avancée. Ou une perte de temps complète.

Meg frappa à sa porte.

— Chef, impossible de tracer l'appel téléphonique. J'ai des nouvelles concernant les e-mails que Darryl Tompsett avait reçus, ceux avec les coupures de journaux et tout ça ? Ce n'est pas génial.

— C'est-à-dire ?

— L'expéditeur a fait du bon boulot pour cacher son identité et utilise l'un des fournisseurs de services les plus notoires qui ne consignent rien. Totalement illégal mais pas basé en Australie donc on ne peut rien faire, mais cela dit, j'aimerais beaucoup un mandat pour essayer si on pouvait ? Je viens de t'envoyer les notes par e-mail si tu peux en faire la demande, s'il te plaît.

— Je m'en occupe. Combien de temps, une fois que tu l'auras ?

— Un moment. Aussi, je fais passer l'appel téléphonique par un programme de reconnaissance vocale. Il y a peu de chances d'avoir une correspondance mais ça vaut le coup d'essayer. Où est Liz ?

— Je crois qu'elle était partie en voiture pour rencontrer Vince Carter. Tu as besoin d'elle ?

Meg secoua la tête.

— Je fais tourner un programme qui recoupe les aspects du dossier de Liz. Les similitudes. Et on a une piste sur des images d'une caméra embarquée. Le gars ne sait pas comment les télécharger, alors j'ai envoyé quelqu'un les récupérer.

— Quel genre d'images ?

— Il était près du parc au bon moment et il a un vague souvenir d'avoir vu un homme âgé avec une petite fille. Elle tenait la main de l'homme et bavardait en traversant la rue. Il a trouvé ça mignon, comme un grand-père et sa petite-fille.

Andy se leva d'un bond.

— Quelle rue ? Dans combien de temps pourrons-nous les voir ?

— Du calme. J'ai aussi envoyé ces infos. Vérifie tes e-mails de temps en temps, tu veux ? Avec un sourire, Meg disparut.

— Vérifier mes e-mails. Que crois-tu que je fasse toutes les deux minutes ? marmonna-t-il pour lui-même en se rasseyant et en actualisant sa boîte de réception.

— Vous vouliez me voir ? Pete entra sans frapper, ferma la porte derrière lui et s'affala sur une chaise. Du nouveau ?

— Vous avez l'air d'une épave.

— Et j'en suis fier.

Pete devait être resté éveillé toute la nuit à en juger par son apparence. Ses vêtements étaient froissés. Ses cheveux étaient plus en désordre que d'habitude. Mais ses yeux étaient vifs et pleins d'attente.

— J'ai reçu un appel téléphonique d'un homme laissant entendre qu'il détient Eliza.

— Vous auriez pu commencer par ça.

— Ouais, eh bien la raison pour laquelle je vous ai fait venir concerne Brian Bisley. Un mandat est en cours d'exécution pour saisir ses appareils et fouiller son bureau et son appartement. Meg est en train de déterminer l'origine des e-mails anonymes envoyés à Darryl et en attendant, nous voulons des réponses sur la relation de Bisley avec lui.

— Alors, il est ici ? demanda Pete. Vous voulez que je fasse l'interrogatoire ?

— Pas avec lui. Celui avec Liz dès qu'elle sera de retour. Et ce que je vous dis est confidentiel, Pete. L'interlocuteur veut que Liz le rencontre demain matin.

— Pour faire quoi ?

— Je vous donnerai accès à l'enregistrement de l'appel, mais il a essentiellement exigé de la voir, seule bien sûr, si nous voulons récupérer Eliza.

— Alors elle est vivante.

— C'est ce qu'il a dit.

Pete passa ses deux mains dans ses cheveux et jura entre ses dents.

— J'aimerais que vous vérifiiez si Liz se souvient d'autre chose concernant la disparition d'Ellen avant que je décide de ce qui se passera demain.

— Liz ne devrait pas y aller, dit Pete.

— Je suis d'accord. Terry avait ouvert la porte et l'avait refermée derrière lui d'un clic ferme, son expression était grave. Nous n'avons rien qui nous prouve qu'il ne s'agit pas d'un ancien criminel qu'elle a traité et qui utilise l'enlèvement pour avoir accès à elle. Jusqu'à ce que nous ayons de meilleures informations, je ne veux pas qu'elle soit au courant de l'appel téléphonique. Il tira une autre chaise. La reconstitution des événements avec des acteurs s'est bien passée. Les médias diffusent le produit fini sur tous les canaux habituels et j'ai fait une diffusion en direct. En venant ici, j'ai entendu qu'il y avait quelques pistes prometteuses.

— Meg en suit une d'une personne ayant potentiellement des images d'un homme et d'une petite fille près du parc. Andy tapa sur son clavier. Je viens de t'envoyer les informations qu'elle a jusqu'à présent. Le mieux pour tout le monde serait de retrouver Eliza aujourd'hui.

Pete se leva.

— Liz va mettre un moment. Et si j'avais une petite conversation avec Bisley ?

— Lis d'abord la transcription du dernier interrogatoire. Il n'est pas encore en état d'arrestation et je préférerais qu'il ne prenne pas d'avocat, dit Andy.

— Je serai gentil.

— Pete, pousse-le un peu sur les e-mails. Il y a déjà des gens qui examinent ses ordinateurs et le temps n'est pas son ami, dit Terry.

Avec un sourire, Pete se leva.

— Moi non plus, patron.

Andy prit son premier repas de la journée — à part la barre de chocolat des heures plus tôt — là où il pouvait observer l'interrogatoire de Bisley. Sa façon de manger était épouvantable. Pas régulièrement et chargée en glucides. Ni l'un ni l'autre ne lui convenait. Au moins, le kebab était chaud.

Il y avait eu une impasse dans le bureau de Bisley jusqu'à ce qu'on le menace d'arrestation pour obstruction. Apparemment, il avait juré, écrasé sa cigarette et était parti sans un mot de plus. Si McNamara pouvait le faire parler sans qu'un avocat soit appelé, ce serait un miracle.

*J'aurais dû m'en charger.*

Laisser cela à un homme à la réputation douteuse était une mauvaise décision. La mauvaise décision de Terry. Il avait été un bon flic. Maintenant, il devrait prendre sa retraite.

— Il faut beaucoup d'intelligence pour gérer un si gros boulot, Bing. Comment es-tu arrivé à la direction ?

Pete était assis, une cheville posée sur un genou, détendu, sirotant un café. Il était là depuis une demi-heure et avait apporté un café pour l'homme en face. Et quelques beignets.

— Ce bâtiment n'est pas mon premier. Non, j'ai commencé petit, en faisant la comptabilité d'un endroit à Geelong. Le directeur s'est fait prendre la main dans le sac et en récompense pour avoir découvert son vol, j'ai eu le poste. J'y suis resté presque dix ans, puis il y a eu un changement de propriétaire et ils ont transformé l'endroit en appartements avec services. Ça allait prendre un an de rénovation et je n'allais pas être payé à rester assis.

— Un grand changement du style de vie de Geelong à la banlieue pourrie.

Bisley leva les yeux au ciel.

— Tu m'étonnes. Cela dit, mon appartement est un cran au-dessus de tous les endroits où j'ai vécu avant.

Andy faillit recracher un morceau de tomate. Quels genres de standards cet homme avait-il ?

— Sympa, hein ?

— Le meilleur de l'immeuble. Dernier étage. Un coin avec un balcon qui fait le tour. Vue sur le parc.

Il devint écarlate et serra les lèvres.

*Allez, McNamara. C'est tombé tout cuit dans ton assiette.*

— Mon appartement, c'est tout le contraire. Pas de balcon. Pas de belle vue.

*C'est quoi ce bordel ? C'est un concours d'appartements ou quoi ?*

— Ça craint, mec.

— Ouais. Remarque, je suis rarement là pour me plaindre. Tu savais que j'ai passé la plupart de ma carrière sous couverture ? Pete décroisa les jambes et se pencha en avant pour poser ses deux coudes sur la table. C'est le meilleur boulot qui soit. Je peux être quelqu'un d'autre. Me déguiser. Me rapprocher des criminels. Même en cogner quelques-uns et tu sais quoi ? J'adore ça. J'adore la liberté d'être *intouchable*.

Andy finit son kebab. C'était peut-être pour ça que Liz accordait tant d'attention à McNamara.

Bisley glissa un doigt entre le col de sa chemise et son cou.

— Je ne suis pas sous couverture maintenant, donc les interrogatoires sont beaucoup moins amusants. Mais voilà le truc. *Bing*. Il se pencha aussi loin que possible sur la table sans se lever. Bisley ne bougea pas. Un peu comme un cerf pris dans les phares. J'ai des contacts. Beaucoup. Et aujourd'hui, j'ai traîné avec certains des types les plus crapuleux qu'on puisse espérer ne jamais rencontrer. Tu vois, je vais retrouver Eliza Singleton — vivante et en bonne santé — et quiconque se mettra en travers de ma route n'aura pas une vie facile.

Bisley recula, l'air sur le point de faire une crise cardiaque.

— Alors, Bing. Parlons un peu de la vue sur le parc. Et des e-mails que tu envoies à Darryl Tompsett depuis environ dix-huit ans.

# DIX-NEUF

Le trajet jusqu'à chez Vince donna à Liz le temps de réfléchir. Trop de temps à certains égards, son esprit rejouant le moment où elle avait réalisé qu'Ellen avait disparu. Cela ne la quitterait jamais. Le choc soudain. L'incrédulité. La panique.

Des jours et des nuits de recherche. Répondre à des questions. En poser.

Et puis la colère. Les reproches à elle-même. Les reproches d'Anna. Les reproches des étrangers.

*Arrête, Liz.*

Elle pensait avoir enterré ce cycle toxique de ressassement, mais ensuite Eliza était arrivée.

Ce qu'elle devait faire maintenant, c'était passer au crible les souvenirs de Vince de cette époque et, le connaissant, il avait fait exactement la même chose.

Alors qu'elle tournait sur la route menant à sa maison, elle jeta un coup d'œil à une voiture dans son rétroviseur. Elle l'avait suivie sur l'autoroute, mais elle ne se souvenait pas quand elle l'avait remarquée pour la première fois, et les berlines Toyota blanches étaient courantes. Ralentir de l'autre côté d'un virage lui donna l'occasion de relever le numéro d'immatriculation lorsque la voiture la rattrapa. Elle appela pour le signaler.

La voiture réduisit considérablement sa vitesse et s'engagea dans une allée.

Liz annula la demande. Elle avait peur de son ombre.

Vince vivait à des kilomètres de nulle part — ou du moins c'est ce qu'on ressentait — au-delà de Bacchus Marsh, où des propriétés de différentes superficies s'adossaient à une longue crête. L'année dernière, son vieux chalet avait été réduit en cendres. Malgré cette expérience horrible, Vince l'avait reconstruit et y vivait à nouveau avec le seul membre de sa famille qui lui restait, sa petite-fille, Melanie.

L'allée était toujours rudimentaire et basique, mais la nouvelle maison était adorable, un chalet en bardage avec un toit gris et une véranda tout autour. Elle se gara devant et eut à peine eu le temps de descendre qu'une tornade d'enfant se jeta sur elle.

— Liz ! Liz ! Tu es vraiment là.

Liz serra Melanie dans ses bras.

— Je le suis vraiment. Laisse-moi te regarder. Elle la relâcha et se redressa avec un sourire. As-tu grandi d'un mètre ?

— Je grandis en centimètres. Papi est en train de creuser un jardin pour les légumes. Viens voir.

Melanie courut autour du chalet et Liz la suivit, plus posément.

Vince pelletait du fumier d'une brouette vers un carré de jardin surélevé pendant qu'une femme d'environ son âge l'étalait avec un râteau.

— Papi, Lyndall ! Regardez.

Tous deux levèrent la tête alors que Melanie s'arrêtait près de la brouette, fronçant le nez.

— Beurk.

— Beurk en effet, jeune fille. C'est le meilleur mélange de mes ânes et de ta ponette et ça fera pousser n'importe quoi. Lyndall posa son râteau et jeta ses gants de jardinage sur l'herbe. Liz. Quel plaisir de te voir, ma chérie.

Lyndall possédait la propriété voisine où elle s'occupait de ses ânes rescapés et entretenait une maison et un jardin magnifiques. Elle avait accueilli Vince et Melanie après l'incendie et plus que cela, elle avait été tout autant responsable d'avoir sauvé la vie de Vince que Pete. Leurs balles avaient touché le tueur en même temps. Elle était une excellente tireuse. Et curieusement, elle avait une chambre forte dans sa maison.

*Un jour, je voudrais entendre ton histoire.*

Liz rendit l'étreinte ferme de Lyndall et quand elle recula, Vince la serra encore plus fort. Elle s'accrocha, retenant des larmes qui venaient de nulle part, ayant besoin de puiser dans sa force pendant un moment.

— Tout ira bien, Lizzie, murmura-t-il.

— Maintenant, Melanie et moi allons ramener la brouette dans mon pré pour récupérer plus de crottin d'âne, dit Lyndall.

— Mais je veux parler à Liz, dit Melanie en faisant la moue. Elle m'a manqué.

— Tu m'as manqué aussi, Mel. Mais si ça ne te dérange pas trop, j'aimerais emprunter ton grand-père pour quelques minutes. Des trucs ennuyeux d'adultes.

— Hum… Mais ne pars pas sans me dire au revoir.

— Je te le promets.

Melanie essaya de soulever la brouette toute seule et avec un sourire, Lyndall prit le relais.

— Tu ouvres la barrière, petite demoiselle.

— Crottin d'âne. Crottin d'âne. Sautillant devant, Melanie chantait ces mots.

Vince versa deux grands verres d'eau.

— Tu restes dîner ? Je peux commencer un peu plus tôt.

— J'aimerais bien. Bientôt d'accord ? Liz accepta le verre et suivit Vince dehors.

Ils s'assirent dans la véranda arrière qui donnait sur le pré de la ponette, actuellement vide. La vieille ponette qui l'occupait habituellement passait souvent du temps avec les ânes pour avoir de la compagnie. Melanie et Lyndall étaient à peine visibles dans un pré à mi-chemin de la colline menant à sa grande maison.

— C'est agréable de vous voir tous les trois ensemble.

— Nous ne sommes pas ensemble, ensemble. Lyndall et moi. Nous sommes tous les deux un peu trop ancrés dans nos habitudes pour ça, mais elle compte beaucoup pour nous deux. Melanie l'adore.

*Toi aussi.*

— Vince, tu as dit que tu avais eu quelques réflexions quand tu m'as envoyé un message. Si tu as quoi que ce soit, ça pourrait aider.

— As-tu lu tes propres notes de journal ?

— Oui. Et les tiennes.

— Quelque chose t'a sauté aux yeux ?

Liz secoua la tête.

— Rien qui n'était pas déjà sur mon radar. Je pensais avoir tout verrouillé mais beaucoup de choses sont aussi claires que le jour où Ellen a disparu.

— Des souvenirs clairs ou des sentiments ? Il but une gorgée d'eau et posa le verre sur une table. Les sentiments ne retrouveront pas Eliza, mais ton instinct le pourrait. Et d'une manière ou d'une autre, tu dois les séparer.

Il avait raison. Les souvenirs vifs étaient entachés d'une terrible angoisse.

— Oui. Les deux. C'est pourquoi je suis ici. J'ai besoin d'entendre ta version de ce qui s'est passé ce jour-là. Ces jours-là, dit-elle.

— Du mieux que je peux. Vince hocha la tête. Tu m'as téléphoné quelques minutes après midi. Je travaillais. Tu as dit : « Ellen a été enlevée ». J'ai découvert où tu étais et j'ai appelé mon officier supérieur. J'étais là moins d'une demi-heure plus tard. Il y avait deux flics dans le parc qui cherchaient Ellen. Tu étais affolée. À chercher et à appeler. Je t'ai fait arrêter et prendre une minute à l'ombre pendant que j'appelais d'autres officiers.

Liz essaya de boire un peu d'eau, mais sa gorge était serrée.

— Tu m'as dit qu'Ellen jouait autour du pont et que tu étais au téléphone et que tu l'avais quittée des yeux. Quand tu as raccroché, tu es allée lui dire qu'il était temps de prendre une glace, mais elle n'était pas là. Tu as fouillé le parc et signalé sa disparition, puis tu m'as appelé. Plus de policiers sont arrivés, mais pas assez. Je t'ai envoyée regarder dans l'appartement.

— Elle n'y était pas.

— Je sais, Lizzie. Vince soupira. Il a fallu trois heures pour qu'un détective arrive sur les lieux. Trois heures. On m'a retiré des recherches et pour cela je ne leur ai jamais pardonné. La première théorie était qu'Ellen avait été récupérée par un parent ou un ami et trop de temps a été perdu là-dessus plutôt que sur autre chose. Mais il s'agit là d'une spéculation de ma part. Pas des faits.

— Il y a eu une certaine confusion de la part de ma sœur. Ellen devait rentrer chez elle ce soir-là et j'avais prévu de la déposer. Mais Anna pensait que c'était Sav, son mari, qui devait venir la chercher. Sav croyait que c'était Anna. La police les a appelés tous les deux et chacun avait une version différente. Ça a fait perdre du temps, mais c'était une erreur.

S'en étaient suivis beaucoup de cris et d'accusations.

— De toute façon, cela s'est passé en milieu de matinée, pas en début de soirée quand Ellen était censée rentrer.

Du haut de la colline parvinrent des éclats de rire. Un des ânes poursuivait Melanie autour de la brouette.

— Et dire que c'est la même fille qui avait peur de la vieille ponette quand elle est arrivée ici, dit Vince d'une voix douce.

— Elle a de la chance de t'avoir.

— C'est réciproque, Liz.

Vince avait traversé tant d'épreuves et les avait surmontées. Pas avec grâce, certes. Mais s'il avait pu surmonter toutes les pertes dans sa vie, alors Liz pouvait certainement tenir le coup pendant qu'elle recherchait une enfant enlevée. Elle se secoua mentalement.

— Autre chose de pertinent ? Une observation sur l'affaire d'Ellen qui ne figure pas dans le dossier ?

— Deux ou trois choses m'ont dérangé à l'époque, mais elles

étaient trop vagues pour faire l'objet d'un suivi. L'une d'elles était le manque d'enquête sur la famille d'Ellen. Je me souviens que ses parents ont été interrogés. Tu sais qui d'autre ?

— Il n'y avait personne d'autre dans l'État à ce moment-là. La famille de Sav vit toute dans le Queensland. Anna et moi n'avons plus personne maintenant. Maman est morte il y a plus de vingt ans.

— Et ton père ?

L'estomac de Liz se noua.

— Je ne l'ai pas vu depuis que je suis enfant. Ni Anna.

— Est-il vivant ?

Elle haussa les épaules.

— Aucune idée. Le divorce de mes parents a été traumatisant. Il était violent. On était mieux sans lui.

Vince la fixa, ses yeux ne trahissant rien.

— Papi ! Liz ! J'ai joué avec un des ânes.

Melanie sautillait dans leur direction.

— Merci, Vince. Parler avec toi m'aide.

— Je ne t'ai pas dit l'autre chose qui me dérangeait. Ce gestionnaire d'immeuble. Je ne l'ai rencontré que deux ou trois fois, mais je pense qu'il y a plus à son sujet.

— Il est en train d'être interrogé à nouveau en ce moment et je suis d'accord.

Melanie atteignit la véranda et se jeta sur Liz, finissant assise sur ses genoux.

— Est-ce que je sens le crottin d'âne ?

— Oui. Et les ânes.

Avec un gloussement, Melanie passa ses bras autour du cou de Liz et la câlina.

— Et maintenant toi aussi.

Liz s'arrêta chez elle juste le temps de se rafraîchir, après avoir décidé qu'il valait mieux ne pas retourner au travail en puant la ferme. L'appartement de Darryl était maintenant barré d'un ruban de police. Le travail de la police scientifique se poursuivait dans le bureau de Brian et elle n'y entra pas.

*Rien à voir avec la dernière fois.*

Vince avait été tout aussi frustré à l'époque par la mauvaise gestion de la disparition d'Ellen. Il est vrai que la majorité des enfants disparus réapparaissaient rapidement. Combien de parents avaient perdu de vue leur enfant dans un centre commercial ? Quotidiennement. Partout, c'était un événement courant. Mais Ellen n'avait pas été enlevée dans un bâtiment. Elle s'était éloignée d'un parc et serait retrouvée à proximité. C'est ce que les officiers avaient dit à Liz ce jour-là. La véritable recherche n'avait commencé que presque deux jours plus tard et il y avait eu un manque d'enthousiasme à ce moment-là parce qu'on supposait qu'il s'agissait d'une recherche de corps.

De retour dans la voiture, elle rappela Pete qui avait essayé de la joindre.

— Dans combien de temps seras-tu là ?

— Vingt minutes maximum. Pourquoi ? demanda-t-elle.

— J'ai eu une conversation intéressante avec notre ami Bisley.

— Tu as fait quoi ? Qui t'a laissé seul avec lui ? Liz rit. Et plus important encore, l'homme est-il toujours debout ?

— Ha. Ha. C'est Andy. Tu sais quelque chose de son passé ? Celui de Bisley. Avant le boulot dans ton immeuble.

Liz fit signe à quelqu'un de passer à une intersection.

— On n'a jamais été amis, Pete. Il était là avant que j'emménage. Oh, il m'a parlé une fois de combien les locataires de son ancien immeuble étaient plus sympas. Je devais probablement me plaindre encore des ascenseurs.

— Il s'avère qu'il a commencé sa carrière comme comptable. Il s'est fait virer deux fois dans des circonstances louches que nous sommes en train d'examiner. Il a décroché un job dans un immeuble de Geelong comme comptable et a fini par devenir gestionnaire.

— Geelong ?

— Quoi, Geelong ? demanda Pete.

— Je ne sais pas. Quelque chose. Rien. Continue.

*Ce n'est pas rien. Mais pourquoi est-ce important ?*

— Il a obtenu son job actuel grâce à une recommandation de l'ancien propriétaire de l'endroit à Geelong. Il dit ne pas se souvenir de son nom, mais ils avaient un arrangement et voici ce qui est important. L'ancien patron avait une combine dans laquelle Bisley est toujours impliqué. Je n'ai pas encore tout saisi, mais il y a des chaînes de mails qui circulent et il en reçoit et en envoie. Il dit que c'est une affaire de paris que l'autre type gère. Rien de plus. Il admet que Darryl est destinataire mais nie toute connaissance d'enlèvement.

Le cœur de Liz se serra. Si c'était tout, les mails de Bisley sur l'ordinateur de Darryl n'avaient peut-être rien à voir avec l'enlèvement d'enfants.

— Et les mails que Darryl reçoit avec les coupures de journaux ?

— Meg a presque une adresse.

C'était bien. Il fallait que quelque chose soit bien aujourd'hui.

— Lizzie ? Faisons cet entretien. J'apporterai du café et probablement quelque chose de plus fort à y ajouter.

Pete raccrocha, laissant Liz le cœur battant.

Elle voulait cet entretien. Non, c'était un mensonge. Elle en avait *besoin*. Entre les informations de Vince et les dernières de Pete, il y avait des choses juste hors de sa portée et si Eliza devait être retrouvée aujourd'hui, ce pourrait être le moyen.

# VINGT

— La caméra est éteinte. Le son est coupé. Personne ne peut voir à l'intérieur.

C'était surréaliste. Liz avait interrogé des centaines de témoins. Autant de suspects. Beaucoup dans cette pièce.

*Mais je n'ai jamais été de ce côté de la table.*

Peu importait que ce ne soit pas un vrai interrogatoire.

Peu importait que le but soit simplement d'extraire des souvenirs longtemps oubliés.

C'était terrifiant.

— Je me sens coupable.

Pete se moqua d'elle.

— Non, vraiment. Penses-tu que c'est ce que tout le monde ressent, qu'ils aient tué quelqu'un ou simplement grillé un feu rouge ?

Elle ne savait pas quoi faire de ses mains. Sur la table. Hors de la table. Finalement, elle s'adossa à son siège, croisa les jambes et plia les bras.

— Maintenant, tu as vraiment l'air coupable. Détends-toi, Liz.

— Facile à dire. As-tu déjà été de ce côté ?

Quelque chose traversa son visage. Une ombre de... colère ? Mépris ?

— Essaie ton café.

Pete s'assit enfin et prit sa tasse à deux mains.

— Du sérum de vérité ? demanda Liz.

— As-tu regardé trop de télévision américaine ? Mais bien sûr. Du sérum de vérité.

Elle prit une gorgée hésitante. Il y avait du cognac dans le café. Eh bien, pourquoi pas après tout ? Elle prit une plus longue gorgée. Du sérum de vérité, en effet.

— Y a-t-il un endroit où tu aimerais commencer, Détective ? demanda Pete, les yeux fixés sur son café.

*Alors ça y est.*

— Ma nièce de cinq ans a été enlevée et personne ne l'a pris au sérieux pendant deux jours. Deux. Jours. Entiers.

— Tu la surveillais. N'est-ce pas ?

— Pas d'assez près, comme l'histoire l'a prouvé. Les parcs sont censés être des endroits sûrs pour les enfants. Pour les familles.

— Est-ce que n'importe quel endroit est sûr quand on est un petit enfant tout seul ? Que faisais-tu pendant qu'elle était enlevée ?

Liz eut le souffle coupé.

— Mets les émotions de côté, Liz. Qu'est-ce qui a détourné ton attention d'elle ?

— Un appel téléphonique. Mais j'étais toujours assise sur le banc avec vue sur l'aire de jeux.

— Raconte-moi tout. Tout depuis le moment où vous êtes arrivées au parc.

*Les cheveux d'Ellen avaient besoin d'être tressés à nouveau d'un côté après qu'elle eut accidentellement retiré l'élastique. Liz s'assit sur le banc pour les tresser pendant qu'Ellen se tenait debout, bavardant du parfum de glace qu'elle aimerait avoir plus tard. C'était le troisième jour d'affilée qu'elles venaient au parc.*

*— Tu crois que Maman et Papa sont déjà rentrés ?*

*— Leur avion a atterri un peu plus tôt ce matin et ta maman allait rentrer à la maison pour déballer ses affaires et faire quelques courses.*

*Je pense que ton papa allait travailler un moment. Tu es contente de rentrer à la maison ce soir ?*

*— Ils me manquent beaucoup. Et je sais qu'ils auront un cadeau pour moi parce qu'ils en ont toujours.*

*— Une nouvelle poupée ?*

*— J'aimerais bien un bracelet.*

*La tresse était terminée et Liz déposa un baiser sur la joue d'Ellen.*

*— Eh bien, j'espère que tu auras un bracelet et tu vas me manquer quand tu ne seras plus chez moi.*

*Ellen jeta ses bras autour du cou de Liz.*

*— Pas au revoir. Juste à la prochaine fois.*

*Liz rit. Elle disait toujours ça à Ellen et c'était mignon de l'entendre le lui répéter. Elle adorait avoir sa nièce en visite quand Anna et Sav prenaient un de leurs longs week-ends, généralement pour rendre visite à sa famille dans le Queensland.*

*— Tiens, ton sac. Elle tendit le sac à main brillant et rose pour enfants et Ellen vérifia à l'intérieur avant de passer la longue bandoulière sur son épaule.*

*— Mouchoir. Porte-monnaie avec cinquante cents. Et ton nom et celui de Maman avec vos numéros de téléphone pour les urgences. Elle fronça le nez sur ce mot.*

*— Urgences. Allez, je vais rester assise ici au soleil un moment.*

*Ellen traversa l'herbe en sautillant et alla directement sous le pont. Liz pouvait la voir et l'entendre chanter toute seule. Au bout d'un moment, elle joua sur le dessus du pont et entrait et sortait des structures qui ressemblaient à un fort.*

*Liz fouilla dans son sac à la recherche de la bouteille de coca qu'elle avait cachée. Ellen n'avait pas le droit de boire des sodas et Liz en buvait rarement, mais de temps en temps c'était un plaisir coupable. Quand elle l'ouvrit, des bulles jaillirent, couvrant ses mains de douceur collante. Elle n'avait rien pour se nettoyer les mains et resta un moment debout près du banc avec du coca dégoulinant de ses doigts, attirant déjà l'attention d'une mouche. La fontaine n'était qu'à quelques pas et elle éclaboussa rapidement un peu d'eau sur sa peau.*

*— Tante Liz ?*

— *Je suis là.*

*Ellen était revenue au banc et regardait ce qui restait de la bouteille de coca.*

— *J'ai soif.*

— *Il y a de l'eau dans le sac, ma chérie. Mes mains sont un peu mouillées, tu peux sortir la bouteille ?*

— *Je peux en avoir un peu ?*

— *Pas question. Ça n'a pas bon goût.*

*Le regard qu'Ellen lui lança était comique. Elle n'en croyait pas un mot. Mais elle se servit de l'eau et but quelques longues gorgées avant de rendre la bouteille.*

— *Mon lacet s'est défait.*

— *Je peux... oh, tu l'as attaché ?*

*Ellen avait avancé le pied incriminé et les lacets étaient attachés différemment de la façon dont Liz les faisait. Complètement relacés.*

— *Un gentil monsieur l'a fait.*

— *Quel gentil monsieur ? Liz regarda autour d'elle. Le parc semblait vide. Tu peux me le montrer ?*

*Ellen lui prit la main et elles marchèrent un moment. Sur le pont, autour des balançoires, le long du périmètre.*

— *Il était triste.*

— *Comment ça ?*

— *Sa petite fille est morte.*

— *Oh, c'est affreux. Et il a été gentil d'attacher ton lacet, mais Ellen, tu m'as moi pour faire ces choses-là. Je ne veux pas que tu parles à des inconnus. Liz s'accroupit devant la petite fille qui fronçait les sourcils. Promets-moi que tu ne le feras pas.*

— *Promis. Je peux retourner sous le pont maintenant ?*

— *Bien sûr.*

*Ellen courut en direction du pont.*

— *Je vais chercher nos affaires et venir m'asseoir plus près, d'accord ? cria Liz.*

*La petite fille se retourna et fit un signe de la main.*

— *À la prochaine, tante Liz.*

*Liz était presque arrivée au banc quand son téléphone sonna.*

— Qui était au téléphone, Liz ?

— Brian Bisley. Comment ai-je pu oublier ? Il parlait d'un des résidents qui lui volait ses fournitures de bureau ou quelque chose comme ça et voulait que j'enquête. Il n'arrêtait pas de parler et je m'étais assise sur le banc pour remettre le bouchon sur le coca pendant qu'il râlait. Liz toucha son visage. Des larmes coulaient sur ses joues.

Pete lui tendit une boîte de mouchoirs.

— Et ensuite, tu es allée chercher Ellen. Est-ce que tu pouvais la voir depuis le banc ?

— Oui. Mais quand j'ai raccroché, j'ai eu le dos tourné pendant quelques secondes le temps de ramasser mes affaires. Et c'est tout ce qu'il a fallu, Pete. Quelques précieuses secondes.

*À la prochaine, tante Liz.*

Liz déglutit, ravalant une boule dans sa poitrine.

— On avait fait la même chose trois jours de suite, Pete. En milieu de matinée, on quittait l'appartement pour aller au parc. Toujours le même chemin. Ellen jouait seule, puis je la poussais sur la balançoire et souvent elle voulait patauger dans le bas de la fontaine. Après une demi-heure environ, on allait à la boutique de glaces dans la rue d'à côté. Quelqu'un nous observait.

— Vince a-t-il ajouté quelque chose ?

Ses mains tremblaient et elle les cacha sous la table, puis se souvint du café et le finit en quelques gorgées. Il n'y avait pas beaucoup de cognac dedans, mais ça atténuait un peu la douleur.

— Vince a dit qu'il s'inquiétait pour Brian. Il l'a à peine rencontré, mais tu sais à quel point son jugement est bon quand il s'agit de repérer les criminels.

— Je ne sais pas. Il pense que je suis malhonnête.

Cela fit sourire Liz pendant une seconde.

— Et tu ne l'es pas ?

— Pas du tout. Quel est son problème avec Bisley ?

— Une intuition qu'il y a quelque chose d'illégal qui se passe en arrière-plan.

— Quoi d'autre ?

— À propos de la famille d'Ellen. Il ne comprend pas pourquoi on n'a pas plus enquêté sur la possibilité qu'un membre de la famille soit derrière son enlèvement. Les membres de la famille de Sav vivent tous dans le Queensland. C'était le cas à l'époque et c'est toujours le cas maintenant. Je suis la seule parente d'Anna. Elle baissa la tête un instant, puis croisa à nouveau son regard. À part notre père. Mais il a disparu de nos vies quand j'étais petite.

— Où puis-je le trouver ?

— Il a disparu, Pete. Pas comme Ellen. Mais de nos vies, et c'était préférable parce que Kyle Moorland n'était pas un bon père. Ni un bon mari pour ma mère.

*Et je ne veux pas aller dans cette direction. Ça ne mène nulle part.*

— Tu sais que je vais le chercher, Liz. Que dois-je savoir ?

Le regard de Pete était inébranlable.

Malheur aux criminels qui voudraient lui cacher quelque chose.

— Je n'ai pas pensé à lui depuis des années. Des décennies. Le truc, c'est que j'étais trop jeune pour me souvenir de ce qui s'est passé, à part voir ma mère se faire frapper quelques fois. Il y avait des cris et des portes qui claquaient, et puis un jour il était parti.

— Désolé, Liz. Et ta sœur ? Elle est plus âgée, non ?

Repoussant sa chaise, Liz se leva.

— De dix ans. Et je dois lui parler à un moment donné avant qu'elle ne réalise à quel point les deux affaires sont similaires. Mais elle me déteste, Pete. Ma propre sœur. Anna m'en a voulu et je l'ai perdue aussi. Donc qui que ce soit qui ait pris Ellen, et pris Eliza, m'a aussi pris ma famille. On a fini ?

Pete hocha la tête et Liz se précipita dehors.

Elle n'alla pas plus loin qu'une cabine dans les toilettes des dames avant que des sanglots étouffants ne la submergent.

Le visage lavé, un minimum de maquillage réappliqué, Liz avala une bouteille d'eau entière avant de chercher Terry. Le cognac l'avait peut-être suffisamment détendue pour que Pete passe ses défenses, mais c'était peu professionnel et ça perturbait son self-control.

Terry était dans son bureau avec Candace, Andy et Pete.

Ils arrêtèrent de parler quand elle entra dans la pièce.

— J'ai l'impression d'être là pour un entretien pour rejoindre un conseil d'administration prestigieux, dit-elle, à moitié en plaisantant. J'ai raté une note de service ?

— Asseyez-vous, Liz. Pete vient de nous faire un compte rendu de quelques points qui sont ressortis de votre discussion.

*Que je suis trop émotive et que je dois me retirer ?*

Andy avait un dossier ouvert sur ses genoux.

— Meg continue de travailler sur les e-mails avec les images de l'ordinateur de Tompsett, mais ça ne s'annonce pas bien. Le fournisseur de messagerie est connu pour ne pas conserver illégalement les journaux. De toute façon, cette piste d'enquête pourrait être inutile.

— Inutile ? marmonna Pete plus qu'il ne demanda.

— Tompsett s'est à nouveau tu et a un nouvel avocat. Pour quelqu'un sans argent, il a trouvé une pointure qui connaît son affaire. Nous avons encore quelques heures pour l'inculper ou le relâcher. Le fait qu'il ait ramassé une chaussure et l'ait laissée tomber à nouveau ne suffit pas pour porter des accusations. Et nous n'avons pas avancé dans la compréhension de la nature du chiffrement des e-mails.

Terry s'agita.

— Nous savons qu'il y a un lien entre Bisley, Tompsett et Eliza, mais *quel* lien, c'est là que nous bloquons.

— Chef, c'est Brian qui m'a empêchée de retourner vers Ellen ce jour-là. C'est son appel téléphonique qui m'a distraite.

— Pensez-vous que c'était délibéré ? Andy haussa les sourcils. Comment aurait-il su qu'il fallait appeler à ce moment précis ?

— Comment Darryl a-t-il su qu'il devait ramasser la chaussure ? N'a-t-il pas dit que c'était l'un de ces e-mails ? Comment savez-vous que Brian n'a pas reçu un e-mail à l'époque ? Ou un appel téléphonique parce que s'ils travaillent ensemble, il pourrait bien être plus haut dans la hiérarchie que Darryl. Liz s'efforça de garder un ton neutre. C'était le travail d'Andy de tout remettre en question.

*Le mien aussi. Je ne connaissais tout simplement pas les bonnes questions à l'époque.*

— Ellen et moi avons suivi le même schéma pendant trois jours. Eliza et Maureen suivent le même schéma plusieurs fois par semaine. Ça tombe à pic pour un criminel qui a besoin de planifier. Et bien que je n'aie jamais été dans son appartement, je pense qu'il est assez haut pour voir le parc. Avec une paire de jumelles, il pourrait faire le guet sans quitter son domicile.

Bien qu'elle se sentît malade jusqu'au plus profond de son âme, Liz devait tout exposer.

— Après que je n'ai pas pu retrouver l'homme qui avait noué les lacets d'Ellen, je ne voulais pas la laisser seule dans cette zone et elle n'était pas prête à rentrer chez elle. Pete m'a aidée à me souvenir de quelque chose. Nous étions près de l'aire de jeux et Ellen est retournée en courant sous le pont. Je l'ai appelée.

Liz s'arrêta, se léchant les lèvres sèches. Ses yeux rencontrèrent ceux de Candace et l'autre femme hocha la tête très légèrement en signe d'encouragement silencieux.

— Je lui ai crié que j'allais chercher nos affaires sur le banc et que je reviendrais tout de suite. Ses doigts se crispèrent sur ses paumes posées sur ses genoux et elle inspira lentement.

— Et ensuite, vous avez reçu l'appel téléphonique ? Andy semblait ne pas se rendre compte de sa difficulté à parler de cela. Combien de temps êtes-vous restée au téléphone, Liz ?

— C'était il y a dix-huit ans. Peut-être quatre ou cinq minutes.

— Si la personne qui avait l'intention d'enlever Eliza vous a entendue dire que vous reviendriez tout de suite, elle savait qu'elle avait un temps limité pour le faire. Bisley était une distraction. Ça colle, n'est-ce pas ? Andy regarda tour à tour chaque personne. Eliza connaissait déjà l'homme pour avoir noué ses lacets et parlé de sa fille décédée. Pas difficile de la convaincre de le suivre.

— Je venais juste de lui rappeler de ne pas parler aux étrangers. Le tremblement dans sa voix était évident. Elle n'aurait pas déjà oublié.

Pour la première fois, Candace parla doucement :

— Il n'était plus un étranger. Pas aux yeux d'une enfant de cinq ans.

Personne ne parla. Si quelqu'un en avait envie, il se ravisa. Mais tous les trois observaient Liz. Et elle ne laissait rien transparaître.

Elle releva le menton :

— Et maintenant ?

# VINGT-ET-UN

— Rassemblez-vous. Merci à tous.

Terry avait poussé un tableau blanc près des fenêtres où il y avait plus d'espace pour que les gens puissent se tenir debout ou s'asseoir. Candace Carroll y écrivait pendant que les détectives et autres officiers s'approchaient. Andy dit quelque chose à Terry, qui secoua la tête, puis tous deux regardèrent droit vers Liz.

Elle était assise au coin d'une table et leur rendit leur regard.

— Il y a des choses qu'ils ne te disent pas, dit Pete en se perchant à côté d'elle. Tu te débrouilles très bien, Liz, mais fais attention. Ne leur donne pas de raisons de t'exclure davantage.

Andy reçut un appel téléphonique, jura, et se concerta avec Terry. Puis il se dirigea vers eux.

— M'exclure de quoi, Pete ?

— Des informations.

— Liz, une fois le briefing terminé, pouvez-vous venir me voir s'il te plaît ? Andy ne s'arrêta même pas en passant à côté d'eux.

— Bien sûr.

Ne serait-ce que pour découvrir ce qu'on lui cachait.

— Je vais peut-être devoir rentrer bientôt. Dormir, dit Pete.

— Quoi, t'es un bébé ? Liz essaya de le dire sur un ton

amusant, mais ça tomba à plat. Désolée, je n'ai pas beaucoup d'humour en ce moment.

— Tu n'en as pas du tout. Rien ne se passera avant minuit. Je ne pense pas. Mieux vaut que je sois alerte tôt demain.

Il lança à Liz un regard des plus étranges et elle était sur le point de lui demander ce qu'il voulait dire par là quand Candace prit la parole.

— Merci pour votre temps. Je suis le docteur Candace Carroll. J'ai suivi une formation en psychologie, criminologie et médecine légale. J'exerce dans un cabinet privé et pour les besoins de ce briefing, j'agis en tant que ce que certains pourraient appeler une profileuse. Au cours des dernières heures, j'ai établi une première ébauche du profil de la personne responsable de l'enlèvement d'Eliza Singleton hier matin.

Utilisant un marqueur, elle pointa le tableau blanc.

— Les informations sur lesquelles je me base proviennent de nombreuses sources et pendant que nous parlons, d'autres données sont analysées et étudiées par d'autres membres de l'équipe élargie. Nous sommes dans une position unique et je suis ici pour cette raison. Bien que séparées de nombreuses années, il y a des similitudes frappantes entre la disparition d'Eliza et celle d'Ellen Georgiou.

Plusieurs têtes se tournèrent pour regarder Liz. Elle ne bougea pas et ne réagit pas, gardant les yeux fixés sur Candace.

— En tant que telle, j'ai tiré quelques conclusions éclairées sur la personne responsable.

Elle tapota le tableau blanc.

— Presque sans aucun doute, il s'agit d'un homme âgé de soixante à soixante-dix ans. Il est bien éduqué. Il a évité les ennuis avec la justice. Cela ne signifie pas qu'il n'a pas commis d'infractions, seulement qu'il n'a pas été attrapé. Il est patient. Il planifie. Il utilise un petit réseau d'assistants soigneusement choisis.

— Des gens comme Bisley et Tompsett ? demanda l'un des détectives.

— Il y a des indices qui pointent vers eux. Oui.

— Alors pourquoi ne pouvons-nous pas faire plus pression sur eux ?

Terry répondit :

— Nous sommes tous exaspérés par le temps que cela prend. Faites confiance au processus. Meg et son équipe obtiennent des données précieuses. Il jeta un coup d'œil à Candace. Que savons-nous d'autre ? Qu'est-ce qui le motive ?

— Le désespoir.

Liz cligna des yeux. Le désespoir ?

— Cet homme a été profondément changé par une perte. Il y a deux témoignages de lui racontant à des enfants de cinq ans que sa propre fille est morte. En surface, c'est un moyen d'obtenir de la sympathie, après tout, un enfant de cet âge comprend la mort dans une certaine mesure. Ce qui me fait penser qu'il y a plus qu'un simple mensonge, c'est son choix de cible... et voici autre chose à considérer. Y a-t-il eu d'autres enfants disparus correspondant aux deux que nous connaissons ?

— Vous dites que c'est un tueur en série ? demanda quelqu'un.

Liz commença à se lever et la main de Pete jaillit pour la retenir.

— Il n'y a aucune preuve que l'une ou l'autre enfant soit décédée et il serait bon pour nous tous de les croire en bonne santé et vivantes jusqu'à preuve du contraire. La voix de Candace n'avait pas changé, mais elle croisa le regard de Liz pendant un instant.

Un curieux calme apaisa ses nerfs et elle jeta un coup d'œil à Pete avec un sourire crispé.

— Laissez-moi récapituler, docteur Carroll, dit le premier détective. Nous avons un homme qui vieillit, est éduqué et patient. Cela ne nous dit presque rien. Mais l'aspect de la perte ? Quel genre de perte ? Sa fille est-elle vraiment morte ou dit-il cela en se basant sur une perte différente ?

— Excellente question. Bien que rechercher les décès de

jeunes filles sur une longue période puisse apporter une liste de possibilités, je crains que cela ne nous mène pas à cette personne. La perte pourrait bien provenir d'un divorce, d'une séparation, ou même d'une jeune sœur partie trop tôt. Mais je crois qu'en examinant les deux filles en question, nous avons une chance de réduire cette recherche.

Elle se retourna et écrivit davantage sur le tableau, parlant en même temps.

— Cinq ans.

— Blonde. Plus que ça, de longs cheveux blonds dorés.

— Yeux bleus.

— Indépendante. C'est-à-dire que ce sont toutes les deux des petites filles confiantes qui parleront à des étrangers. Elles les laisseront attacher leurs lacets.

Candace s'arrêta et regarda les officiers dans la pièce.

— Cet homme a perdu quelqu'un qui correspond à cette description. C'était il y a au moins dix-huit ans, mais je pense que c'était bien plus longtemps que ça.

— Quelle est l'importance de ce parc ?

— Peut-être pas le parc. C'est là qu'il s'est avéré possible pour lui d'enlever une enfant. Je crois que le seul lien est que les deux enfants y sont venues. Non, là où l'attention doit se concentrer davantage, c'est l'immeuble où les deux enfants vivaient ou séjournaient, dit Candace.

Terry prit la parole :

— Quelqu'un dans l'immeuble ?

— C'est l'endroit logique où chercher car si ce n'est pas l'auteur, alors un complice y vit. De cela, je n'ai aucun doute. Elle s'éloigna du tableau blanc pour le regarder de loin. Il y a plus. Quelque chose l'a poussé à enlever Eliza. Je doute qu'elle ait un quelconque lien avec lui. En supposant que la disparition de ces deux filles soit son œuvre, alors le deuxième enfant est une réponse au premier.

— Je ne suis pas sûr que nous vous suivions, docteur, dit Terry, suivi d'un murmure d'approbation.

Pour la première fois depuis que Liz l'avait rencontrée, Candace semblait mal à l'aise en retournant au tableau blanc. Elle écrivit « Ellen » et l'entoura. Supposons que cette enfant ait été la première enlevée, qu'il n'y en ait pas eu d'autres avant elle. Le responsable ne l'a pas simplement attrapée et ne s'est pas enfui en profitant d'une opportunité qui se présentait, pour revenir dix-huit ans plus tard faire la même chose. Il avait un lien avec Ellen, soit par son apparence et son âge, soit par un véritable lien familial.

Il y eut plus de murmures et quelques têtes se tournèrent vers Liz.

— Tiens bon, murmura Pete si doucement que Liz eut du mal à entendre ses mots.

— Quelque chose d'important s'est produit pour qu'il se mette à chercher une autre Ellen. Ça pourrait être un anniversaire important. Un anniversaire d'un certain type.

— A-t-il tué Ellen et voulu la remplacer ?

Les autres détectives firent rapidement taire celui qui avait lancé ça.

— Ellen aurait vingt-trois ans maintenant, dit Liz en se levant. Pourquoi tuerait-il quelqu'un de cet âge ? Pourquoi n'aurait-elle pas maintenant sa propre vie ?

— Peut-être qu'elle l'a, Liz, acquiesça Candace. Peut-être qu'elle a eu son propre enfant. Elle n'était plus la petite fille dont cet homme a un besoin pathologique dans sa vie, alors il en a trouvé une autre.

*Ellen pourrait être encore en vie. Elle pourrait avoir grandi sans se souvenir de sa famille.*

Liz n'avait jamais cru qu'Ellen était morte, mais pour la première fois, elle avait une véritable lueur d'espoir.

Alors que le briefing avec Candace se poursuivait, Liz s'éclipsa. Il était inutile de spéculer davantage tant que plus de faits n'étaient pas connus.

Elle frappa à la porte d'Andy et il sursauta. Il avait peut-être somnolé.

— Désolée, patron. Vous vouliez me voir ?

Il se frotta les yeux tandis qu'elle fermait la porte.

— Assieds-toi, Liz. Qu'as-tu retenu du briefing ?

Liz lui donna la version courte.

— Si seulement la disparition d'Ellen avait été prise au sérieux dès le début. J'ai senti depuis longtemps que cela avait quelque chose à voir avec moi, plutôt qu'avec le parc ou le bâtiment.

— Ton père ?

— Quoi ? Non.

— Ça fait combien de temps que tu ne l'as pas vu, Liz ?

— Pas depuis que j'étais petite et bien que je comprenne pourquoi tu penses à lui, il ne correspond pas au profil de Candace, à part pour le groupe d'âge. C'était un homme imprudent et violent plutôt qu'éduqué. Aucune patience. Il n'avait aucun intérêt à nous voir, ma sœur et moi, après le divorce et je crois même qu'il ne payait pas la pension alimentaire. C'est un homme qui s'est débarrassé de ses enfants plutôt que d'essayer de les remplacer en volant sa propre petite-fille.

Andy écoutait en hochant la tête.

— Et pourquoi attendre qu'elle soit avec moi plutôt que de profiter des nombreuses occasions autour de la maternelle, ou des rendez-vous de jeu, ou de son parc local ?

— Ça né colle pas, dit Andy.

Liz soupira lentement. Tout le monde devait arrêter de perdre un temps précieux en théories.

— Si c'était quelqu'un, ce serait plutôt un criminel. Quelqu'un que j'ai arrêté.

— On examine déjà cette possibilité. Andy s'étira. Vous êtes ici depuis trop d'heures. Rentrez chez vous.

— Que se passe-t-il avec Brian et Darryl ? Je peux leur parler.

— Non, tu ne peux pas. La raison pour laquelle j'ai quitté le briefing, c'est que Bisley avait des difficultés respiratoires et des douleurs dans le bras gauche.

— Il a fait une crise cardiaque ?

— Il est à l'hôpital. Et comme on ne l'avait pas arrêté, tout ce que j'ai pu faire, c'est poster un agent en uniforme pour le surveiller d'un œil. Tompsett va être relâché.

— Quoi, non !

— On n'a pas encore assez d'éléments pour l'inculper. Et ne va pas frapper à sa porte.

*Bien sûr. Pourquoi rêverais-je de faire une telle chose ?*

— Ça va, Liz ? Ça n'a pas dû être agréable d'avoir McNamara qui jouait au mauvais flic avec toi.

Liz sourit.

— Il ne connaît qu'une seule façon de faire. Mais ça va. Si tu ne veux vraiment pas que je reste ici, je pourrais rendre visite à Anna. Ma sœur. Son sourire s'effaça. Elle doit faire le lien et avoir des questions.

— Ça fait combien de temps que vous ne vous êtes pas vues ?

— Ça fait un moment.

*Et elle va probablement me claquer la porte au nez.*

Anna vivait toujours à Keilor dans la maison qu'elle et Sav avaient achetée trente ans auparavant. À l'époque, ils travaillaient tous les deux dans l'aviation, Sav au sol et Anna dans les airs. Quand Ellen est arrivée, Anna n'était pas prête à être éloignée de son enfant pendant de longues périodes et s'est reconvertie comme agent de voyages. Comme Liz, elle n'avait pas pu s'éloigner de la maison qu'Ellen connaissait. Au cas où.

Liz se gara à plusieurs maisons de là et passa quelques minutes à rassembler son courage.

La dernière fois qu'elle avait vu sa sœur, c'était aux funérailles de Sav.

Il ne s'était jamais remis de la perte d'Ellen et avait bu jusqu'à ce que son foie l'abandonne. C'était il y a quatre ans. Jusqu'aux funérailles, les sœurs étaient restées en contact — pas souvent — mais suffisamment pour que Liz croie qu'elle pourrait être pardonnée un jour. Les funérailles avaient été un point de bascule pour Anna et les mots qu'elle avait utilisés étaient gravés dans l'esprit de Liz. La moindre des choses étant de ne plus jamais la contacter, sauf si elle ramenait Ellen à la maison.

Au risque d'entendre une nouvelle tirade, Liz sonna à la porte.

La femme qui ouvrit la porte ne ressemblait que peu à la sœur dont Liz se souvenait. Ses cheveux autrefois roux et brillants étaient ternes et gris, tirés en arrière par un bandeau. Le corps qu'Anna s'enorgueillissait autrefois de garder mince et en forme était maintenant empâté et alourdi de kilos. Son visage était ridé et émacié, sans une trace de maquillage.

— Je me demandais quand tu viendrais.

— Tu es au courant ?

Anna haussa les épaules.

— Difficile de ne pas l'être. Entre.

Liz enleva ses chaussures et les laissa juste à l'intérieur de la porte. Anna se dirigea vers la cuisine. Le long du large couloir se trouvaient les photographies encadrées familières des décennies passées. Une photo de mariage. Anna enceinte. Bébé Ellen. Un portrait de famille. Liz se dépêcha de passer.

— Tu as mangé ?

Secouant la tête, Liz observa le déclin de la pièce qu'Anna avait toujours appelée le « cœur de la maison ». Pas de bol de fruits frais. Pas de fleurs sur la table. Une pile de vaisselle sale dans l'évier. Anna fixait l'intérieur du réfrigérateur.

— Ça va si tu as déjà mangé, dit Liz.

— Je ne me souviens plus quand. Je devrais manger quelque chose. Je n'arrive juste pas à savoir quoi. Je ne me suis jamais habituée à cuisiner pour une seule personne.

Liz rejoignit Anna devant le réfrigérateur.

— Des œufs ? Et si je faisais une omelette ?

Anna s'écarta.

— Je t'en prie. Du vin ?

— Volontiers.

Elles mangèrent au comptoir de la cuisine, des omelettes avec du pain grillé et du vin.

— C'est plus un petit-déjeuner qu'un dîner. Mais je ne bois pas de vin le matin, dit Liz.

— Les œufs sont bons. Je ne me souviens pas de la dernière fois que quelqu'un a cuisiné pour moi. Et toi ? Quelqu'un cuisine pour toi ?

— Est-ce que ça compte si l'un de mes patrons a partagé des plats thaïlandais à emporter avec moi hier soir ?

— Non. Pourquoi a-t-il fait ça ?

— Tout le monde marche sur des œufs avec moi au travail. Andy a probablement pensé que je mourrais de faim si personne n'avait pitié de moi pendant que je triais... enfin, une boîte.

Anna tenait le verre de vin mais ne buvait pas.

— Andy.

— La trentaine. Ambitieux. Pas mon genre.

— Peu importe ce que ça veut dire. Anna reposa le verre.

— C'est la même personne, Liz ? Celle qui a pris notre Ellen ?

*Notre Ellen. Notre petite.*

— Il y a une forte possibilité. Oui.

— Et tu vas les trouver ? Ramener Eliza Singleton. Et mon bébé ?

Le tremblement dans sa voix déchira le cœur de Liz.

— Il y a une énorme équipe de détectives, de scientifiques et un profileur qui travaillent sans relâche. Nous avons des pistes cette fois.

Cette fois, Anna but une gorgée de vin et reposa le verre, les yeux écarquillés.

— On peut parler de certaines choses ? demanda Liz.

— Quelles choses ?

— À propos de notre père.

Comme si elle avait été piquée par quelque chose, Anna sauta de son tabouret qui s'écrasa au sol. Elle le regarda, perplexe, et commença à débarrasser les assiettes.

Liz redressa le tabouret et l'aida.

— Je n'ai pas fait la vaisselle depuis un moment. Je ne sais pas pourquoi. Anna commença à remplir l'évier et à empiler les assiettes par taille sur le côté.

— Tu devrais le savoir. Je prends des antidépresseurs. La dose n'est pas encore bonne et j'oublie de faire des choses. Ils me donnent trop faim. Et puis j'arrête de manger pendant des jours. C'est un peu le bordel, Lizzie.

*Et tout à fait compréhensible.*

— Je lave ou j'essuie ?

— Tu choisis.

Frotter la vaisselle semblait aider Anna à se concentrer sur la conversation.

— Notre père était un homme terrible. Tu dois t'en souvenir ?

— Pas beaucoup. Un peu. Il n'était pas gentil avec Maman. Beaucoup de cris.

— Il nous frappait. Maman. Moi. Pas toi.

— Quoi ? Il te frappait ? Oh, Anna.

— Ne t'en fais pas. C'est trop vieux pour s'en soucier maintenant.

— Pourquoi pas moi ? hasarda Liz.

Anna eut un petit rire.

— Tu étais son enfant parfaite. Tu lui ressemblais avec tes yeux bleus et tes cheveux blonds et tu disais toujours non comme si tu étais responsable de tout le monde. Une petite autoritaire à l'époque et tu l'es toujours.

Un frisson parcourut l'échine de Liz.

— Je n'ai même pas une photo de lui. Ni de moi à cette époque.

— Tant mieux. Rien que de la misère dans notre enfance. La meilleure chose qui soit arrivée, c'est quand Maman a divorcé et qu'elle a dû se battre bec et ongles pour te garder. Il ne voulait pas de moi, mais la petite Elizabeth ? Il a fait toutes les menaces possibles jusqu'à ce qu'on déménage et qu'il ne puisse plus nous trouver.

Liz termina la dernière assiette et accrocha le torchon sur un crochet pour le faire sécher. Ses mains tremblaient et son cœur battait la chamade. Candace avait-elle raison et le propre grand-père d'Ellen l'avait-il enlevée ?

— Sois juste contente d'une chose, Liz. Anna alla au comptoir et prit la bouteille de vin. Il ne peut plus faire de mal à personne maintenant.

— Je ne comprends pas.

— Mais tu dois le savoir. Notre père est mort il y a des années.

# VINGT-DEUX

La nuit était le meilleur moment. Peut-être pas tant pour s'adonner à sa grande passion — le surf — mais pour presque tout le reste. Les familles étaient généralement en sécurité à l'intérieur de leur maison. Lorsque la soirée s'étirait jusqu'aux petites heures, il y avait moins de circulation. Moins de gens qui déambulaient. Plus de criminels qui rôdaient. C'était son monde.

Pete suivait un homme petit et trapu dans une ruelle sombre de la ville.

Il en avait assez d'attendre que les supérieurs prennent des décisions et allait trouver lui-même le salaud qui avait enlevé les enfants. Liz était hors-jeu pour quelques heures et ne savait même pas qu'elle recevrait un appel de réveil à trois heures du matin demain. Du moins, c'était le plan de Montebello, que Pete était déterminé à empêcher. Après le départ de Liz et du médecin, il y avait eu une dispute houleuse entre lui, Montebello et Terry. Il avait fini par céder. Mieux valait leur laisser croire qu'il était rentré chez lui pour dormir et calmer sa colère.

L'homme que Pete suivait frappa à une porte à mi-chemin de la ruelle et, au moment où elle s'ouvrit, laissant échapper de la musique, Pete était juste derrière lui. L'homme sursauta et porta la main sous sa veste avant de reconnaître Pete.

— Nom de Dieu... C'est un bon moyen de se faire tirer dessus en surprenant un homme comme ça. Tu entres ?

— Pas si je peux l'éviter. Une minute, Tony ?

— Une seule.

Ils se déplacèrent de l'autre côté de la ruelle et la porte se referma, étouffant la musique.

— Je ne te dois pas d'argent, si ? demanda Tony en allumant une cigarette.

— J'aimerais bien. Juste un service. Je cherche Kyle Moorland. Tu le connais ?

Le visage de Tony était facile à décrypter. Toujours. Et il trahissait qu'il le connaissait.

— Parfait. Où est-ce que je peux le trouver ?

— D'après la nécrologie que j'ai lue une fois, il est au cimetière de Keilor avec la moitié des truands de la ville.

— D'après ?

— Ça ne paie pas de croire les journaux, mon pote. Tu devrais le savoir. Regarde les conneries qu'ils racontent sur la petite fille. Son père est un criminel et je pense qu'il y a quelque chose là-dedans.

Un groupe de femmes bruyantes et d'hommes encore plus bruyants tituba dans la ruelle avant de retrouver son chemin vers la sortie.

— Ta minute est écoulée.

— Nécrologie mise à part, où dois-je chercher ?

Tony jeta sa cigarette par terre.

— Demande à sa fille.

— Elle ne l'a pas vu depuis des décennies.

— Pas la flic. L'enfant qu'il a eu avec sa deuxième femme. Merde, mon pote. Il faut que je fasse ton boulot à ta place ?

— Attends. Quel enfant ? Quel âge ?

Tony commençait à s'impatienter. Il avait probablement une dose qui l'attendait de l'autre côté de la porte.

Pete brandit une liasse de billets.

— Âge. Nom. *N'importe quoi.*

Tony tendit la main et prit les billets, les compta et les fourra dans une poche.

— Regarde à l'étage chez Maisie à Geelong. On a fini ?

Il n'attendit pas et Pete ne le retint pas. Un autre flic aurait pu traîner l'homme pour l'interroger, mais aussi difficile que ce soit de le retrouver, Tony était l'une de ses oreilles fiables dans la rue et Pete tenait à garder les choses ainsi.

Il commença à composer le numéro de Liz et s'arrêta. C'était une piste sur Ellen. Rien de plus.

Le trajet jusqu'à Geelong prit moins d'une heure et Pete ignora le deuxième et le troisième appel d'Andy pendant ce temps. Il avait répondu au premier en quittant la ville et regrettait de l'avoir fait.

— Où êtes-vous, McNamara ?

— Chez moi. En train de dormir.

— Arrêtez vos conneries.

— Pareil pour vous.

— N'essayez même pas de prendre les choses en main tout seul.

— Vous aviez besoin de moi pour quelque chose, *patron* ?

Le silence dura plus de cinq secondes et Pete raccrocha.

Terry appellerait s'il avait vraiment besoin de lui, mais Pete n'était pas de service. Si tant que cela lui arrive de l'être.

Le Maisie se trouvait dans une zone industrielle en dehors des rues principales de Geelong. Pete se gara et fit une recherche sur l'endroit. Une seule propriétaire. Maisie Baker. Il consulta le site Web de l'établissement et regarda les filles proposées. Beaucoup de blondes aux yeux bleus parmi un choix de races et de tailles.

Il fit une recherche sur Kyle Moorland. Mort et enterré au cimetière de Keilor.

— Il serait peut-être temps de procéder à une exhumation.

La cause du décès était la noyade. L'homme avait été retrouvé dans un état presque méconnaissable après être apparemment tombé d'un bateau. Il était mort il y a vingt et un ans.

Quand Liz avait-elle dit que sa mère était morte ? Il y a plus de vingt ans ?

Pete prit des notes sur son téléphone en utilisant le code qu'il avait créé pour lui-même des décennies auparavant. Il en envoya une copie dans le Cloud.

Avant de quitter la voiture, il vérifia le rétroviseur puis attacha ses cheveux en queue de cheval. Ce genre d'endroit était ce qu'il aimait le moins. Certaines personnes choisissaient cette voie. Des hommes et des femmes, mais plus souvent ces dernières. Choisir était une chose, si elles savaient dans quoi elles s'engageaient et étaient capables de séparer le commerce du sexe de leur vie personnelle. Passer cinq ans à gagner autant d'argent que possible puis partir avant que ça ne les détruise. Mais plus de gens se retrouvaient là dans des chambres souvent sordides avec peu de contrôle sur les hommes qui leur rendaient visite ou ce qui était fait à leur corps. La drogue. D'autres dépendances. Payer pour celles-ci et plus tard, souvent pas beaucoup plus tard, en payer le vrai prix.

À la porte d'entrée, Pete appuya sur la sonnette.

Certains bordels de Melbourne étaient des établissements de classe. Les femmes — les hommes aussi — avaient toutes les protections et en arrivaient au point d'avoir leur propre liste de clients. Ce n'était pas Melbourne. C'était plus clandestin, vite fait bien fait... pas souvent de merci, juste un billet de cent dollars.

La porte s'ouvrit et Pete entra.

Il y avait un escalier qui montait directement. Pas de signalisation. Rien pour l'encourager à continuer sauf qu'il savait ce qu'était cet endroit et, grâce au bouche-à-oreille, les hommes louches de la région le savaient aussi.

Les lumières étaient tamisées. La moquette de l'escalier était d'un rouge profond qui s'accordait avec les murs.

Il atteignit un palier avec une porte à chaque extrémité. L'une était simple et avait un cadenas. L'autre était en verre, et du côté de Pete se tenait un homme costaud, chauve, des chaînes en or autour du cou, des tatouages. Un cliché de videur.

Il jaugea Pete.

Pete ne laissa rien paraître.

Le gardien ouvrit la porte.

En passant, Pete glissa un billet de cinquante dollars dans la poche de l'homme.

Tout changea de l'autre côté.

Il y avait un riche parfum de bois de santal et de la musique douce. La pièce était luxueuse. Des sofas en velours vert foncé. Des murs et un tapis encore plus sombres. Un coin café avec une machine et une sélection d'amuse-gueules. Et une table basse avec un livre de photographies ouvert.

Des femmes.

Des femmes à choisir.

Pete avait envie de vomir. Si c'était là qu'Ellen travaillait, comment diable allait-il l'annoncer à Liz ?

Il y avait un petit comptoir et à côté, une étroite porte ouverte.

Après une minute ou deux, une femme apparut.

Elle avait une vingtaine d'années et avait les yeux les plus bleus que Pete ait jamais vus.

À l'exception d'une seule personne.

Liz.

# VINGT-TROIS

En journée, le cimetière de Keilor était déjà assez solennel avec ses interminables rangées de pierres tombales datant du milieu des années 1800. De petits jardins parsemaient l'endroit, offrant aux personnes en deuil un lieu pour s'asseoir et se recueillir. Vers la limite de la Western Ring Road, un immense mausolée se dressait, entouré de cryptes et d'autres jardins.

Sous un ciel nocturne nuageux, avec seulement quelques aperçus occasionnels de la lune, l'endroit était carrément inquiétant.

Liz était venue ici à plusieurs reprises et connaissait bien les lieux de repos final de certains des criminels les plus notoires de Victoria, notamment des figures du milieu. Elle avait assisté à certains de leurs enterrements dans le cadre de la présence policière qui accompagnait ces grands rassemblements.

Après avoir quitté Anna, elle était restée assise dans sa voiture un moment pour prendre des notes relatives à leur conversation. Elles avaient parlé un bon moment avant que sa sœur n'ait besoin de dormir, puis elles s'étaient enlacées. Liz n'avait pas voulu la lâcher. Perdre Anna dans sa vie avait été presque aussi douloureux que la disparition d'Ellen, et tout ce qu'elle pouvait faire maintenant était de donner le meilleur d'elle-même pour enfin résoudre le mystère qui planait au-dessus de leurs têtes depuis si longtemps.

Elle avait recherché le nom de leur père sur le site Web du cimetière et savait exactement quel chemin emprunter pour trouver sa dernière demeure.

Sa pierre tombale était petite et concise.

Kyle Moorland.

Sa date de naissance et de décès.

C'était tout.

Anna n'avait aucune idée du fait que Liz ignorait sa mort et ne l'avait elle-même appris qu'après les funérailles. Il ne restait rien. Pas de testament. Aucun bien terrestre à léguer. Un des voisins d'Anna avait vu une nécrologie dans le journal et était venu présenter ses condoléances. C'était étrange et pourtant, d'une certaine manière, approprié qu'aucun membre de la famille n'ait assisté aux funérailles d'un homme qui les avait abandonnés.

— Je me souviens à peine de toi, papa, murmura Liz.

Elle jeta un coup d'œil autour d'elle. Personne d'autre n'était assez fou pour être ici au milieu de la nuit à parler aux morts. *Elle* n'était pas censée être là. Un agent de sécurité était la personne la plus susceptible de la trouver.

Liz s'accroupit.

— Tu as fait du mal à ma mère et à ma sœur. Quel genre d'homme fait ça ? Et qu'est-ce que j'avais de si spécial pour que tu ne lèves jamais la main sur moi ? Étais-je trop jeune pour déclencher ta colère ?

Anna avait dit que c'était à cause des yeux bleus de Liz et de son attitude effrontée.

— Les gens pensent que tu as quelque chose à voir avec la disparition d'Ellen, sauf que c'est impossible. À moins que ce ne soit pas toi là-dedans.

Elle se redressa et recula d'un pas.

Était-ce même une possibilité ?

Simuler sa propre mort était difficile, mais loin d'être impossible.

Du côté du mausolée, une lampe de poche bougeait de droite à gauche. Après un dernier coup d'œil à la tombe, Liz rebroussa chemin, mais cette fois en restant près des ombres.

L'immeuble était silencieux.

Le bureau de Bisley était plongé dans l'obscurité, donc le travail de l'équipe qui s'y trouvait était terminé. Liz vérifia son téléphone pour d'éventuelles nouvelles, mais il n'y avait rien de nouveau.

La télévision hurlait dans l'appartement de Darryl et il fallut tout le contrôle de Liz pour continuer à marcher. Chaque fibre de son être voulait frapper à sa porte puis lui faire entendre raison. Ou lui arracher des aveux. Au lieu de cela, elle baissa la tête et passa rapidement devant.

Une fois sa porte d'entrée verrouillée derrière elle, Liz se déshabilla entièrement. Elle laissa ses vêtements par terre avec ses chaussures et ne prit pas la peine d'allumer la lumière. Dans la chambre, elle enfila un t-shirt d'homme — environ dix tailles trop grand — par-dessus sa tête. Ses pieds trouvèrent des pantoufles à côté de son lit. Un petit luxe avec leur intérieur douillet.

Liz ouvrit son ordinateur portable sur le comptoir de la cuisine et se versa un verre de vin pendant qu'il démarrait. Elle jeta un coup d'œil à l'horloge du four. Bientôt, il serait minuit et un autre jour serait passé sans retrouver Eliza.

Elle tira un tabouret et rechercha des informations sur son père. Tous les détails dont elle pouvait se souvenir, qui étaient bien maigres. Mais elle avait sa date de naissance et de décès. La date de son mariage avec sa mère. Et Anna lui avait donné une autre bribe d'information. Kyle avait fréquenté l'une des écoles de garçons les plus prestigieuses de Victoria, puis s'était spécialisé dans l'analyse de données.

C'était extrêmement intéressant.

Malgré de nombreuses tentatives au cours des derniers jours pour se souvenir de sa voix, Liz n'y arrivait pas. Elle avait le souvenir de ses cris. De lui jetant des objets. Claquant les portes. Giflant sa mère si fort qu'elle tombait et qu'Anna et Liz couraient la réconforter. Mais sa voix était déformée par la fureur, la folie et le chaos. L'évocation par Candace d'un homme éduqué ne correspondait pas à la personne que Liz connaissait. Pas dans ce souvenir. Et pour une raison quelconque, c'était celui qui dominait.

Il y avait des rapports sur l'accident qui l'avait tué. Il était à bord d'un bateau de croisière juste au large d'une île. C'était la nuit. Il était tombé d'une rambarde sur laquelle il avait décidé de marcher. Il y avait un témoin. Ils s'étaient liés d'amitié pendant la croisière et venaient tous deux de Victoria. Une soirée de cartes et de boisson. Quelques hommes. Et les choses avaient dérapé. Le témoin était si bouleversé qu'il avait eu besoin de soins médicaux. Il n'y avait eu aucune chance de sauver Kyle et son corps en décomposition avancée avait été retrouvé des mois plus tard sur une plage isolée.

Liz creusa un peu plus et trouva le nom du témoin, mais il était si commun que les recherches habituelles menaient à des impasses. Avec le temps qui s'était écoulé, le témoin pouvait bien être décédé ou vivre hors de l'État.

Elle soupira et finit son verre de vin.

Il y eut des coups dans le couloir. À la porte de quelqu'un d'autre, pas la sienne. Insistants.

Liz enfila un jean et glissa ses pieds dans des baskets avant de jeter un coup d'œil dehors.

Bisley était à la porte de Darryl. Il lui tournait le dos, frappant puis s'arrêtant. La télévision hurlait toujours. Bisley frappa plus fort puis claqua la paume de sa main contre la porte. Quelques secondes plus tard, elle s'ouvrit brusquement.

— Qu'est-ce que tu veux ?

Darryl trébucha dans le couloir, vêtu de son boxer et de ses chaussettes montantes caractéristiques.

— Quel genre d'idiot es-tu ? Bisley piqua du doigt la poitrine de Darryl.

*Sérieusement.*

Elle n'interviendrait que si elle y était obligée.

— Pareil pour toi. Ils ont trouvé tous les e-mails que tu m'as envoyés et maintenant ils pensent que j'ai enlevé cette gamine.

— Eh bien, ne l'as-tu pas fait ? La nuque de Bisley était rouge betterave. Dis-moi où tu l'as cachée.

— Je ne l'ai pas touchée, gémit Darryl en s'appuyant contre le mur. On m'a dit de regarder sous un buisson et de prendre les vêtements qui s'y trouvaient pour les mettre sur la route. Il y avait une carte avec des croix et tout.

— Mais pourquoi ? Qui t'a envoyé ça ?

— J'sais pas.

— Tu dois le savoir. Quelqu'un a dû te payer pour le faire, s'écria Bisley. Je ne peux pas te garder ici. Tu as amené les flics et tout le monde en parle et s'inquiète. Fais tes valises et va-t'en.

— Je ne vais nulle part, répliqua Darryl en essayant de rentrer, mais Bisley bloqua la porte. Darryl tenta de le frapper et tout dégénéra. Bisley esquiva et son poing alla droit dans le mur. Il se mit à hurler, et les portes commencèrent à s'ouvrir le long du couloir.

— Ça suffit. Arrêtez tous les deux, lança Liz en faisant signe aux autres résidents de rentrer chez eux. Brian, arrête de crier. Darryl, rentre et ferme ta porte à clé. Je viendrai te parler dans un moment.

— Ma main est cassée.

— C'est de ta faute, mon vieux. On va mettre de la glace dessus dans une minute.

Bisley vacilla.

— Assieds-toi. Pourquoi es-tu sorti de l'hôpital ?

— Tu étais à l'hôpital ? demanda Darryl sans rien faire pour aider Bisley qui glissait au sol et s'assit lourdement. Je me disais bien que t'avais l'air d'une merde.

— Je t'ai dit de rentrer, Darryl. Va appeler une ambulance.

Tout de suite, d'accord ? Liz s'accroupit à côté de Bisley. Darryl disparut, espérons-le pour faire ce qu'on lui avait dit. Pourquoi ne t'ont-ils pas gardé ?

— J'en avais marre d'attendre. Le propriétaire n'arrêtait pas de m'envoyer des messages pour me dire de virer Tompsett.

Le teint de Bisley avait viré à une couleur maladive qui alarma Liz.

— Ne bouge pas, je vais chercher mon téléphone.

Elle se précipita dans son appartement pour prendre son sac et son téléphone, et verrouilla la porte derrière elle en ressortant. Bisley avait l'air malade et il appuyait sa tête contre le mur. Liz appela une ambulance. La porte de Darryl était fermée et la télévision hurlait de nouveau. Il était le prochain sur sa liste de choses à faire.

— Brian ? L'ambulance arrive. Tu respires bien ?

— Ouais. C'est juste serré. Ma poitrine.

Liz jeta un coup d'œil autour d'elle. Les autres résidents avaient fait ce qu'elle avait dit et elle et Bisley étaient les seules personnes en vue.

— Pourquoi m'as-tu appelée il y a toutes ces années ? Le jour où Ellen a été enlevée. C'est important. Liz s'agenouilla à côté de l'homme. Qui t'a dit de m'appeler à ce moment-là et de me distraire ?

Il secoua la tête.

— Ne fais pas semblant. Je peux t'aider à éviter la prison mais ça doit être maintenant, Brian. Dis-le-moi, s'il te plaît.

Ses lèvres semblaient étranges. Bleuâtres. La sueur coulait sur son visage. Mais ses petits yeux étaient durs comme l'acier.

— Je croyais que tu étais une super détective. Tu dois savoir qui les a enlevées toutes les deux.

— Je ne sais pas. Vraiment pas. S'il te plaît, aide-moi à les retrouver.

Bisley se mit à tousser.

— N'ose même pas mourir, Bing. Les secours arrivent.

— Ça fait mal. Il agita sa main, celle qui était ensanglantée après avoir frappé le mur. Puis il attrapa le haut de son bras et le serra douloureusement, l'attirant près de lui. Près de chez toi, Elizabeth. Près de chez toi. Ses doigts s'enfoncèrent dans sa peau. Juste sous ton nez.

Sa main retomba et il s'effondra sur le côté.

— Relève-toi ! Ne meurs pas, espèce de salaud ! hurla Liz, utilisant toute sa force pour le redresser, mais son poids était trop lourd et ses yeux étaient fermés.

Darryl ouvrit sa porte, une bière à la main.

— Aide-moi.

— Tu plaisantes, hein ?

— Aide-moi à le relever. Bon sang, Darryl, aide-moi.

Pendant un instant, Darryl hésita. Il regarda Bisley puis, sans un mot, se retourna et s'enferma dans son appartement.

Ça ne servait à rien que Liz aille à l'hôpital. Les ambulanciers avaient travaillé sur Bisley pendant de longues minutes angoissantes avant de le stabiliser suffisamment pour le déplacer. Liz les avait conduits à l'autre bout du bâtiment pour utiliser l'ascenseur qui fonctionnait. Elle était restée là à regarder les lumières indiquer quand ils avaient atteint le rez-de-chaussée et même alors, elle n'avait pas bougé.

Elle avait envie d'appeler Pete. Mais il n'était pas de service.

À la place, elle composa le numéro de Terry.

Il répondit après deux sonneries et demanda ce qui n'allait pas.

*Tout. Il n'y a rien qui va. C'est pire que ça.*

Liz réussit à donner une explication à peu près cohérente de la raison de son appel. Bisley allait probablement mourir à l'hôpital s'il y arrivait.

— Comment c'est arrivé ?

— Il essayait d'expulser Darryl de chez lui. Ils se sont battus et j'ai arrêté ça.

— Et son cœur a lâché.

— Ouais. Darryl a refusé de m'aider. C'était un putain d'ambulancier et il m'a tourné le dos quand je lui ai demandé de l'aide.

— Où es-tu, Liz ?

*En train de fixer une porte d'ascenseur.*

— À la maison.

— J'allais t'appeler dans une heure ou deux pour te demander de venir.

— Au travail ? Pourquoi ? Tu as une nouvelle piste ? Liz commença à marcher vers son appartement.

— Il s'est passé quelque chose plus tôt. Rien que nous puissions exploiter sur le moment. Pas de nouvelles observations ou informations.

— Mais tu prévoyais de m'appeler à quoi... deux heures du matin ?

Il eut un rire bref.

— Un peu après. Écoute, Liz, je sais que tu as surpris des conversations qui se sont interrompues aujourd'hui et j'en suis désolé. Pete et moi espérions contre tout espoir éviter ça et il est toujours catégorique sur le fait que ça ne devrait pas se produire.

Elle déverrouilla sa porte et entra, trébuchant presque sur les chaussures et les vêtements qu'elle avait jetés là plus tôt. Elle les ramassa d'un bras.

— Andy a reçu un appel téléphonique de quelqu'un qui prétend avoir Eliza.

Liz s'arrêta net, laissant tomber les vêtements et les chaussures.

— Et je n'apprends ça que maintenant ?

Il y eut une pause. Une pause agaçante pendant laquelle Terry essayait visiblement de filtrer ce qu'il avait à dire.

— La personne veut une rencontre avant l'aube ce matin.

Le bourdonnement irritant dans ses oreilles revint.

— Il veut te parler, et seulement à toi.

— Terry ?

— Je sais. Le truc, c'est qu'il dit qu'Eliza va bien et qu'il la rendra saine et sauve. Mais seulement si tu le rencontres. Et je déteste ça parce que chaque fibre de mon corps me crie que c'est la chose la plus dangereuse qui soit.

— Et c'est la seule chose à faire.

— Tu en es sûre, Lizzie ?

Liz alluma une lumière et contempla son reflet dans le miroir du salon. Elle avait l'air si sérieuse en se regardant. Et si prête.

— J'en suis sûre.

# VINGT-QUATRE

— Où est-ce que ça se passe ? La rencontre ?

Liz et Terry étaient assis à une petite table dans son bureau avec des cafés fumants et une sorte de biscuit aux noix sur une assiette entre eux. Depuis son divorce, il avait commencé à utiliser l'équipe comme goûteurs pour une myriade de tentatives culinaires, certaines étant plus réussies que d'autres.

— Brimbank Park. Presque pas de caméras une fois que tu quittes le chemin principal. Des kilomètres de sentiers. Des centaines d'hectares de terrain.

— Donc il ne prévoit pas de se rendre.

Terry secoua la tête.

— On a un hélicoptère en attente à l'aéroport d'Essendon. Quelques minutes de vol de là. Les forces spéciales sont déjà en train d'installer des postes d'observation. Mais tu seras seule une partie du temps.

— Pourquoi moi ?

— J'aimerais passer l'enregistrement et voir si tu reconnais la voix. Ce n'est pas parfait car Andy a utilisé son portable pour enregistrer la ligne fixe, mais ça pourrait aider.

Ils se déplacèrent vers le bureau de Terry où il cliqua sur son ordinateur.

— Montebello.

La ligne grésilla et il y eut une longue pause.

— Parlez ou raccrochez.

— Vous êtes un responsable ?

— L'un d'eux. Comment puis-je vous aider ?

— Je veux parler au responsable.

— Vous voulez la ramener ? Eliza ? Vous me parlez à moi.

— Je vous parle.

— Mais vous ne me prenez pas au sérieux.

— Si. Je m'appelle Andy. Comment dois-je vous appeler ?

— C'est sans importance. Il y a quelque chose que vous devez faire pour moi si vous voulez récupérer l'enfant.

— Est-ce *vous* qui avez enlevé l'enfant ?

— C'est sans importance. Vous n'aurez qu'une seule chance alors écoutez attentivement, Andy. Je vais vous donner une adresse. Avant qu'il ne fasse jour demain matin, je veux y rencontrer un de vos officiers. La femme.

— Quelle femme ?

— La détective qui a laissé son enfant seul dans le parc.

— Pourquoi voulez-vous la rencontrer ?

Une autre longue pause.

— Eliza est-elle vivante ?

— Il n'y aurait aucun intérêt à vous parler si elle ne l'était pas. Sa mère lui manque.

Et une autre.

— Dites à Elizabeth Moorland d'être à l'endroit une demi-heure avant l'aube. Je sais que vous enregistrez ça, alors je ne dirai l'adresse qu'une fois.

— La mère d'Eliza est désespérée. S'il vous plaît, déposez-la dans un endroit sûr. Ne la faites pas attendre.

Liz fit signe à Terry de le repasser, fermant les yeux pour écouter. Il y avait quelque chose dans la façon dont l'homme parlait. Sa voix était plus col blanc que col bleu.

Et le mot « sans importance » était étrange. Peu de gens l'utilisaient, encore moins deux fois dans une courte conversation.

— Quelque chose, Liz ?

Elle ouvrit les yeux.

— Bisley m'a appelée Elizabeth ce soir. Il m'a dit que je devais chercher près de chez moi et que la personne qui avait pris Ellen était juste sous mon nez. Je ne sais pas s'il voulait dire quelqu'un que je connais ou quelqu'un vivant à proximité. Mais tout le monde m'appelle Liz ou Lizzie. Toujours, sauf... enfin, c'est impossible.

— Ton père ?

— Qui est enterré au cimetière de Keilor. J'ai vu sa tombe il y a quelques heures et j'ai lu tout ce que j'ai pu trouver sur sa mort, qui a eu lieu des années avant qu'Ellen ne soit enlevée. Qui diable sait vraiment ? Liz retourna s'asseoir. Peut-être qu'il avait un frère secret ou quelque chose comme ça qui a une rancune contre moi. Avec notre mère partie depuis longtemps, Anna et moi travaillons sur nos souvenirs d'enfance et on nous a toujours dit qu'il n'y avait personne du côté de sa famille.

— On a vérifié. Vos souvenirs sont justes.

— Oh.

*Pourquoi être surprise qu'ils aient vérifié ?*

— Andy et Pete seront là dans la prochaine heure. On étudiera une carte et on fera un plan. Tu porteras un gilet pare-balles et tu seras équipée d'un micro.

— Mais il a Eliza. Pourquoi me ferait-il du mal alors qu'il doit me voir comme un moyen facile de la rendre ?

Terry s'appuya sur ses coudes sur le bureau. Son visage était aussi fatigué que Liz ne l'avait jamais vu, mais ses yeux étaient toujours concentrés et alertes.

— Intéressant que tu dises ça. Le Dr Carroll était d'un avis similaire, ou du moins c'était l'un d'entre eux. Parce que tu as vécu l'expérience de l'enlèvement d'Ellen et que tu es officier de police, il pourrait croire qu'il a moins de chances d'être abattu si les choses deviennent tendues. La question est de savoir pourquoi il ne la dépose pas simplement quelque part ?

— Quels autres avis avait le Dr Carroll ?

Après avoir hésité un moment, Terry soupira et se pencha en arrière.

— Jusqu'à ce qu'on confirme la mort de ton père, il était en tête de sa liste des suspects. Elle croit toujours qu'il y a un élément personnel ici, mais jusqu'à présent, on ne trouve personne dans ton passé qui corresponde suffisamment au profil ou les seuls qui correspondent sont en prison.

— Ce n'est pas une rancune, Terry. Personne n'enlève un enfant à sa famille juste pour prouver quelque chose. D'accord, ça arrive, mais ils ne répètent pas l'offense presque deux décennies plus tard.

La ligne interne de Terry sonna et il répondit, écouta puis saisit une télécommande et alluma une télévision dans le coin. Alors qu'il raccrochait sans dire un mot, l'écran s'alluma et il appuya plusieurs fois.

La chaîne était celle qui diffusait *At Six Tonight* et Teresa Scarcella était en direct, quelque part dans l'obscurité.

Il monta le son.

— Ce reportage spécial vous vient de l'extérieur du cimetière de Keilor.

Le cœur de Liz battait la chamade.

Le visage de Teresa était sincère, concentré, alors qu'elle regardait la caméra.

— Des scènes étranges se sont déroulées plus tôt ce soir alors qu'une détective chevronnée de la brigade criminelle a été observée s'est rendue au cimetière bien après la fermeture des grilles. La détective Liz Moorland est au centre de l'affaire de la disparition de l'enfant Eliza Singleton et est surtout connue pour la disparition, il y a dix-huit ans, de sa propre nièce, Ellen Georgiou. De nombreux experts pensent que les cas sont liés et tous les yeux sont rivés sur le comportement de cette détective.

— Un tas de conneries, marmonna Terry.

— Ces images ont été enregistrées il y a peu de temps.

Le visage de la femme fut remplacé par une vidéo à longue

distance qui était granuleuse et ne montrait d'abord rien d'autre que des arbres. Puis, après un peu de mise au point, elle se stabilisa sur une silhouette près d'une tombe.

La voix de Teresa continua.

— La détective a passé quelques minutes près de la tombe. Elle semblait en colère, a rapporté notre personne sur le terrain. Presque prête à détruire la tombe. Mais pourquoi ferait-elle cela ? C'était la tombe de son propre père, Kyle Moorland, un homme disparu de sa vie depuis longtemps.

*La détruire en pièces ? Qu'est-ce que tu as fumé ?*

La vidéo changea et on y voyait Liz s'éloigner rapidement de la tombe en direction de la caméra. Il était évident qu'une lampe de poche bougeait derrière elle et, à un moment donné, elle jeta un coup d'œil par-dessus son épaule, puis regarda directement la personne qui filmait.

L'image se figea.

Une femme se cachait dans l'ombre.

Une femme qui était filmée.

— Où étaient-ils ? Comment savaient-ils que j'étais là ?

Cette image fut réduite dans un coin de l'écran et Teresa envahit à nouveau l'écran.

— Tant de questions. Pourquoi la détective était-elle au cimetière de Keilor en pleine nuit ? Pourquoi agissait-elle comme si elle se cachait ? Ou avait peur ? Et quel est exactement son rôle dans la disparition de deux jeunes filles, à dix-huit ans d'intervalle ? Je suis Teresa Scarcella et c'est At Six Tonight. Appelez notre ligne directe, envoyez-nous un e-mail ou un message et nous prendrons toujours au sérieux vos réactions, chers téléspectateurs.

Terry éteignit la télévision et jeta la télécommande sur le bureau. Ses yeux croisèrent ceux de Liz. Et son téléphone se mit à sonner.

Andy fit irruption dans le bureau de Terry.

— Comment diable cette femme a-t-elle obtenu des images

de Liz ? Il remarqua Liz, qui étudiait une carte du parc Brimbank à la petite table. Et que faisiez-vous là-bas à cette heure-ci ?

— Du pillage de tombe.

Il s'arrêta net et cligna des yeux. Terry rit derrière son bureau.

— C'est à peu près la seule chose dont elle ne m'a pas accusée. Liz n'allait pas laisser Andy s'en prendre à elle et elle garda un regard impassible. La vraie question est de savoir qui me suivait. Et pourquoi.

— C'était évidemment l'un des journalistes louches de Scarcella.

— Pas si évident, Andy, dit Terry. Le simple fait qu'elle ait utilisé le terme « rapporté » ne signifie rien. Cette émission encourage ses abonnés à envoyer n'importe quoi, alors ils sont sûrs d'obtenir quelque chose d'utile de temps en temps.

— Tu veux dire que quelqu'un suit Liz ?

*Comme près de chez Vince ?*

— J'ai demandé une vérification d'immatriculation hier, dit Liz. Une Toyota blanche me suivait sur l'autoroute et presque jusqu'à la maison de Vince. Elle a tourné quand j'ai ralenti et n'est pas réapparue.

Andy s'assit en face de Terry mais son attention était fixée sur Liz.

— À qui appartient-elle ?

— J'ai annulé la vérification quand elle a tourné.

— Je vais voir si ça a été enregistré. Andy prit son téléphone et parla pendant quelques minutes. On me rappellera. Je veux faire quelque chose à propos de Teresa Scarcella. Elle est déjà intrusive et ce genre de reportage irresponsable détourne l'attention du public de ce qui compte vraiment.

— Bonne chance pour essayer, dit Terry. Au moins, Liz entre dans le parc Brimbank par une entrée éloignée du cimetière. Si l'équipe de tournage rôde encore, il faudra être prudents en passant. Il regarda sa montre. Quelqu'un a des nouvelles de Pete ?

Une sorte de grognement émana d'Andy.

— Il savait quand il devait être ici ? demanda Liz.

— Il le sait, mais si vous n'avez pas remarqué, McNamara est nul pour suivre les ordres. Andy composa un numéro et mit le téléphone en haut-parleur pour que tout le monde puisse entendre. Laissez un message. Sauf si vous êtes Andy.

Terry éclata de rire et même Andy esquissa un sourire narquois.

— Je pensais que vous vous entendiez bien tous les deux. Liz souhaitait que ce soit le cas. Cette angoisse rendait plus difficile pour elle le fait de se concentrer sur les prochaines heures. Il dormait sûrement, s'il savait que c'était prévu.

— Je lui ai parlé il y a quelques heures et il était en route pour Geelong.

— Quoi ? Le mot sortit plus fort que Liz ne l'avait prévu.

— Il a fouiné sur certains aspects de cette affaire et est parti suivre une piste. Pourquoi ?

Ils la regardaient tous les deux avec des expressions étranges.

*Des rires. Jouer à cache-cache avec Anna. Un grand arbre dans le jardin. Assez grand pour se cacher derrière. Des journées d'été chaudes à barboter dans une pataugeoire. Et des voyages réguliers à la plage au bout de la rue.*

— 29 rue Collaroy, Geelong.

Terry le nota, les deux sourcils levés.

— Je crois que j'y ai vécu quand j'étais petite. Avant que papa ne parte.

*Comment ai-je pu oublier ça ?*

— Geelong est immense. C'est juste une coïncidence ou alors une fausse piste. Néanmoins, Andy fit un signe de tête à Terry. Qui peut-on envoyer pour vérifier l'historique de la propriété ? Peut-on envoyer quelqu'un sur place ?

Les sourcils toujours levés, Terry prit une autre note.

— Pas à cette heure du matin, mon vieux. Ne commençons pas à effrayer des résidents innocents.

— Je ne suggérais pas une entrée par effraction. Je ne m'appelle pas McNamara. Andy marmonna la dernière partie, mais c'était assez clair.

Liz se leva.

— Je vais faire un tour. C'est soit ça, soit je vous explique des choses sur Pete que vous ne voulez peut-être pas entendre, mais dans tous les cas, j'en ai un peu marre de ces conneries à son sujet. Tout le monde trouve drôle de parler de lui comme s'il était un criminel et agirait illégalement. Demandez-vous pourquoi il serait encore flic et un détective de la *brigade criminelle*, si c'était vrai.

Sur ce, Liz attrapa un des biscuits aux noix et sortit d'un pas décidé, mais pas avant d'avoir vu Andy comprendre son insistance sur le fait que Pete était là où il voulait être.

Liz erra dans le couloir de l'étage sans voir âme qui vive. La brigade criminelle était déserte et elle se retrouva debout devant une fenêtre donnant sur la rue.

Elle composa le numéro de Pete.

— Laissez un message. Sauf si vous êtes Andy.

— C'est moi. Tu es en route ? Je ne veux pas faire ça toute seule. Elle leva les yeux au ciel. Ce que je veux dire, c'est qu'avec toi là, je sais en qui avoir confiance à part Terry. Pas beaucoup mieux. Rappelle-moi, d'accord ?

S'il suivait une piste de l'un de ses contacts louches, alors c'était sérieux. Surtout sachant qu'il devait être de retour en ville pour ce... peu importe ce que c'était. Il ne la laisserait pas tomber et le fait qu'il reste injoignable l'inquiétait. Toute cette affaire l'inquiétait et Liz voulait assimiler les informations des dernières heures, mais elle n'en avait pas le temps.

Elle appuya son front contre la vitre.

La personne qui avait appelé était-elle vraiment la personne qui détenait Eliza ?

— Seras-tu de retour dans les bras de ta mère pour le petit-déjeuner, Eliza ? Sa voix n'était qu'un murmure. Ça ne semblait pas réel. Les recherches de la petite fille n'avaient pas arrêté, avec la police et d'autres agences de tout le pays impliquées, et il ne pouvait y avoir une personne dans l'État qui ne connaissait pas sa photo. Tu es malin, qui que tu sois.

Si seulement Eliza était vivante et en bonne santé.

Si seulement Liz pouvait passer les deux prochaines heures et arrêter le coupable.

Si seulement elle pouvait ensuite retrouver Ellen.

# VINGT-CINQ

Elle se faisait appeler Lena et était l'une des filles de joie.

Elle avait demandé à Pete d'attendre pendant qu'elle localisait Maisie.

— Elle est sur le toit en train de fumer une cigarette.

— Je veux juste un peu de votre temps, si c'est possible.

Lena sourit d'un air entendu.

— Tout ce que tu veux, chéri. Mais j'aurai besoin de Maisie pour gérer la transaction, alors assieds-toi et on revient tout de suite.

Même sa façon de parler ressemblait à celle de Liz. Pas les mots ni le ton suggestif, mais le timbre de sa voix. Il attendit, incapable de s'asseoir car tout ce qu'il voulait était de la prendre dans ses bras et de l'emmener chez sa tante. Mettre fin au cauchemar qui avait hanté Liz depuis avant qu'il ne la rencontre.

Aucune formation ne pouvait préparer un flic à ça. Il ne pouvait pas l'arrêter pour avoir été enlevée quand elle était enfant. Il ne pouvait pas la forcer à aller au poste. Et il ne devrait probablement même pas lui parler sans avoir demandé conseil à Terry. Mais prévenir qui que ce soit avant d'être certain qu'il s'agissait d'Ellen Georgiou risquait de briser le cœur des gens qui l'avaient aimée enfant. Il devait en être sûr.

Maisie avait plus près de soixante-dix ans que de soixante et avait cette expression blasée, cette lassitude du monde que Pete avait observée chez tant de travailleurs du métier.

— Tu as jeté un œil à nos services, mon chou ? Lena est disponible pour tout ce qui est sur les deux premières pages, mais si tes goûts sont plus, euh, aventureux, j'ai d'autres belles jeunes femmes à te présenter.

— Je ne cherche rien d'autre qu'une conversation amicale. Je me sens un peu seul. Si ça ne pose pas de problème ?

— Mon chou, tu peux dépenser ton argent comme tu veux. Et si on te mettait dans la Chambre du Jardin ? Il y a un joli canapé pour s'asseoir et le forfait comprend une bouteille de notre meilleur champagne.

Sur le point de refuser le vin, Pete changea d'avis. L'alcool pourrait aider la conversation. Il paya donc un supplément ridicule et se retrouva à suivre Maisie pendant que Lena allait chercher la bouteille. La chambre était affreuse. Peinte en vert citron, elle avait quelques tristes plantes en pot et un tableau représentant une fleur.

— Voilà. Ton heure commence quand Lena entre et elle te préviendra quand le temps sera écoulé. Mais d'ici là, profite de sa compagnie.

C'était déchirant. La petite Ellen arrachée à sa famille pour finir ici dans une chambre avec un lit bosselé et un canapé encore pire, censée accepter tous les hommes répugnants qui se présentaient.

— Voilà, champagne et charmante compagnie. Lena portait une bouteille ouverte et deux flûtes vers une petite table. Voudrais-tu servir pendant que je ferme la porte ?

Pete s'exécuta. Le « champagne » était l'un de ces vins mousseux bon marché et infects du marché, valant un dixième de ce qu'on lui avait fait payer. Mais rien de tout cela n'avait d'importance.

Lena accepta le verre qu'il lui offrait et le fit tinter contre le sien.

— Santé. Je ne connais pas ton nom, chéri.

— Pete. On s'assoit ?

Il attendit que Lena s'installe à une extrémité du canapé, les jambes croisées dans sa direction, pour la rejoindre, gardant délibérément un langage corporel détendu. Il devait faire appel à ses meilleures compétences d'interrogatoire. Il prit une toute petite gorgée de sa boisson pour l'encourager et elle fit de même.

— Alors, Pete, parle-moi de toi.

— Je travaille beaucoup la nuit. Un peu comme toi, j'imagine, dit-il. Il y a plus d'argent à gagner la nuit.

— Dans quel domaine ?

Lena semblait intéressée. Vraiment intéressée, comme si ses mots avaient un sens particulier.

— Un peu de sécurité. Je viens juste de quitter l'extérieur d'un club de Melbourne où les choses peuvent devenir un peu agitées.

— C'est dangereux ?

— Ça peut l'être. Mais je sais me défendre, alors c'est un imbécile celui qui s'en prendra à moi.

Une lueur d'incertitude traversa le visage de la jeune femme. Il était peut-être allé trop loin.

Avec un rire, Pete fit un geste englobant la pièce.

— Mon travail n'est pas aussi dangereux que le tien. Je parie que tu en vois de toutes les couleurs ici.

— Mes clients sont charmants. Et tu as dû passer devant notre propre agent de sécurité en haut des escaliers. Il s'assure que nous sommes en sécurité. Elle prit une autre gorgée. Le plus drôle, c'est que je me sens souvent plus en sécurité ici, au travail, qu'à l'extérieur. Si ce n'était pas pour mon petit, je ne sortirais probablement de la maison que pour prendre le bus pour venir ici et rentrer.

*Un enfant. Putain de merde.*

— C'est un peu plus difficile avec des enfants, hein ? Ils aiment bien sortir. Rendre visite aux grands-parents. Aller au parc et tout ça.

Il retint son souffle, l'observant attentivement.

Elle posa son verre sur la table, les yeux fixés n'importe où sauf sur lui et sans rien dire.

Il réessaya.

— Moi ? Pas de famille. Pas d'enfants à emmener au parc.

— Mon garçon n'est qu'un tout-petit alors il est heureux de jouer dans le jardin derrière. C'est mieux pour le moment jusqu'à ce qu'ils attrapent ce tordu qui a enlevé la petite fille.

Maintenant, elle regardait Pete et pour la première fois, il la vit telle qu'elle était vraiment en tant que personne. Le masque de bravade avait été remplacé par l'honnêteté. Elle avait peur.

Il réorienta la conversation.

— Je tire mon chapeau aux femmes qui travaillent et ont des enfants. Même mariées, je pense que la plupart des choses retombent sur la mère. C'était comme ça avec mes parents. Maman travaillait à plein temps, m'a élevé — ce qui n'était pas le plus facile parce que j'ai appris à dire le mot « non » très tôt et je l'utilisais souvent — et s'occupait de mon père qui avait la sclérose en plaques.

Lena remonta ses jambes sur le canapé, les serrant contre elle en écoutant.

— Elle était toujours fatiguée et ne se plaignait jamais. Enfin, si, mais pas souvent.

— Ta mère a l'air merveilleuse. Il y avait de la nostalgie dans sa voix.

— Elle l'est toujours. Elle approche les quatre-vingts ans et s'affaire auprès des résidents de la maison de retraite où elle vit maintenant. Comment est ta mère ?

Son visage s'assombrit.

— Je me souviens à peine d'elle. Elle est morte quand j'étais petite.

— Je suis désolé. C'est nul.

*À plus d'un titre.*

— Papi m'a parlé d'elle cependant. Comment elle me ressemblait et avait les yeux bleu vif et qu'elle m'emmenait tout le temps au parc. Lena saisit soudain son verre et termina le vin en quelques gorgées et quand elle le reposa, il y avait des larmes dans ses yeux. Le truc, c'est que je me souviens de quelqu'un comme ça, mais ce n'était pas Maman.

— Une tante ?

Ses yeux s'écarquillèrent.

— Peut-être. Ma mère avait les cheveux roux et prenait souvent l'avion. Elle rit. Me voilà partie dans mes souvenirs. Je suis désolée, Pete. Tu voulais parler et j'ai monopolisé la conversation avec des souvenirs que j'avais presque oubliés.

Le cœur de Pete battait la chamade et son esprit s'emballait. C'était *bien* Ellen.

— Tu as mentionné ton grand-père. C'est lui qui t'a élevée ?

— Tu as à peine goûté au champagne, Pete. Elle déplia ses jambes. Maisie va se demander ce qu'on fait ici.

Lena se pencha et tendit les doigts pour toucher son visage. Pete fit semblant de ne pas remarquer son geste, saisissant la bouteille pour remplir à nouveau son verre.

— J'aime t'écouter, Lena. C'est agréable d'entendre parler de ta famille. Parle-moi de ton grand-père, s'il te plaît.

— D'accord, si tu veux. Il était formidable. Il m'a recueillie quand j'avais environ cinq ans et m'a élevée comme sa propre fille, même s'il devait avoir le cœur brisé par la mort de ma mère, qui était sa fille unique. Son seul enfant. Parfois, on se moquait de moi parce que j'avais un père si âgé, mais il riait et me disait qu'il était plus en forme et plus fort que la plupart des hommes plus jeunes. Et c'était vrai, je suppose. Il allait souvent à la salle de sport. Il courait. Oh, comme il aimait courir ! Elle sourit, son esprit ailleurs. Il a même gagné une course senior il y a quelques années. Une de celles autour de la baie.

Pete brûlait d'envie de téléphoner pour lancer une recherche.

— Il a l'air d'être un homme bien. Mais tu en parles comme s'il était mort ?

— Non. Mais c'est tout comme. Le verre de vin était de retour dans sa main et Lena but une nouvelle gorgée. Quelque chose avait changé et il semblait qu'elle voulait vraiment parler. J'ai fini le lycée première de ma promotion. J'avais des offres de trois universités pour étudier soit le droit, soit la criminologie, deux domaines qui me fascinent. Mais je suis rentrée tard un soir pour trouver toutes mes affaires dehors dans des cartons.

— Pourquoi ?

— J'avais enfreint ses règles. J'étais juste avec des amis, mais il m'a insultée et m'a dit que je l'avais déçu et que je n'avais aucune idée de ce qu'il avait sacrifié pour moi. Il m'a coupé les vivres, m'a pris mes clés et m'a dit de ne jamais revenir. Il m'a dit que j'étais morte pour lui.

La voix de Lena — d'Ellen — ne trembla pas une seule fois.

— J'étais anéantie. Je suis tombée dans de mauvaises fréquentations plutôt que de me relever et de poursuivre mes rêves. J'ai fini ici. J'ai dit à grand-père que j'étais enceinte et il m'a encore plus insultée. Mais Maisie ? Elle s'est occupée de moi. Les autres filles aussi. Nous sommes amies maintenant et nous partageons toutes les frais de garde d'enfants et de baby-sitting. La plupart d'entre nous sont mères. Elle sourit. Un sourire chaleureux et magnifique, aussi parfait que ceux que Liz offrait occasionnellement au monde.

— Tu es une jeune femme incroyable, dit Pete. J'imagine que ce que je dois te dire va bouleverser ton monde, mais si tu m'écoutes jusqu'au bout, tu auras enfin la vérité dans ta vie. Alors, tu veux bien ? M'écouter ?

## VINGT-SIX
## ~TROISIÈME JOUR~

Le trajet jusqu'à Brimbank Park prit moins de temps que Liz ne l'avait prévu. La quasi-absence de circulation sur l'autoroute y contribua et, en passant devant le cimetière de Keilor, il n'y avait heureusement aucun signe d'une équipe de tournage.

L'aube approchait et le ciel commençait déjà à changer.

Liz portait un gilet pare-balles, une oreillette, un micro, un taser et une arme. Elle avait maintenant l'esprit clair sur ce qu'elle devait faire et comment le faire. Le plan avait été revu à maintes reprises jusqu'à ce que chaque personne connaisse son rôle et que le risque d'erreur humaine soit aussi faible que possible. Ils n'étaient pas les seuls policiers sur place, mais les forces spéciales resteraient bien hors de vue et géreraient leurs propres actions.

Terry conduisait. Andy était à côté de lui. Liz occupait la banquette arrière.

— Tu es sûr que Pete est derrière nous ?

— Il l'est. Nous ne quitterons pas la voiture tant qu'il ne sera pas en position. Terry lui jeta un coup d'œil dans le rétroviseur. Il sait ce qu'il a à faire.

Liz avait des doutes, non pas sur les capacités de Pete, mais sur le manque de transparence.

Pete était arrivé quelques minutes seulement avant leur départ et s'était immédiatement retrouvé en conciliabule avec Terry et Andy derrière une porte close. Liz était en train de s'équiper et pouvait voir, mais pas entendre, une conversation animée. Cela lui retournait l'estomac. On continuait à l'exclure des discussions et le fait qu'on lui cache des informations lui donnait un sentiment d'insécurité. Il suffirait d'un seul faux pas pour anéantir la chance de récupérer Eliza.

Il était sorti du bureau furieux, les poings serrés, et avait à peine regardé Liz. Ce n'est que lorsqu'elle sortit des toilettes juste avant leur départ qu'il apparut et, de manière inhabituelle, la serra dans ses bras.

— Tout va bien, Lizzie. Tout va bien. Puis il la relâcha et s'éloigna à grands pas. D'une certaine façon, cela calma ses nerfs. Mais son esprit tournait à plein régime. Il était allé à Geelong pour suivre une piste. Il avait essayé de rallier Andy et Terry à quelque chose et avait échoué.

— C'est notre premier arrêt, dit Andy en se retournant sur son siège pour regarder Liz. Nous sommes hors de vue des routes publiques et à un demi-kilomètre du point de rendez-vous. À moins que le suspect ne passe devant nous, nous sommes invisibles.

— Et je pars à pied d'ici.

— Oui. Mais avant cela, Pete se mettra en position et dès que tu quitteras la voiture, nous nous déplacerons vers la nôtre. La voix de Terry était posée et rassurante. Tout ce que tu diras sera entendu par nous. Tu veux revoir tes mots-clés ?

— D'accord. Le plus important étant « bébé » si Eliza est présente. Elle passa en revue les autres pour couvrir les éventualités telles que la fuite du suspect, sa conviction qu'il s'agissait d'une fausse alerte, un risque imminent pour sa vie, et ainsi de suite. Si elle avait besoin d'être extraite, alors « hélico » était le mot. Mais si elle était menacée par cet homme, elle ferait n'importe quoi pour le garder en vie et ne pas le perdre de vue. Peu importe ce qu'elle était censée faire.

Terry vérifia un message.

— Bien. Pete est en place. Ça va, Liz ?

*Pas du tout.*

— Je suis prête.

— Vérifiez que votre micro fonctionne avant de commencer à descendre. Nous partirons une fois que vous serez à cinquante mètres, alors faites-le avant, dit Andy. Il nous faudra deux minutes pour nous mettre en place, alors marchez lentement.

Son visage était le plus sérieux que Liz ait jamais vu.

Elle hocha la tête et sortit.

L'air était chaud et humide. Des orages étaient prévus pour plus tard dans la journée, mais pour l'instant le ciel était clair et une demi-lune donnait un peu de lumière. Liz s'orienta et se dirigea vers le bord du petit parking.

— Test. J'espère que ça marche.

L'oreillette était claire comme de l'eau de roche.

— Nous bougeons maintenant, Liz.

Derrière elle, la voiture démarra et s'éloigna.

Elle quitta le parking et la descente était raide.

Brimbank Park était un endroit facile pour se perdre avec ses ravins et ses cachettes.

Liz suivit une route étroite et sinueuse à la lumière de la lune plutôt que d'utiliser sa lampe de poche. Cela aidait ses yeux à se concentrer et ses sens à s'adapter à l'environnement. Elle avait une excellente vision nocturne et des nerfs solides. D'habitude. Mais ici, dans la partie la plus reculée du vaste parc, elle n'en était pas si sûre.

Lorsqu'elle fut en vue de l'endroit désigné, elle s'arrêta un moment. Elle pouvait entendre la rivière d'ici, mais pas la voir. Des arbres étaient regroupés autour d'un panneau d'information et cinquante mètres plus loin se trouvait sa destination. De plus haut, où Pete et les autres attendaient, il serait presque impossible d'avoir une bonne vue du suspect, et encore moins que l'équipe des forces spéciales puisse faire un tir de sniper, si cela en venait là.

*C'est le moment, Liz. La meilleure chance de retrouver ces filles.*

Ignorant le nœud dans son estomac, Liz s'approcha, scrutant lentement la zone devant elle et de chaque côté. En passant sous une canopée d'arbres, elle faillit faire demi-tour.

Elle était isolée et le ressentait profondément.

Il y avait une petite clairière au milieu des arbres et elle se força à s'y tenir. C'était si calme.

Sauf qu'il y eut un craquement de pas, un bris de brindille.

Son cœur se mit à battre la chamade et l'adrénaline déferla dans son corps.

Et puis il était là.

Tout ce que Liz avait prévu de faire et de dire à ce moment fut mis de côté. Elle avait un script soigneusement répété que Terry et Andy avaient travaillé avec elle, conçu pour la maintenir à distance émotionnelle et poser les questions les plus appropriées.

Mais à cet instant, une vague de rage surgit et il lui fallut toute sa force d'âme pour garder les pieds plantés au sol plutôt que d'attaquer l'homme à coups de poing. Ou de sortir son arme et le forcer à révéler la vérité.

Il se tenait à quelques mètres.

Plus grand que Liz d'une demi-tête, il était mince et portait un pantalon et un haut noirs moulants, des chaussures de course noires et des gants noirs. Il était musclé, mais comme un coureur plutôt qu'un culturiste.

Elle ne pouvait pas voir son visage. Il portait un masque noir du type jetable largement disponible ces dernières années. Et des lunettes de soleil. Comment il pouvait voir clairement en les portant était curieux, mais cela pourrait jouer en sa faveur s'il partait en courant et trébuchait dans le noir. Ses cheveux étaient blancs et très courts. C'était intelligent de se couvrir ainsi, mais terrifiant parce qu'il n'avait manifestement pas l'intention de révéler son identité.

— Alors tu as fait ce que j'ai dit.

Sa voix trahissait son âge. Ce n'était pas un jeune homme, ni même d'âge moyen.

— Où est Eliza ?

— C'est sans importance.

Ce mot, prononcé en personne, lui fit dresser les cheveux sur les bras.

— Dis-moi au moins comment elle va. S'il te plaît.

Il fit un pas en avant.

— Eliza dort. Elle est en lieu sûr.

Aussi rassurantes que ces paroles puissent paraître en surface, elles firent frissonner Liz. Endormie et en lieu sûr pouvaient avoir d'autres significations. De sinistres significations. Elle attendit qu'il parle à nouveau. Son intention devait se révéler avant qu'elle ne puisse décider quoi faire de lui.

— Tu dois arrêter de chercher Ellen, dit-il.

— Que sais-tu d'elle ? Tu l'as *aussi* enlevée ?

Il fit un bruit de désapprobation.

— Enlever est un mot dur. Quoi qu'il en soit, le temps des recherches est largement dépassé. Tu l'as déçue, Elizabeth. Trop occupée pour t'occuper correctement de ta propre enfant. Et si quelqu'un lui voulait du mal ?

— C'est ma nièce, pas ma fille. Et l'arracher à sa famille et à sa vie était l'acte de quelqu'un qui voulait lui faire du mal, alors ne prétends pas que tu la sauvais.

— Doucement, Liz. L'avertissement de Pete dans son oreille la fit presque sursauter.

L'homme croisa les bras.

— Il serait dans ton intérêt de maîtriser ton tempérament.

Liz connaissait sa voix. Des souvenirs lointains frappaient à la porte de sa mémoire, mais malgré ses efforts pour les faire ressurgir, ils la narguaient.

— Nous parlons d'une petite fille qui n'a pas pu grandir avec ses parents. Liz avait retrouvé son calme. Me dire de ne pas la chercher soulève des questions. Je suis sûre que tu peux le comprendre. J'ai revécu cette journée au parc sans cesse. J'ai rêvé d'Ellen. J'ai vécu dans le même appartement miteux au cas où elle viendrait me chercher, et sa mère a fait de même. Savais-tu que son père est mort récemment ?

Il haussa les épaules.

— Une personnalité faible.

— Dis-lui que tu arrêteras de chercher Ellen. C'était Andy. Ramène la conversation sur Eliza.

Liz aurait aimé pouvoir retirer son oreillette.

— J'arrêterai de chercher Ellen.

Cette fois, l'homme rit.

— Brave fille. Non que je te croie, mais c'est un pas de plus vers ce que je veux de toi. Il avança de quelques pas. Parfois, une situation terrible arrive à une personne sans que ce soit de sa faute.

*Comme être enlevé ?*

— Une personne décente. Un bon père aimant voit son monde entier lui être arraché. Un jour, il regarde sa fille grandir, son rire et son effronterie lui apportant une telle joie qu'il croit avoir tout ce qu'un homme pourrait jamais désirer. Quand elle lui sourit, il se sent comme un dieu, car elle l'idolâtre. Il baissa la tête et soupira profondément. Et puis elle disparaît de sa vie pour toujours.

— Ne dis rien, Lizzie. Pete la connaissait si bien. Je t'ai promis que tout allait bien et c'est le cas. Joue à son stupide jeu.

Un peu plus d'informations aurait été utile car ses commentaires sibyllins faisaient osciller son esprit entre Ellen et Eliza. Il savait quelque chose d'important et cet échange furieux avec Terry et Andy portait là-dessus. Ils l'avaient empêchée de lui parler.

*As-tu retrouvé Ellen ?*

— Ça joue avec la tête d'un homme, Elizabeth. Au début, il y a le doute. Étais-je une mauvaise personne ? Ai-je failli à ma famille ? Je savais que non. Mais j'avais commis une erreur en épousant la femme que j'avais choisie. Une femme qui m'était inférieure à tous égards et particulièrement dépourvue de gènes aryens.

Le sang de Liz se glaça. Quel monstre était cet homme ? Elle puisa au fond d'elle-même.

— Mais tu n'aurais pas eu cette enfant sans elle.

Cela sembla le faire réfléchir et il la fixa du regard, si c'était bien ce qu'il faisait derrière ses lunettes de soleil. Il retira son masque, le froissant en boule dans une main.

Elle insista doucement.

— Les mariages se brisent tout le temps. C'est horrible mais vrai. Je ne me marierai jamais car je ne pourrais pas supporter de vivre un autre divorce après celui de mes parents.

L'effet de ses paroles fut immédiat. Il s'avança vers elle jusqu'à n'être qu'à un bras de distance. Il ne dit rien pendant un long moment et elle ne savait pas comment poursuivre. C'était délicat. Un mot de travers et Eliza pourrait être perdue à jamais. Il n'y avait aucun conseil non sollicité dans son oreille. Tout reposait sur elle.

— Je suis vraiment désolée, dit-elle du ton le plus doux qu'elle put. Tu méritais mieux.

La respiration qu'il prit fut audible et sa poitrine se souleva et s'abaissa visiblement.

— Oui, Elizabeth. Oui, je le méritais. Et toi aussi. Grandir sans ton père a ruiné ta vie. Imagine à quel point tu serais différente maintenant si cela n'était pas arrivé.

— Tu en sais beaucoup sur moi. Ou parles-tu de manière rhétorique ?

Il inclina la tête.

— Il est impossible de savoir sans voir ton visage. Je pense savoir qui tu es... Je sens que je suis liée à toi... mais cela fait une éternité.

*Si ça ne marche pas, rien ne marchera. Enlève ces foutues lunettes de soleil.*

Au lieu de cela, il secoua la tête et quand il parla, il y avait une lourdeur dans ses mots.

— Je crains que trop de temps ne se soit écoulé. Ce n'est pas ta faute. Pas entièrement. Mais laisse-moi te poser cette question. Si je te demandais de venir avec moi maintenant, le ferais-tu ?

— Non, Liz. Le chœur venait de Terry et Andy. Pete était silencieux.

— Cela signifiera-t-il que je pourrai voir Eliza ?

La main de l'homme se leva vers ses lunettes de soleil. Et hésita. Puis il sourit.

— Sache ceci, Elizabeth Moorland. Tout ce que j'ai fait, je l'ai fait pour toi. Mais maintenant c'est sans importance car tu as fait un choix. Tu es avant tout une policière. Pas une fille. Tu as perdu ce droit.

Avant que Liz ne puisse répondre, sa main descendit à sa taille et soudain il était sur elle, et quelque chose la frappa si fort à l'estomac qu'elle tomba à genoux. Elle ne pouvait ni émettre un son ni bouger à cause de la douleur et du manque d'air, et même lorsqu'il s'enfuit, Liz n'eut d'autre choix que de le regarder. Puis elle tomba sur le côté et le monde devint noir.

# SANS TITRE

**27**

Andy se mit à courir dès que le suspect prononça le mot « aryen ». Son instinct lui criait que Liz était en grand danger et que les arbres empêchaient les tireurs d'élite d'avoir une chance d'arrêter l'homme.

Il atteignit Liz en premier, appelant à l'aide tandis qu'il glissait à genoux à côté d'elle.

Elle était sur le côté, à peine consciente, et gémissait. Malgré cela, elle pointa une direction et parvint à articuler ces mots :

— Attrapez-le.

— Liz !

Pete fonça dans leur direction.

— Continuez. Il est parti vers la rivière, cria Andy.

Bien que cela ait dû faire mal à Pete d'obéir, il changea de direction sans presque perdre de vitesse et disparut dans l'obscurité.

Andy se pencha pour examiner Liz.

— Vous avez été touchée ?

— Matraque. Ventre. Allez-vous-en.

Il se redressa et appuya sur sa radio.

— J'ai besoin d'assistance dans la zone de rencontre maintenant. Et d'une ambulance.

Ce fut Terry qui apparut ensuite, faisant de grands gestes pour qu'Andy suive Pete alors qu'il trébuchait à travers les arbres dans sa hâte de les rejoindre.

— Terry est là. Je vais attraper ce salaud, dit Andy à Liz, puis il se mit à courir, incertain si le salaud en question était le suspect ou Pete. Il était en forme grâce à des années de gym et de course sur route et en une minute, il aperçut Pete au loin, courant le long de la rivière.

Le terrain n'était pas propice à la course, sans véritable sentier et avec des creux et des trous à éviter. Ce qui commença comme des conditions presque semblables à des gorges s'ouvrit progressivement à mesure que la rivière s'élargissait. Les jambes et les poumons d'Andy lui faisaient mal alors qu'il réduisait l'écart. Il dut parcourir près d'un kilomètre avant de presque percuter Pete dans un virage.

— Besoin d'une unité nautique sur la rivière Maribyrnong entre Avondale Heights et Brimbank Park.

Pete était presque plié en deux pour reprendre son souffle et haletait des instructions dans son téléphone.

— Canot pneumatique noir... avec un moteur hors-bord. Un seul occupant. Homme. Soixante... à soixante-dix ans. Un mètre quatre-vingts. Corpulence mince. Vêtu... d'un haut, d'un pantalon et de chaussures noirs. Il porte une matraque et possiblement d'autres armes. Ne le tuez pas. C'est le principal suspect dans la disparition d'Eliza Singleton. Ne le tuez pas.

Il termina l'appel et se redressa lentement.

Andy regarda au loin sur la rivière où un petit bateau s'éloignait.

— Pourquoi n'êtes-vous pas avec Liz ? demanda Pete.

— Terry est là-bas. Elle n'a pas été touchée par balle et m'a dit de poursuivre l'homme. Mais un foutu bateau ?

— Où est l'hélicoptère ?

— Dans deux minutes. Je vais suivre la rivière au cas où il s'arrêterait quelque part. Andy se mit à courir le long de l'eau.

Pete le rattrapa rapidement, semblant avoir surmonté ses difficultés respiratoires. Ils avancèrent en silence jusqu'à ce que le vrombissement lourd des pales d'hélicoptère approche par derrière et ils s'arrêtèrent pour regarder l'appareil passer au-dessus de leurs têtes et filer droit au milieu de la rivière, bas et rapide, laissant l'eau ondulée et les arbres oscillants sur les côtés. D'énormes projecteurs balayaient de gauche à droite pendant son vol, s'élevant brièvement pour passer au-dessus d'un pont sur l'une des artères principales.

— On doit rester près de lui. Kyle Moorland pourrait accoster quelque part ou au moins essayer de se mettre à couvert.

— Vous ne savez pas si c'est Kyle Moorland.

— Si, je le sais. Pete repartit, plus vite qu'au trot.

Ils n'avaient aucune chance de rattraper l'hélicoptère mais tous deux continuèrent, ralentissant dans les montées du sentier puis accélérant à nouveau quand il s'aplanissait. La sueur coulait dans le dos et le cou d'Andy et McNamara semblait tout aussi mal en point. Le ciel s'éclaircissait un peu et il éteignit sa lampe torche. Quand ils atteignirent un rétrécissement de la rivière, le sentier disparut et ils s'arrêtèrent.

Quelque part plus loin, l'hélicoptère tournoyait mais il y avait un virage entre lui et eux.

— Vous croyez qu'il aurait pu distancer l'hélico dans un canot ?

— Vous avez déjà été dans un hélico, mon pote ? Ils sont sacrément rapides, dit Andy.

— Il avait de l'avance. Le temps de sortir de l'eau. Pete sortit son téléphone et composa un numéro. Terry. Ouais, rien pour l'instant. Comment va Liz ?

— Demandez-lui pour l'hélicoptère, suggéra Andy.

Pete lui lança un regard noir et se détourna en écoutant.

— Merci. Elle va à l'hôpital ? D'accord. Ah oui, le sergent-détective principal Montebello demande à connaître la raison pour laquelle l'hélico tourne en rond devant. Un moment plus tard, il rangea son téléphone et fit face à Andy, croisant les bras. Ils ont aperçu un canot un instant. Ils le cherchent maintenant.

— Sacré fils de pute.

— Il a planifié ça aussi soigneusement que les enlèvements d'Ellen et Eliza. Le problème, c'est qu'on n'a presque aucune info sur lui à part l'adresse à Geelong dont Liz s'est souvenue.

— Ce n'est pas là où vous êtes allés ? Même pas un passage en voiture ? Andy entendait le sarcasme dans sa propre voix et même dans la faible lumière, il était clair que Pete était irrité.

— Mec, la première fois que j'en ai entendu parler, c'était dans le bureau de Terry ce matin et je venais juste de rentrer de Geelong. Concentrez-vous sur la recherche d'Eliza et arrêtez de me critiquer tout le temps.

Liz avait-elle dit quelque chose à Pete à propos des commentaires précédents dans le bureau ? Ce n'était pas utile si elle l'avait fait mais en même temps, Andy n'avait pas eu l'intention de baisser sa garde et de parler de Pete dans son dos. Il valait bien mieux le faire en face.

— Si vous ne voulez pas de commentaires négatifs, alors arrêtez de nous faciliter la tâche. Je vous ai appelé plusieurs fois hier soir et vous m'avez ignoré.

— J'étais occupé.

— Et j'avais besoin de vous parler. Au lieu d'être irresponsable et de prendre des décisions en dehors de la chaîne de commandement, pourquoi n'essayez-vous pas de jouer en équipe ?

Pete bougea rapidement. Il ne toucha pas Andy mais se retrouva soudainement juste devant son visage et bien qu'Andy fût une tête plus grand, la simple présence de Pete était intimidante.

— Vous auriez dû me laisser dire à Lizzie pour Ellen. Et si elle était morte à l'instant au lieu d'être blessée ? Et si elle était morte sans jamais savoir que sa nièce est vivante ? Vous pourriez vivre avec ça ? Mon pote.

Il s'éloigna et s'accroupit au bord de la rivière, s'aspergeant le visage d'eau.

L'hélicoptère se dirigeait vers eux mais lentement, ses projecteurs s'arrêtant sur un point le long des berges puis sur un autre.

— Écoutez, on doit travailler ensemble, Pete. Terry et moi avons pris la meilleure décision dans l'urgence. Cette femme, Lena ? J'aimerais que ce soit Ellen. Mon Dieu, comme j'aimerais que ce soit elle, mais vous savez qu'il y a un long chemin à parcourir. Tests ADN. Beaucoup de choses avant que son identité soit prouvée, et pourtant vous vouliez que Liz soit perturbée en allant à cette rencontre.

Pete secoua la tête en se levant. L'eau dégoulinait sur son visage et ses cheveux.

— Vous ne la connaissez pas. Il n'y a pas de flic plus coriace dans la brigade, mais elle a besoin d'informations et de connaître l'état des choses. Si vous pensez qu'elle n'est pas au courant qu'il s'est passé quelque chose d'important, alors vous n'êtes pas un très bon détective.

L'hélicoptère était maintenant assez proche pour couvrir toute conversation et lorsque le projecteur se posa sur eux, Andy leva le pouce. L'appareil fit demi-tour et repartit d'où il venait.

— On continue encore un peu ? Je peux traverser et vérifier l'autre rive.

— Vous ? Non. Je vais traverser à gué. Comme ça, vous saurez que je sais jouer en équipe. Pete retira ses chaussures, noua les lacets et les jeta par-dessus son épaule. Il baissa son pantalon avec un large sourire. Vous pouvez vous retourner si vous ne voulez pas voir quelque chose qui vous rendra jaloux pour le restant de votre vie.

Un rire échappa à Andy avant qu'il ne puisse s'en empêcher.

— Continuez de rêver, mon vieux.

Bien sûr, ce fut Pete qui trouva le canot pneumatique. Moins de dix minutes après qu'Andy eut les yeux à jamais marqués par la vision du postérieur de Pete en slip disparaissant dans la rivière, un cri triomphant fut suivi d'un texto : « L'esprit d'équipe gagne. »

— Il vaut mieux que je fasse appel à votre esprit de compétition plus souvent, marmonna Andy pour lui-même.

Un peu plus loin se trouvait un pont et il le traversa en courant pour revenir sur ses pas jusqu'à l'emplacement de Pete, parlant à Terry à la radio pendant qu'il se déplaçait. Pete avait remis ses vêtements et était impatient de partir.

— Il faut le pister. Est-ce qu'une unité canine arrive ?

— Elle est en route. L'hélicoptère balaie ce côté vers l'intérieur. Avez-vous vérifié le canot ?

Pete l'ignora et le conduisit vers la petite embarcation qui était complètement sortie de l'eau et recouverte d'une bâche camouflage.

— Vous voyez, il planifie tout. Et avant que vous ne le demandiez, il n'est pas sous la bâche et le bateau semble propre *et* je n'ai pas interféré avec les traces.

— Laissez-le alors.

Andy balaya du regard la zone autour d'eux. Bien qu'il y ait quelques arbres, ce n'était pas une zone aussi dense que celle où Liz avait rencontré l'homme. À quelques mètres, il y avait une montée raide sans sentier visible.

— C'est là qu'il s'attend à ce qu'on cherche. Pete parla à voix basse. Je n'ai vu aucune trace de lui dans la direction d'où je suis venu, ce qui nous laisse quelques options.

— Le chemin par lequel je suis arrivé, la rivière, ou il a pris la route évidente.

— Alors, c'est laquelle ?

Rallumant sa lampe de poche, Andy se concentra sur les arbres, mais il n'y avait pas même un oiseau. Et cela en soi était utile. Il n'avait entendu aucun bruit d'oiseaux agités et il n'y en avait aucun ici.

— Il a au moins cinq minutes ou plus d'avance sur nous, dit Andy.

— Quinze. Pensez à sa vitesse. Je pense qu'il avait prévu de laisser le bateau ici et pour ce qu'on en sait, il avait un équipement de plongée prêt.

— Merde. Andy tapota sa radio. Terry ?

— Du nouveau ?

— Y a-t-il un moyen de surveiller la rivière ? Pas seulement les bateaux mais quelqu'un dans l'eau ? Sous l'eau ?

Il y eut un moment de silence, puis Terry jura.

— Kyle Moorland avait son brevet de plongée. Il l'a obtenu lors de la croisière avant sa mort. Sa mort présumée. Je m'en occupe.

Pete s'effondra sur le sol, la tête dans les mains pendant une minute. Puis il inspira profondément et regarda Andy.

— Pourquoi ne savions-nous pas cela plus tôt ? Il n'était pas en colère. Au contraire, il était désemparé, triste, incrédule. Notre équipe obtient des résultats, mais nous avons mis l'une de nos meilleures détectives en danger et elle est blessée. Nous avons permis à un kidnappeur d'enfants en série de nous surpasser. Comment ?

Andy s'assit sur l'herbe à côté de lui.

— Vous voulez la version officielle ? Surchargés. Pas assez d'officiers pour faire face à une situation si vaste, encore moins pour creuser un mystère du passé.

Pete le regarda.

— Il n'y a pas d'excuse assez bonne, Pete. La disparition d'Ellen aurait dû être traitée différemment dès le début. Celle d'Eliza l'a été, je pense. Mais il y a une déconnexion entre les deux affaires et personne ne peut y remédier maintenant.

— Liz doit savoir pour Ellen.

— Et elle le saura. On va où maintenant ? Je ne vais pas rester assis là et je doute que vous le fassiez. Quelle direction, Pete ?

Le jour avait succédé à la nuit lorsqu'une bouteille de plongée fut trouvée abandonnée à quelques centaines de mètres. De là, c'était une montée raide mais faisable jusqu'à un parking isolé.

— Pas de caméras dans la zone. L'unité aérienne vérifie s'il y a des images qui pourraient montrer un véhicule là-bas, mais à ce stade, le suspect s'est enfui.

Ils étaient de retour à l'unité des personnes disparues. Terry avait pris la tête pour donner à Andy une chance de se doucher, de se changer et de manger. Lorsqu'il revint à l'étage, il y avait un tableau blanc avec une carte dessus et des zones encerclées en rouge. Une douzaine d'officiers, la plupart ayant juste commencé leur service, posaient des questions et prenaient des notes. Pete leur tournait le dos à tous, regardant par la fenêtre. Il ne s'était ni douché ni changé et bouillonnait de colère.

— Nous explorons la forte possibilité que le suspect soit Kyle Moorland, présumé mort et enterré au cimetière de Keilor. Ce dont j'ai besoin, ce sont des informations sur la personne qui est passée par-dessus bord lors de la croisière, soi-disant Kyle. Tout sur la personne qui a été témoin du soi-disant accident, de son nom à celui de son premier enfant.

Il y eut un murmure d'approbation des détectives.

Andy s'avança.

— Nous venons d'avoir des nouvelles concernant Liz.

Pete se retourna.

— Elle va sortir bientôt. Rien de cassé ou de gravement blessé. Le coup de matraque a touché les tissus mous et a évité tous les organes.

— Chef, est-ce qu'elle connaissait le suspect ? A-t-elle des renseignements ?

La question venait d'un détective qu'Andy ne connaissait pas.

— Liz viendra faire un débriefing et nous aurons de meilleures informations à ce moment-là. Ce que je peux partager, c'est qu'au cours de la conversation entre le suspect et Liz, il a fait plusieurs commentaires qui nous amènent à croire qu'il a une connaissance personnelle de sa vie. Plus que jamais, il est important de rechercher la moindre référence dans toute communication qui pourrait nous mener à lui. Le canot pneumatique est en route vers le garage de la police scientifique pour être examiné.

— Il portait des gants. Il avait tout prévu. Il n'y aura rien, dit Pete.

— Mais il a bien obtenu le bateau quelque part et la bouteille de plongée pourrait être une bonne piste. Terry tapota sur le tableau blanc. Il y a beaucoup de caméras une fois qu'il a atteint une route et Meg est en train de rechercher des images.

— Et pour l'adresse à Geelong ?

Tout le monde regarda Pete.

— Là où Liz vivait enfant. Ce serait un bon endroit pour cacher une enfant, je pense.

Andy jeta un coup d'œil à Terry. Ils en avaient déjà discuté.

— Concluons pour l'instant, dit Andy. Pete, prenez un peu de nourriture et des vêtements propres et rejoignez-nous dans mon bureau dans une heure.

Sans un mot de plus, Pete sortit d'un pas furieux. Quelques officiers rirent et Andy les fusilla du regard jusqu'à ce qu'ils se taisent.

# VINGT-SEPT

Tout lui faisait mal, mais rien autant que son cœur.

Liz avait refusé les antidouleurs et dès qu'on lui avait assuré que sa vie n'était pas en danger, elle avait insisté pour quitter l'hôpital. Plutôt que de gaspiller les ressources d'une voiture de patrouille, elle avait appelé un Uber et était d'abord rentrée chez elle, pressée de prendre une douche et de s'examiner correctement.

Les ecchymoses continuaient d'apparaître, mais étaient déjà suffisamment effrayantes avec des taches sombres autour d'un amas central. Elle toucha la peau où la matraque, bout en premier, l'avait frappée avec assez de force pour la jeter au sol, mais pas assez pour causer des dommages à long terme. C'était en soi curieux, mais Liz n'avait aucune envie d'essayer de le comprendre.

*Mon père.*

Elle ne pouvait pas regarder ses yeux dans le miroir.

Il avait dit qu'il avait fait ça pour elle.

Enlevé Ellen.

Enlevé Eliza.

Détruit tant de vies.

*Pour moi.*

Si Eliza n'était pas encore quelque part dehors ayant besoin d'elle, elle se serait recroquevillée dans son lit pour pleurer.

Mais il n'y avait pas de larmes. Pas de sentiments, hormis ceux d'un chagrin et d'une tristesse inexplicables. Et seule sa promesse à Eliza et Ellen de les retrouver pouvait la faire avancer. Plus tard... une fois que l'affaire serait résolue, elle devrait faire face à beaucoup de vérités et prendre des décisions. Et celle qui martelait à l'arrière de son esprit concernait son travail.

Ils l'avaient laissée tomber.

D'abord avec Ellen et maintenant, avec Eliza.

Elle était allée dans cette clairière sans connaître tous les détails de ce dans quoi elle s'engageait et peu importait si c'était pour la protéger ou l'empêcher de renoncer. Terry et Andy n'avaient aucun droit de lui cacher des informations. Et Pete était le seul de son côté en ce moment.

Habillée, elle fit du café et appela Vince. Elle tomba sur sa messagerie. Elle ne laissa pas de message. Elle avait une boule dans la gorge. Elle avait besoin d'entendre ses paroles rassurantes. Ses opinions. Ses conseils sans détour. Sans même boire le café, elle quitta l'appartement.

La porte de Darryl s'ouvrait de l'intérieur et elle l'aperçut brièvement avant qu'elle ne claque et que la chaîne de sécurité ne soit verrouillée.

Elle n'avait pas l'énergie pour lui en ce moment et continua à marcher, consciente qu'il avait rouvert la porte quand elle était passée. Liz descendit lentement les escaliers, regrettant de ne pas être allée de l'autre côté pour prendre l'ascenseur qu'elle avait pris pour monter.

Brian Bisley était-il toujours en vie ? Penser à l'ascenseur lui faisait penser à lui et c'était encore une autre partie du puzzle qui se compliquait de minute en minute.

La seule façon de traverser tout cela sans perdre la raison était d'écarter l'émotion et de se concentrer sur une seule chose. Attraper son père et retrouver Eliza. Tout le reste se mettrait en place une fois qu'elle aurait accompli cela.

Au bas des marches, elle s'arrêta pour reprendre son souffle et sortit une carte de visite de son sac. Elle la fit tourner entre ses doigts. Candace Carroll avait dit qu'elle était là pour Liz. À tout moment. Pour n'importe quelle raison. Et Liz en avait plein, des raisons.

Candace était une complication.

Liz n'était pas prête à faire confiance à quelqu'un de nouveau.

Liz n'allait faire confiance à personne.

Le débriefing fut tendu et court et Liz fut heureuse de quitter le bureau d'Andy. Lui et Terry lui cachaient encore quelque chose. C'était évident. Elle avait demandé où était Pete et ils s'étaient regardés avant que Terry ne dise quelque chose à propos d'une pause pour dormir. Elle n'était pas convaincue.

Liz alla chercher Meg.

Entrer dans une pièce où une poignée de personnes étaient toutes concentrées sur leurs données était étrangement réconfortant. Il y avait un léger bourdonnement. Des tapotements. Un mot occasionnel. Des chaises qui bougeaient.

— Liz ?

Meg se leva d'un bond et faillit jeter ses bras autour de Liz, s'arrêtant à la dernière seconde.

— Tu dois avoir tellement mal.

— Seulement si je bouge. Respire. Parle. Sinon, je ne me suis jamais sentie mieux.

Des yeux sérieux la regardèrent.

— Nous *allons* le trouver. Et Eliza.

Elle aurait dû ressentir du soulagement. De l'espoir. Ce n'était pas le cas.

— Viens t'asseoir avec moi pour que je puisse te montrer ce que je fais. Meg se précipita vers son poste et parla à l'agent en uniforme assis le plus près. Lou ? Bouge, mec.

C'était le jeune officier qui avait été si utile à Liz dans l'immeuble, comprenant rapidement un système de sécurité vidéo désuet au pied levé. Il jeta un regard compatissant à Liz et libéra son siège.

— Merci. Liz était heureuse de pouvoir s'asseoir et elle rapprocha soigneusement la chaise de Meg.

— Bon, trois recherches en cours. Meg avait trois écrans aujourd'hui et chacun était rempli d'informations. Pendant que Lou cherche l'origine de la bouteille de plongée, je fais le lien avec la police fluviale et les parcs au sujet de la rivière. Personne ne saute dans un cours d'eau inconnu pour la première fois quand il sait que sa vie en dépendra, donc notre homme a une certaine expérience de la plongée ou de la navigation là-bas, quelque chose qui finira par apparaître.

— Et le canot pneumatique ?

— En cours d'examen. C'est l'un des milliers dans l'État donc pas trop d'espoir de trouver un propriétaire, mais le moteur hors-bord pourrait aider. Tu sais depuis combien de temps il fait de la plongée ?

— Moi ?

Meg fit une sorte de grimace comme si elle n'aurait pas dû parler.

— Tu crois qu'il s'agit de Kyle Moorland. Mon père.

— Ouais. J'ai écouté l'enregistrement en direct de ta conversation avec lui et je ne trouve aucune raison de croire le contraire. Pas toi ?

Ce n'était pas quelque chose que Liz pouvait dire à voix haute, alors elle haussa les épaules. Et le regretta. Même ce petit mouvement lui fit mal.

— Ici, j'ai un programme qui tourne pour le trouver. Kyle. C'est étrangement simple pour quelque chose de sophistiqué. Meg regarda l'écran avec un petit sourire.

— Tu en es amoureuse ?

— C'est bien possible. Les logiciels sont moins exigeants qu'une personne.

*Tu chantes ma chanson.*

Meg continua.

— Je suis remontée jusqu'au jour où ta mère lui a fait signifier les papiers du divorce. Je ne peux pas identifier le jour où il a quitté la maison... à moins que toi tu puisses ?

— Pas moi. J'étais petite. Mais je pourrais demander à Anna. Ma sœur. Elle a dix ans de plus que moi et se souvient de beaucoup plus de choses que moi. Et après leur dîner d'hier soir, elle pourrait être disposée à aider.

— Tu lui demanderais si elle accepterait de passer une demi-heure avec moi ? Tu penses qu'elle le ferait ?

*Si elle n'est pas en train de boire, de planer à cause des médicaments, ou de dormir, peut-être.*

— Je vais l'appeler.

— Super. Toute information supplémentaire nous permettra d'affiner les paramètres. Je cherche des indicateurs de comportement, des choses que Kyle faisait avant sa prétendue mort. Où il vivait et ce qu'il faisait chaque jour. Où il travaillait. Et ensuite, je devrai comparer ces informations avec la vie de l'homme qui est censé avoir vu Kyle tomber par-dessus bord. Meg jeta un coup d'œil à Liz. Même si on ne me demande pas mon avis, je pense que Kyle a tué le type, en s'assurant que ses signes distinctifs étaient détruits, puis l'a jeté par-dessus bord et a pris son identité. Et je suis vraiment désolée d'être aussi directe aujourd'hui.

— La franchise ne me dérange pas. Au moins, *toi*, tu partages tes informations avec moi.

Meg lui lança un regard étrange.

— Tu as dit trois que tu travaillais sur trois recherches ?

— Ah bon ? Meg jeta un coup d'œil à l'écran le plus éloigné. En effet. Je travaille sur l'affaire d'Ellen.

Le cœur de Liz fit un bond.

— C'est-à-dire...

— Je ne suis pas censée en parler, mais si ces garçons se montrent secrets et protecteurs, ils ont besoin d'un électrochoc. J'ai examiné certaines informations qui auraient pu être négligées dans le passé et avant que tu ne t'emballes trop, te raconter tous les détails prendrait une heure que je n'ai pas.

— C'est à propos des cheveux ? L'ADN ?

Meg fit un geste de fermeture éclair sur sa bouche.

Liz se leva et partit sans un mot. Elle était arrivée dans le couloir quand Meg la rattrapa, lui touchant le bras. Elles s'arrêtèrent toutes les deux.

Meg regarda des deux côtés et attendit qu'il n'y ait personne à portée de voix.

— Tu peux me faire confiance, s'il te plaît ? Je suis entre le marteau et l'enclume et je dois gérer la bureaucratie et les conneries de vieux copains, alors ne m'en veux pas. S'il te plaît, Liz.

C'était vrai. De tout le monde, Meg avait le cœur de l'enquête entre ses mains. Les détails techniques et bien au-delà. Et tout le monde voulait un morceau d'elle et attendait des réponses. Hier.

— Je te fais confiance. À toi et à Pete, et c'est à peu près tout dans ce bâtiment.

— Non, Liz. Tu peux faire confiance aux autres. Ils ont juste leurs propres supérieurs à satisfaire et en ce qui concerne Terry, il a un sens paternel de vouloir prendre soin de toi. Un peu vieux jeu, mais c'est ce genre d'homme.

— Mais pourquoi personne ne veut me dire la vérité ? Je sais que quelque chose s'est passé. Ou est en train de se passer. Pete a disparu.

— Il dort. Va voir si tu ne me crois pas.

— Hein ?

— Sur le sol d'une des salles d'interrogatoire, lumière éteinte, en train de ronfler.

Ne sachant pas si c'était triste ou drôle, Liz réussit à sourire.

— On est d'accord ?

— On est d'accord, Meg. Désolée.

— Pas besoin. Tu as traversé l'enfer ces derniers jours et puis ton idiot de père — désolée — te frappe avec une matraque. Appelle Anna, d'accord ? Plus vite je pourrai lui parler, mieux ce sera.

Meg disparut à nouveau et Liz s'appuya contre le mur.

Elle avait envie de pleurer et de crier et de jeter des objets.

Toutes ces réactions lui étaient étrangères. Des larmes de

temps en temps. Mais pas ces stupides démonstrations de colère et de perte de contrôle. Pourtant, récemment, elle avait fantasmé sur l'interrogatoire de Brian et Darryl en dehors de toute limite légale. Ce n'était pas elle.

Ou peut-être que Liz se transformait en la personne qu'elle était censée être.

— Je dois m'excuser. Liz se parlait à voix haute et elle n'irait pas jusqu'au bout parce qu'elle n'avait pas partagé les pensées sombres qu'elle avait eues à propos de Terry et Andy avec eux.

Pete était allongé sur le côté contre le mur de la salle d'interrogatoire, une couverture le couvrant à peine et son bras servant d'oreiller. Il ne ronflait pas, mais il dormait profondément. Son téléphone, son portefeuille, son arme et son badge étaient empilés sur la table avec une bouteille d'eau vide.

Elle resta assise là un moment dans l'obscurité de la salle d'observation. Il n'y avait aucun bruit ici. Pas de chaos. Pas d'homme qui avait détruit son monde et celui de sa sœur au nom d'une croyance terrible.

Aryen. Un suprémaciste blanc.

*Une femme qui était inférieure à moi à tous égards et particulièrement dépourvue de gènes aryens.*

Ce monstre avait dit cela de sa mère. Une femme belle, gentille et intelligente qui avait été la meilleure mère que Liz aurait pu demander. Avait-elle su qui il était avant de l'épouser ? Comment aurait-elle pu ? Des personnes aussi maléfiques que Kyle pouvaient cacher leurs intentions aussi longtemps qu'elles en avaient besoin... jusqu'à ce qu'elles ne le puissent plus.

Liz inspira rapidement. Et encore une fois.

Son propre père l'avait choisie comme digne d'un traitement correct parce qu'elle avait les cheveux blonds et les yeux bleus.

*Monstre.*

Elle se balançait d'avant en arrière sur son siège.

Sa mère n'était pas assez bien. Anna n'était pas assez bien. Mais l'enfant d'Anna l'était. Une copie conforme de Liz. La version de Kyle des bons gènes. Avait-il pris Ellen pour remplacer Elizabeth, l'enfant qu'il avait perdue à cause du divorce ?

La pièce tournait. Se refermait sur elle.

Liz ferma les yeux et essaya de se souvenir de son père. À quoi ressemblait-il ? Quelle était sa voix ? La voix entendue plus tôt était familière mais elle avait écouté l'appel qu'il avait passé à Andy, elle n'avait donc aucun moyen de savoir si c'était de cela dont elle se souvenait.

*Un grand arbre ombragé dans un grand jardin. Une piscine hors sol.*

*Des rires.*

*Des cris.*

*Des hurlements.*

*Des pleurs.*

Elle était debout d'une manière ou d'une autre. À la fenêtre, frappant pour que Pete se réveille. Fais disparaître tout ça.

Puis elle se retourna pour courir et trébucha sur une chaise. Elle se releva tant bien que mal, criant de douleur.

Elle ouvrit la porte à la volée.

Le couloir était lumineux.

— Liz. Lizzie, je suis là.

Elle plissa le visage tandis que les larmes coulaient.

Vince.

Il courait vers elle.

Et puis elle était dans ses bras et il la serrait si fort que ça lui faisait mal, mais elle s'accrochait à lui comme si son âme en dépendait.

# VINGT-HUIT

Dieu merci, elle n'avait pas réveillé Pete. C'était tout ce à quoi elle pouvait penser au début. Il était si fatigué et il n'y avait pas l'ombre d'un doute qu'il avait fait quelque chose de bien... quelque chose en rapport avec Ellen, peut-être. Plus tôt, il l'avait prise dans ses bras, l'avait rassurée que tout allait bien et bien qu'il fût manifestement bâillonné par leurs supérieurs, c'était une lueur d'espoir dans un endroit par ailleurs sombre.

— Liz ? À un moment donné, il faut qu'on trouve un endroit plus privé pour parler.

Vince avait raison. Ils étaient toujours dans le couloir et bien qu'elle ait cessé de s'accrocher à lui comme une bernique, il gardait un bras protecteur autour d'elle et avait dit aux officiers intéressés de circuler. Rien à voir.

C'était un roc.

Elle posa son front contre sa poitrine un instant, puis se redressa avec une brusque inspiration alors qu'une douleur lui traversait l'abdomen.

— Pourquoi diable n'es-tu pas à l'hôpital ? grogna-t-il. Ou chez toi.

— Je ne supporte pas d'être chez moi.

— Alors viens chez moi. Il y a une chambre d'amis et tu pourras dormir et te reposer. Melanie sera ravie.

Comme elle avait envie de dire oui. De se glisser entre des draps frais en sachant que quelqu'un veillait sur elle. De dormir sans garder un œil ouvert.

Liz regarda Vince.

— Merci. Je ne peux pas encore, mais merci.

Il était tellement inquiet. Des rides se creusaient sur son visage et il semblait prêt à la soulever et à la ramener au chalet qu'il partageait avec sa petite-fille. Et s'il le faisait, elle devrait peut-être simplement s'en accommoder.

— Ça ne me plaît pas, mais je comprends. Alors, un endroit privé ?

— Je sais où.

— Je ne peux pas dire que je sois déjà venu ici. Vince se promenait dans la salle de conférence. Je doute que beaucoup de flics de rue y viennent.

Même quand Liz avait été associée à Vince pour la première fois durant sa première année, il avait appelé tous ceux en uniforme des flics de rue ou quelque chose de similaire. À l'époque, c'était étrange et elle avait avancé ses raisons. Tous les policiers étaient égaux. Ils avaient juste des tâches différentes à accomplir. Et d'ailleurs, les détectives ne passaient-ils pas du temps dans les rues ?

Il avait ri et secoué la tête, et après un moment, elle avait compris. Un flic en patrouille, c'était son histoire. Les rues étaient les siennes à protéger dans sa zone attribuée et il avait adoré ça. Devenu sergent, il avait passé plus de temps dans un bureau qu'il ne l'aurait souhaité, mais il s'était toujours souvenu de ses racines.

— C'est seulement la cinquième fois que je viens ici, Vince, et hier était la quatrième. Liz s'assit prudemment sur une chaise. Elle avait peut-être refusé les analgésiques à l'hôpital qui l'auraient rendue somnolente ou stupide, mais elle était prête à céder et à prendre quelque chose en vente libre.

Vince fouilla dans un petit frigo à une extrémité de la pièce et en sortit deux bouteilles d'eau.

— Tu sais qu'il y a du vin ici ? De la bière aussi. À quoi sert exactement cette pièce ?

Il ne semblait pas avoir besoin d'une réponse et tira une chaise en face d'elle.

Hier, elle était assise à cette place et Candace était à celle de Vince. Cette femme avait vu dans son âme. C'est l'impression qu'elle avait eue. Perspicace. Attentionnée. Réfléchie. Elle repoussa cette pensée. Personne ne pouvait s'approcher d'elle maintenant. Elle était du poison.

— Hé. Hé, Lizzie ? C'était quoi ce regard ?

— Pourquoi es-tu venu, Vince ? Sa voix lui parut dure à ses propres oreilles et ses yeux se plissèrent. Pourquoi maintenant ?

Il sortit son téléphone de sa poche et le posa sur la table.

— Tu as appelé mais tu n'as pas laissé de message. Tu ne fais jamais ça.

— Désolée. Tu as rappelé ? J'ai manqué un appel de toi ?

Elle savait que non. Dieu sait qu'elle avait vérifié son téléphone assez souvent ces dernières heures.

— C'*était* ton père. Quel horrible choc.

Liz ne pouvait pas parler. Sa gorge se serra comme cela semblait arriver souvent ces derniers temps et une vague de nausée monta. Elle repoussa tout cela par pure force de volonté. Être sentimentale à ce sujet était inutile et une perte de temps.

— C'est ce que tout le monde n'arrête pas de me dire.

Ses sourcils se levèrent.

— Tu ne penses pas que c'en est un ?

— Tu me connais, Vince. Je m'occupe de faits et de preuves et l'homme que j'ai rencontré ne m'est pas familier. Ni sa voix, ni sa carrure ou sa posture. Rien d'autre que des mots pour dire qu'il avait tout fait pour moi. Qu'il avait pris Ellen et Eliza *pour moi*. Elle cracha presque les deux derniers mots. Il croit certainement être mon père ou veut que je le croie, mais vouloir quelque chose ne le rend pas vrai.

— Mais pourquoi enlever deux enfants ? En quoi est-ce lié à toi de quelque manière que ce soit ?

Liz s'appuya sur la table, les doigts tapotant les uns contre les autres.

— Eliza était une erreur, je pense. J'ai l'impression qu'il s'attendait à ce qu'elle soit la remplaçante parfaite pour Ellen qui, maintenant, est soit morte, soit adulte, mais elle ne convenait pas et ça me fait peur parce qu'il veut nous faire croire qu'elle est vivante.

— Je ne comprends pas.

— Ce qu'il m'a dit. Eliza dort. En sécurité. Ce qui pourrait être un code pour morte.

— Ou pourrait signifier qu'elle est en sécurité. Tu viens de me dire que tu t'occupes de faits et de preuves et tu n'as pas vu de corps. Vince la fixa du regard. Va droit au but, Liz. Père ou pas, ce criminel cherche à te faire perdre la tête et tu dois te battre. S'il est ton père, tu géreras ça. Mais rien de tout cela... Il se pencha pour poser sa main sur la sienne. *Rien* n'est de ta faute.

— Alors que dois-je faire ? Sa voix n'était rien de plus qu'un murmure pathétique. Comment le trouver et plus important encore, comment trouver Eliza ?

— En faisant ce que tu fais le mieux. Logique. Instincts. Information. Reviens aux bases que tu connais. Fais confiance à ton jugement car il est solide. Et interroge ceux qui se mettent en travers de ton chemin.

— Terry est sur mon chemin. Tout comme Andy qui était prêt à me retirer cette affaire au début. Seuls Meg et... Pete croient en moi.

Les lèvres de Vince se retroussèrent.

— Comment va cet enfoiré ?

Cela fit enfin respirer Liz correctement et presque sourire.

— La dernière fois que je l'ai vu, il dormait dans une salle d'interrogatoire. Et il y a autre chose. Avant que j'aille à Brimbank Park, il m'a serrée dans ses bras en me disant que tout allait bien. C'était comme s'il savait quelque chose mais ne pouvait pas le partager, et j'ai vu Terry et Andy parler de moi.

— Tu ne deviens pas paranoïaque ? Moi, je l'étais.

— L'étais-tu vraiment ? Vince, ils me regardaient en parlant et m'ont quand même exclue quand j'ai posé des questions suggestives. Est-ce de la paranoïa ?

Peut-être dirait-il oui, juste pour l'empêcher de sombrer dans encore plus d'inquiétude. Vince avait bon cœur et il aimait Liz. Elle n'avait aucun doute sur la force de leur amitié. Mais il ne lui avait jamais menti. Pas à sa connaissance.

— Non. Ce n'est pas de la paranoïa. Je dirais que c'est une idée idiote de te protéger d'informations qui pourraient soit te blesser, soit potentiellement te donner de faux espoirs. Et ils n'en savent pas encore assez pour prendre une décision éclairée sur ce que c'est. Qu'en penses-tu ?

Elle allait avoir l'air ridicule. Une rêveuse. Mais c'était Vince et le pire qu'il dirait serait d'être réaliste.

— Ellen. Vince, je pense qu'il y a des nouvelles à son sujet. Peut-être l'a-t-on aperçue quelque part ?

Le téléphone de Liz bipa avec message après message. La plupart venaient de Pete qui voulait savoir où elle était. Deux d'Anna.

— Ma sœur est là, Vince.

— Vas-y. Je peux sortir tout seul.

Vince avait fait la différence. Ses suggestions calmes et pragmatiques avaient aidé Liz à se reprendre. Elle avait maintenant un plan. Des idées précises sur la façon de gérer les responsables et ses propres émotions. Personne n'allait l'user. Ni la pousser dehors en appuyant sur ses boutons.

— N'hésite pas à te servir de tout ce qu'il y a ici, sourit Liz. J'effacerai toutes les images de nous utilisant la pièce.

— Liz Moorland, tu me choques. Et tu me rends fier de te connaître. Vince vérifia son téléphone. Je viens avec toi. Tu veux que je reste un moment ?

— J'aimerais que tu sois là tout le temps. Mais peux-tu me rendre un service ?

— M'occuper de cet abruti ?

— Non, mais si je t'envoie des fichiers numériques, pourrais-tu y jeter un coup d'œil ? Des choses auxquelles je n'ai pas encore accès ou que je n'arrive pas à comprendre. J'ai besoin d'un second avis et le tien compte.

Il acquiesça.

— Envoie-moi ce que tu veux. Je repenserai aussi à mes souvenirs de cette époque.

Ils descendirent dans l'ascenseur et quand il s'ouvrit, un agent en uniforme s'approcha et attira son attention.

— Il y a quelqu'un qui veut vous voir. Elle attend près des salles d'interrogatoire. Il lança un regard étrange à Vince.

— Je te laisse. Vince leva la main et partit.

Liz fusilla du regard ceux qui étaient curieux et ils retournèrent tous rapidement à leurs occupations. Certains connaissaient Vince personnellement et avaient leurs préjugés contre lui. D'autres étaient plus jeunes, plus récents, mais étaient tout aussi intéressés par l'homme qui avait sauvé de nombreuses vies un jour d'Anzac il y a des années, pour ensuite couper tout contact en quittant les forces de l'ordre.

*Est-ce ce que je vais faire ?*

Il n'y avait jamais eu un moment dans la carrière de Liz où elle avait eu envie de démissionner. Pas même dans les semaines et les mois qui avaient suivi la disparition d'Ellen. Quelque chose la faisait continuer, croire, et elle avait occulté les choses mêmes qui, maintenant, la poussaient à partir.

Être policière était tout ce que Liz avait voulu depuis qu'elle était petite.

En chemin, elle vérifia l'heure, choquée de voir que cela faisait presque six heures depuis sa rencontre avec le criminel à Brimbank Park. Elle n'avait même pas commencé à rédiger une déclaration.

À l'extérieur des salles d'interrogatoire se trouvait une rangée de sièges avec une seule personne les utilisant.

Anna. Sa tête était dans ses mains. Il y avait un gobelet de café à emporter sur le siège d'à côté. L'image était celle de la désolation.

Le cœur de Liz se serra un peu.

— S'il te plaît, dis-moi tout ce qu'il a dit. Ce que tu as dit. J'ai besoin de savoir.

Anna serra la main de Liz. Elles étaient dans une salle d'observation, les lumières de la salle d'interrogatoire attenante éteintes. C'était plus confortable et intime ici.

— Je suis encore en train de digérer beaucoup de choses et certains éléments n'ont rien à voir avec Ellen.

Liz ne savait pas quoi filtrer. Sa nouvelle proximité avec sa sœur était fragile et Anna n'était pas forte. Pas ces derniers temps.

— Eh bien, qu'est-ce qui concernait Ellen ?

« *Tu l'as laissée tomber, Elizabeth.* »

Sa voix résonnait dans sa tête et elle leva sa main libre pour toucher son ventre là où il l'avait frappée.

— Il a dit d'arrêter de chercher Ellen.

— Il a quoi ? Ça veut dire qu'il sait où elle est ou ce qui lui est arrivé ? N'est-ce pas ? Les yeux d'Anna s'écarquillèrent. Tu lui as demandé ?

— Bien sûr que je l'ai fait et il a esquivé la question mais ne l'a pas niée.

— Mais tu ne l'as pas arrêté ! La voix d'Anna s'éleva.

— S'il te plaît, reste calme sinon je ne peux pas continuer. Je n'ai même pas encore écrit de rapport et je ne devrais pas parler de ça.

Les yeux d'Anna se remplirent de larmes et elle hocha la tête, mais retira sa main.

— Il a parlé de perdre sa famille sans que ce soit sa faute. D'avoir épousé la mauvaise femme.

— C'est Kyle. Notre père.

— Je ne comprends pas.

Anna essuya ses larmes avec un mouchoir de son sac.

— Longtemps après son départ, Maman a trouvé un carnet avec des choses sur nous. Moi et Maman. C'était assez horrible et je n'ai pas pu le lire, mais Maman a dit qu'il ne te reconnaissait que toi comme son enfant. J'avais complètement raté sa pureté génétique et reçu toute celle de Maman, qui était inférieure.

— Bon sang. Il est fou.

— C'est un suprémaciste blanc. Papa a été exclu de plusieurs religions pour avoir essayé d'introduire des éléments de certaines vieilles croyances païennes, il n'a donc jamais eu de soutien ni de copains. Pas que Maman sache. En tant que solitaire, il a retourné sa frustration contre sa famille.

*Des cris. Des pleurs. Des objets lancés.* Les souvenirs enfouis dans son esprit devenaient plus clairs et c'était douloureux.

— Il m'a demandé si je voulais partir avec lui.

— Quand ? Aujourd'hui ? Oh, Liz.

— Je suis tellement désolée, Anna. C'est un monstre et je vais le retrouver. Liz toucha le visage d'Anna et essuya une autre larme. Nous allons le retrouver. Mais pour l'instant, si tu t'en sens capable, accepterais-tu de rencontrer Meg ? C'est l'analyste scientifique et elle travaille non seulement à retrouver Eliza, mais aussi à obtenir une piste sur Ellen.

Les yeux d'Anna s'illuminèrent.

— Ellen est vivante ?

— On ne sait pas. Mais Meg pense que ça aidera de te parler de notre père. Si ça ne te dérange pas.

— On peut y aller maintenant ?

# VINGT-NEUF

Liz prit des antidouleurs, les avalant avec de l'eau avant de mettre des pièces dans un distributeur automatique pour obtenir une barre chocolatée. Avec les comprimés, elle devait manger quelque chose mais n'avait pas d'appétit.

— Si tu veux du chocolat, sers-toi dans mon bureau. C'est meilleur que ce carton.

Andy était passé et revenait sur ses pas.

— Comment allez-vous ?

Au moins, il lui parlait plutôt que de l'éviter.

— Je viens d'emmener ma sœur parler à Meg. Anna a confirmé que notre père était un suprémaciste blanc et un solitaire. Je devrais probablement en informer le Dr Carroll pour lui donner ces nouvelles informations.

— D'accord. Mais vous n'avez pas répondu à ma question, dit Andy. Ses yeux étaient sérieux et si elle ne le connaissait pas mieux, Liz penserait qu'il s'inquiétait vraiment. Mais ce qui l'intéressait, c'était d'ajouter une affaire de plus à son impressionnante liste d'affaires résolues.

— Un peu de douleur résiduelle mais gérable. Qu'est-ce que j'ai manqué, Andy ?

— Venez avec moi.

Ils traversèrent quelques bureaux en open space puis prirent l'ascenseur jusqu'à l'unité de recherche des personnes disparues. Il bavarda de choses sans importance pendant qu'elle s'efforçait de manger la barre chocolatée. Mais quand ils entrèrent dans son bureau, il laissa tomber le masque.

— Asseyez-vous, Liz. Nous avons localisé les adolescents qui étaient au parc.

— Ceux qui ont aidé Maureen à chercher Eliza ?

— Oui. Ils ont vu un homme un peu avant de trouver le sac à dos. Je les ai mis avec des dessinateurs, mais il y a autre chose que nous faisons. Andy poussa un dossier ouvert à travers le bureau. Ce sont des photographies que nous avons retrouvées de ton père et du témoin de sa prétendue mort sur le bateau de croisière.

Liz prit le dossier et commença à parcourir une douzaine d'images. Elle n'avait pas vu de photo de lui après le divorce et en fait, même avant. Celles-ci étaient un peu plus récentes.

— Où est celle-ci ? Elle montra la photo à Andy. C'était Kyle, appuyé contre une sorte de rambarde avec un grand sourire. Cela lui coupa le souffle. Il avait l'air heureux et un vieux souvenir confirmait son identité.

— Sur le bateau de croisière le jour où il a quitté Melbourne. Passez à la photo suivante.

Un autre homme dans une pose similaire.

— Il semble avoir la même taille et la même corpulence. La même couleur d'yeux. Est-ce le témoin ? Liz leva les yeux. Vous savez que le témoin est celui qui est mort.

Andy acquiesça.

— Des preuves convaincantes émergent. Meg a envoyé ces photos à un expert qu'elle connaît qui vieillit les deux photos. Nous aurons une assez bonne idée de à quoi ils ressemble-raient tous les deux maintenant et si les garçons en identifient un...

C'était bon.

— Il n'y a rien de nouveau sur l'équipement de plongée ou le bateau ?

— Une équipe y travaille en ce moment. Liz, ce n'est qu'une question de temps, pas de si, mais de quand nous le trouverons. J'aurais juste aimé être plus rapide ce matin. Andy passa une main dans ses cheveux. Il était frustré contre lui-même.

— Vous vous êtes arrêté pour m'aider.

— Je pensais qu'il vous avait tiré dessus.

— Il ne veut pas me tuer. Il en a eu l'occasion. La matraque a été apportée au cas où son fantasme de me voir redevenir sa petite fille serait remis en question.

Andy renifla.

— Complètement remis en question. Vous voulez rentrer chez vous et vous reposer un peu ? Il n'y a pas grand-chose à faire pendant qu'on attend.

— Je dois trouver Pete. Et le Dr Carroll. Mais merci. Liz rendit le dossier. Une fois que vous aurez l'image vieillie de Kyle, vous pourriez m'en envoyer une copie ?

— Nous allons bientôt la faire circuler, mais oui. Et vous êtes sûre que vous ne voulez pas un de mes chocolats secrets ?

Candace Carroll était dans le bureau de Terry. Quand Liz frappa, Terry lui fit signe d'entrer et comme Andy, voulut savoir comment elle allait. Elle donna les mêmes réponses, consciente du regard du médecin sur elle.

— Nous préparons un nouveau dossier basé sur les informations supplémentaires qui arrivent, dit Terry. Bien que ce matin nous n'ayons pas remporté le succès espéré, cela nous a fourni des données précieuses.

— J'ai peut-être plus à ajouter, dit Liz. Ma sœur m'a dit que Kyle avait été exclu de plusieurs religions ou cultes avant la fin du mariage. Il avait tenté d'introduire des croyances radicales et s'est retrouvé sans soutien. J'imagine que cela l'aurait façonné d'une certaine manière.

— De quelle manière ? Candace parla doucement. Elle prenait des notes mais ses yeux ne cessaient de revenir sur Liz.

— À un moment donné, quand Anna et moi étions jeunes, il a commencé à détester sa vie. Ses opinions suprémacistes se sont durcies, si c'est possible, certainement à propos de ma mère et de ma sœur. Et je dois me demander pourquoi il a épousé une femme qui manquait de ce qu'il considérait comme des « gènes purs ».

*Il a dû aimer Maman à un moment donné alors que s'est-il passé ?*

— J'ai quelques souvenirs mais rien de clair. Des bribes de mon enfance où il y a des rires et Anna et moi jouons dans une de ces piscines gonflables hors sol. Un grand arbre. Et il y a d'autres souvenirs qui ne sont pas heureux. Des adultes qui crient. Des choses jetées. Des portes qui claquent. Je me souviens de mon père mais pas tellement de sa voix.

Candace arrêta d'écrire et accorda toute son attention à Liz.

— Si jamais vous souhaitez explorer ces souvenirs, il existe des techniques qui peuvent aider. Une fois que les filles seront retrouvées.

Quoi que ce soit chez l'autre femme qui exsudait le calme et la confiance tranquille, Liz en voulait pour elle-même. À aucun moment elle n'était poussée à fouiller dans une histoire qui était sans doute douloureuse. Et pour cela, elle était reconnaissante.

— Liz, nous avons des raisons de croire que ton père est non seulement toujours en vie, mais qu'il a assassiné et ensuite assumé l'identité d'un autre homme. Nous voulons lancer le processus pour exhumer le corps au cimetière de Keilor et tu peux nous aider d'un point de vue juridique. Terry soupira profondément. Pour ce que ça vaut, je suis vraiment désolé que tout cela soit arrivé. Ellen, Eliza, et puis aujourd'hui.

— Je vais bien.

— Tu étais à terre, à moitié inconsciente, Lizzie. J'ai cru que j'allais te perdre.

Toute la colère d'être tenue à l'écart de ce sur quoi Terry, Andy et Pete travaillaient se dissipa. Elle ne pouvait pas la maintenir. C'était trop épuisant. Terry était un homme bien. Un bon flic. S'il la tenait à l'écart, elle devait croire qu'il y avait une sacrée bonne raison.

Le téléphone de Liz bipa.

*Je vais chercher le déjeuner. Qu'est-ce qui te ferait plaisir ?*

Elle répondit rapidement à Pete.

*Des frites chaudes. Salées. J'arrive bientôt.*

— Y a-t-il des nouvelles de Brian Bisley ? Liz rangea son téléphone. La dernière fois que j'ai entendu parler de lui, il était dans un état critique.

Terry avait l'air sombre.

— C'est incertain. Aucune chance d'avoir une conversation avant que son état ne s'améliore, s'il s'améliore. Mais... il y a un lien, un lien ténu, entre Bisley et Garry Ford.

— Qui est-ce ?

— Le témoin du bateau de croisière.

— Un lien avec mon père ? C'est ce que tu veux dire, n'est-ce pas ? L'esprit de Liz s'emballait. Quel lien ? Les jeux d'argent ou les immeubles d'appartements ?

— Garry Ford possédait l'immeuble où Bisley travaillait à Geelong. Quand il l'a vendu, Bisley a été parfaitement placé dans son emploi actuel. On ne sait pas encore pour les jeux d'argent, mais ce n'est pas la priorité pour le moment.

Liz le fixa du regard.

— Tu sais où il habite ? Garry Ford ?

— Nous avons plusieurs adresses et avant que tu ne t'emballes, des équipes vérifient chacune d'entre elles. Avec prudence.

— Il faut que j'aide, Terry.

— Et tu le feras une fois que nous aurons de meilleures informations. Rentre chez toi un moment. Mange. Je parie que tu ne l'as pas fait.

En se levant, Liz essaya de ne pas montrer sa gêne, mais Candace le remarqua. Il y avait de la compassion dans ses yeux, mais elle ne dit rien.

— Je vais retrouver Pete pour déjeuner et me mettre au

courant des dernières heures, mais je peux revenir dès que vous aurez besoin de moi.

*Arrête d'avoir l'air si collante.*

Le téléphone de Terry sonna et Liz attendit suffisamment longtemps pour être sûre que ce n'était pas à propos de son père. Vince lui avait dit d'écouter son instinct et celui-ci lui disait de rester vigilante. Il y avait de fortes chances que Terry la tienne à l'écart de toute descente à ces adresses et elle ne pouvait pas laisser cela se produire. Pas tant que la vie d'Eliza dépendait de Liz qui la cherchait.

Liz et Pete se promenaient sur un chemin le long de la rivière Yarra. Être dehors, loin du commissariat, l'aidait, et la marche jusqu'à Southbank lui avait donné le temps de réfléchir.

Les frites étaient chaudes et croustillantes et son appétit était revenu.

Pete dévora un kebab et sa propre portion de frites.

Ce n'est que lorsqu'ils s'installèrent sur un banc qu'ils parlèrent des dernières heures. Pete fit un bref récit, parfois amusant, de la poursuite le long de la rivière, exagérant clairement son rôle et profitant de l'occasion pour lancer quelques piques supplémentaires à Andy. Mais ensuite, il détourna le regard vers l'eau, en direction des cafés et restaurants animés.

— J'aurais dû être plus proche. Le neutraliser avant qu'il ne te blesse.

C'était la troisième personne à dire cela et elle n'avait plus d'idée pour répondre. Toute l'affaire avait été mal pensée et l'avait mise en danger extrême. Si la matraque avait été un couteau ou un pistolet, elle pourrait bien être morte.

— Lizzie... une fois qu'on aura retrouvé Eliza, je vais partir.

— Partir ? Prendre des vacances ?

Pete se tourna pour la regarder. Ses yeux étaient indéchiffrables.

— Des vacances permanentes loin du métier de flic. J'en ai fini.

— Fini avec le boulot ou fini avec la bureaucratie ?

— C'est un peu la même chose ces derniers temps.

Encore une fois, elle n'avait pas de mots à offrir et elle comprenait. Pete était allé aussi loin qu'il le pouvait dans la police, n'ayant ni la motivation ni le soutien de ses supérieurs pour avancer.

— Qu'est-ce que tu vas faire ?

Il sourit.

— Je vais parcourir toutes les plages de la Surf Coast puis monter dans le Queensland pour essayer un peu de kitesurf. Et après ça, si je m'ennuie, je pourrais me mettre à mon compte.

— Pete McNamara, détective privé. J'aime bien comment ça sonne.

— Liz Moorland, détective privée. On pourrait ouvrir une agence de détectives. Des imperméables. Des meubles art déco. Du mauvais café.

— On a déjà du mauvais café.

— Quand tu en auras assez des conneries au boulot, viens me trouver.

Il était sérieux.

— Que sais-tu sur Garry Ford ? Liz se leva et froissa le pot de frites vide dans sa main. On y retourne ?

— C'est beaucoup plus agréable ici au soleil, mais d'accord.

Pete prit ses déchets et les siens pour les jeter dans une poubelle puis la rattrapa.

— Garry Ford ? insista-t-elle.

— Le prétendu témoin de la mort de ton père.

— Sauf que ?

— Ça doit être Kyle. Il a vécu la vie d'un autre homme pendant deux décennies sous le nez de tout le monde. Terry t'a dit qu'il a des flics qui surveillent trois propriétés appartenant à Ford ?

— Je viens de l'apprendre. Mais tu n'es pas là-bas, dit Liz.

— Pas encore. Pas avant qu'ils n'identifient la plus probable comme résidence et avec un peu de chance avec Eliza à l'inté-rieur. On m'a dit d'être disponible plus tard aujourd'hui. Les mandats sont en cours d'obtention et les forces spéciales se préparent.

Liz s'arrêta. Elle allait encore être mise à l'écart.

Pete revint sur ses pas.

— Je vais trop vite ? Tu veux te reposer ?

— Non, Pete ! Je veux que tout le monde arrête de me traiter comme si j'étais en porcelaine et que tout le monde commence à me dire la vérité !

Quelques personnes la regardèrent et elle se mordit la lèvre. Ce n'était pas son genre d'élever la voix.

— C'est juste. Tu te souviens de notre récente conversation ? Sur le fait de quitter le boulot ? Il sourit, mais il y avait de la compréhension dans ses yeux. Il ne prenait jamais rien personnellement. Le moment viendra, Liz. Le mien est arrivé.

— Tu as peut-être raison. Mais d'abord je dois les trouver. Je dois ramener les filles à la maison.

Ne voulant pas trop s'éloigner du commissariat, Liz rédigea son rapport sur les événements de Brimbank Park. Le bureau de Terry n'était pas loin et elle le gardait à moitié à l'œil. Entre les appels téléphoniques et les gens qui entraient et sortaient, il travaillait sur son ordinateur et prenait un café de temps en temps. À un moment donné, il en apporta un au bureau de Liz.

— Je vais mettre une pancarte disant que je me sens bien et que je suis apte au travail, dit-elle avec un sourire forcé. Et c'est le cas.

Le sourire de Terry était lui aussi fatigué.

— Bien. Je ne demanderai pas dans ce cas.

— Désolée. Je suis frustrée comme pas possible de ne pas avoir anticipé son attaque. J'aurais pu l'arrêter. Le faire parler. Sa main attrapa le crayon restant. Quand Bisley était au sol, agrippant sa poitrine et les lèvres bleues, il a dit des trucs sur la personne qui a enlevé les filles. Qu'ils étaient près de chez moi et sous mon nez.

— Et si le lien entre Bisley et Ford se confirme, alors il t'a dit la vérité.

— Dommage qu'il ait attendu si longtemps. Liz cassa le crayon en deux.

Un sourcil levé fut la seule réponse tandis que Terry se dirigeait vers son bureau.

Liz remit les deux morceaux du crayon dans le pot. Elle pouvait encore les utiliser. Elle baissa la tête pour continuer à travailler.

Quand son téléphone sonna un peu plus tard, elle sursauta. La fatigue et les nerfs prenaient le dessus.

— Détective Moorland à l'appareil.

Il y eut une pause.

— Comment puis-je vous aider ?

— Rappelle-les, Elizabeth.

Elle était debout et se dirigeait vers le bureau de Terry.

— Pourquoi m'as-tu fait du mal, Papa ?

Liz entra dans le bureau et quand Terry releva brusquement la tête de son écran d'ordinateur, surprise, elle fit un geste vers le téléphone.

— Me frapper avec une matraque et me laisser sans savoir à quel point j'étais blessée, c'est horrible.

— Tu étais entourée de policiers. Ne sont-ils pas accourus pour t'aider ? demanda-t-il.

— C'est sans importance. Le choix des mots était délibéré et Liz entendit son père inspirer brusquement.

Puis, il rit.

Terry était passé en trombe devant elle et donnait des instructions à quelqu'un, probablement pour faire quelque chose avec son numéro de téléphone.

— S'il te plaît, Papa. Dis-moi où est Eliza. Laisse-moi venir la chercher.

— Le problème, Elizabeth, c'est que tes amis policiers fouinent autour de ma propriété. Ils pensent que je ne peux pas les voir et ils se trompent. Il serait malheureux qu'une tragédie arrive à un détective. Ou à un enfant. Rappelle-les.

— Papa, attends une minute... merde, merde, merde.

Elle s'effondra sur une chaise tandis que Terry revenait en courant.

— Il dit qu'il peut voir la police autour de sa propriété et qu'il serait malheureux qu'une tragédie arrive à un détective. Ou à un enfant. Ce sont ses mots. Elle tendit son téléphone et Terry le prit. Mais il a dit propriété. Pas au pluriel.

— Je vais demander à toutes les équipes de se replier pour l'instant. Meg peut examiner ça. Un numéro est-il apparu ?

— Anonyme. Laisse-moi le lui apporter.

— Ou tu peux t'asseoir un moment. Tu es devenue toute pâle, Liz.

— Juste le choc. Plus vite Meg l'examinera, plus vite je le récupérerai. Le mandat est-il approuvé ? Se levant, elle reprit le téléphone.

— On attend toujours. Dis à Meg de mettre ça en priorité sur sa liste.

Les tremblements ne cessèrent que lorsque Liz sortit de l'ascenseur à l'étage de Meg.

# TRENTE

Andy leva les yeux de son téléphone pour regarder le paysage qui défilait par la fenêtre du passager. Qui défilait vite. Les sirènes étaient allumées et le détective au volant n'hésitait pas à appuyer sur l'accélérateur.

— Combien de temps ?

— Environ vingt minutes jusqu'au point de rendez-vous.

Grâce aux images de l'hélicoptère ce matin, une voiture avait été identifiée comme appartenant à Garry Ford. Repérée dans une rue latérale près de la rivière, elle correspondait à la plaque d'immatriculation que Liz avait signalée l'autre jour. Comme les choses auraient pu être différentes maintenant si elle n'avait pas annulé la vérification. Elle avait fait une erreur en ne remarquant pas que la filature était sérieuse et en le rendant évident à celui qui la suivait quand elle y avait finalement prêté attention.

*Eliza serait peut-être chez elle maintenant.*

Bien qu'Andy sût au fond de lui que c'était injuste, il mit cette pensée de côté.

Liz n'arrêtait pas de dire qu'elle voulait retrouver Eliza et pourtant elle n'avait rien fait à propos d'un véhicule suspect qui la suivait alors même qu'elle se dirigeait vers l'un de ses anciens partenaires. Elle aurait dû être plus attentive.

Il aimait bien Liz. Il l'admirait comme détective depuis long-temps. Mais il n'avait jamais travaillé aussi étroitement avec elle que sur cette affaire et il voyait des failles qui étaient inquiétantes. Son obsession pour sa nièce, pour Ellen, était une faiblesse.

Et elle ne savait toujours pas qu'il y avait une forte probabilité qu'Ellen soit vivante et en bonne santé.

Il s'en était assuré.

Jusqu'à ce qu'Eliza soit retrouvée, c'était une situation où seuls les concernés devaient être au courant. Comment il avait réussi à convaincre Terry était un miracle, mais il avait abordé le sujet du point de vue de la protection de la santé mentale de Liz. À quoi bon lui donner de faux espoirs tant qu'il n'y avait pas de faits pour étayer l'affirmation de Pete selon laquelle Lena Ford était Ellen ?

*Tu sais que c'est elle.*

Andy reprit son téléphone. Les messages s'accumulaient. Des communications de Terry, Meg, Pete. Celles de ce dernier étaient rares et irrespectueuses et une fois que cette affaire serait réglée, Andy avait l'intention d'ouvrir une enquête sur McNamara. Leurs moments occasionnels d'accord n'étaient rien comparé au refus du détective de suivre les ordres et à son insistance à débattre de chaque décision. Il était temps pour lui de partir.

La vitesse diminua alors que l'autoroute laissait place aux routes principales. Geelong était une vieille ville industrielle qui s'étendait maintenant le long de la côte et à l'intérieur des terres, en faisant la deuxième plus grande ville de Victoria après Melbourne.

Meg avait besoin de lui parler, alors il composa son numéro.

— Je n'en ai que pour une minute, patron, répondit-elle. Ces photos ont été utiles. Nous avons une bonne idée de l'apparence de Kyle Moorland maintenant et les deux adolescents l'ont identifié comme l'homme qu'ils ont vu au parc.

— Excellente nouvelle.

— Encore mieux. Tu te souviens de la personne qui a appelé

et qui pensait avoir capturé une vidéo d'un homme plus âgé et d'une jeune fille sur sa caméra embarquée ?

— Je croyais que ça n'avait rien donné.

— Non, mais si. La qualité était horrible mais quelques minutes plus tard, il y a quelques secondes de vidéo plus loin sur la route. Le conducteur tournait et il ne le savait pas, mais il avait filmé Kyle et Eliza montant dans la voiture de Kyle. Une Toyota blanche.

Andy ferma les yeux un instant. C'était bon et cela justifierait davantage leurs actions.

— Tu es toujours là ? Meg n'attendit pas de réponse. Tout le monde recevra la nouvelle photo de Kyle Moorland ou peu importe comment il s'appelle.

— Deux minutes environ, dit le détective qui conduisait.

— Merci. Je dois y aller, Meg. Presque arrivé à la propriété désignée.

— Ne te fais pas tuer.

Il rit brièvement.

— Merci.

Les forces spéciales étaient celles qui prenaient des risques et elles avaient l'expertise nécessaire pour assurer leur sécurité tout en arrêtant les criminels les plus dangereux. Kyle Moorland n'était qu'un homme, et un homme âgé qui plus est.

*Qui t'a distancé à la course.*

Terry envoya un autre message.

*Liz est partie s'occuper d'un trouble dans son immeuble. Des uniformes sur place. Darryl au milieu de tout ça.*

Cela tiendrait Liz à l'écart. Il tapa une réponse.

*Il sait probablement que son pote est sur le point d'être arrêté. On y est presque.*

Les nouvelles concernant Brian Bisley étaient un peu plus encourageantes avec les dernières nouvelles arrivant alors qu'il quittait la ville, indiquant un résultat plus positif. Mais toujours pas de possibilité de discuter avec le monsieur de sa relation avec Kyle et de l'implication possible de Darryl. Si cette opération réussissait, ils pouvaient attendre. Juste un moment.

La maison était en planches, simple, dans une rue ordinaire d'un des plus vieux quartiers de Geelong. À l'avant, les rideaux étaient tirés. La boîte aux lettres débordait de publicités. Il y avait un abri de voiture vide sur le côté.

— Elle n'est pas là, mon pote, dit Pete.

Il était agaçant de proximité avec Andy et ne cessait de répéter ses théories.

— Si jamais elle a été ici, Kyle l'a déplacée. Elle ne sera dans aucune des maisons de Garry Ford.

— Alors pourquoi ne me dites-vous pas où elle est ? répliqua Andy.

— Je vous l'ai dit. Plusieurs fois. Il l'aurait gardée à l'adresse de Collaroy Street. Là où Liz vivait enfant.

La radio d'Andy grésilla une alerte et soudain la police convergea vers la maison. Les forces spéciales, les uniformes, et puis il se mit à courir aussi. Il y eut des cris alors que la police avertissait qu'ils allaient entrer et puis ils frappèrent trois fois à la porte avant de la forcer. À l'arrière, d'autres officiers escaladaient les clôtures des propriétés adjacentes.

Au moment où lui et Pete arrivèrent à la porte d'entrée, un officier en sortait, secouant la tête.

— Personne à l'intérieur.

— Je vous l'avais dit, marmonna Pete en poussant pour passer devant.

La maison n'avait pas de meubles. Pas de photos aux murs. Rien dans la cuisine ou la buanderie. Elle était propre et bien entretenue. Probablement une location entre deux locataires.

De retour à l'extérieur, Andy appela Terry.

— Toutes les trois ont été vérifiées en même temps et toutes les trois sont vides, dit Terry. Je viens de raccrocher avec le chef des forces spéciales. Revenez. Ramène Pete.

Pete sortit en trombe de la maison, droit vers Andy, et attendit qu'il termine l'appel téléphonique.

— Terry veut que vous reveniez.

— Nous devons aller à Collaroy Street.

— Ni Kyle ni Garry n'en sont propriétaires, dit Andy qui en avait assez. Il n'y a aucune trace des Moorland en tant que propriétaires et aucune raison pour un mandat.

— Peut-être qu'ils louaient. Peut-être que Kyle était propriétaire sous un autre nom. Mais je peux vous dire une chose que vous ne savez peut-être pas. Lena a grandi là-bas. Mais bien sûr, ignorez tout ce que je dis dans votre quête pour faire parler de vous.

Andy se retourna et se dirigea vers la maison. Il jeta un coup d'œil en arrière. Pete courait en direction de l'endroit où leurs voitures étaient garées.

— McNamara !

Pete leva son majeur sans s'arrêter.

Suivi de deux détectives, Andy conduisit jusqu'au 29 Collaroy Street. Le meilleur résultat serait de trouver Eliza. Le pire serait une autre maison vide, ou de déranger les résidents. L'un ou l'autre entraînerait un rapport contre McNamara, ce qui ne présentait aucun inconvénient.

Pete s'était garé quelques maisons plus loin et était adossé à sa voiture, les bras croisés.

Andy ordonna aux détectives de faire le tour du pâté de maisons pour repérer les issues par lesquelles un suspect pourrait s'échapper. Il ne croyait pas une seconde que quelqu'un de dangereux se trouvait à l'intérieur, mais il ne voulait pas donner à McNamara une raison de lui reprocher quoi que ce soit.

Près de l'autre voiture, Pete eut un sourire narquois.

— Vous n'avez pas pu résister ?

— Je vous ai dit qu'on n'a pas de mandat.

— Aucune loi ne nous interdit de frapper à la porte, mon vieux. Quand on le fera, il y aura peut-être un appel à l'aide. L'odeur de fumée d'un incendie. Choisissez.

Si c'était ce qu'il fallait pour entrer à la criminelle, c'était écœurant. Andy ne pliait ni ne brisait les règles. Elles existaient pour de bonnes raisons.

— Je ne cautionne pas ça.

— Bien. Laissez ça aux adultes. Pete traversa la rue, les mains dans les poches de son jean comme s'il n'avait pas un souci au monde.

Andy parla aux autres détectives pour les mettre au courant puis suivit.

Cette maison était jolie, du moins de l'extérieur. Briques rouges, clôture blanche, un jardin de chalet. Derrière la maison se trouvait un grand arbre et le souvenir d'une pataugeoire de Liz lui vint à l'esprit. La rue était verdoyante. Classe moyenne.

Andy resta en retrait au portail. Pete vérifiait soigneusement à travers les fenêtres de la façade. Il jeta un coup d'œil à Andy et secoua la tête.

La porte d'entrée de la maison voisine s'ouvrit et une dame âgée sortit en s'aidant d'un déambulateur. C'était la dernière chose dont ils avaient besoin. Andy se dépêcha d'aller à sa rencontre avant qu'elle n'atteigne son propre portail.

— Madame ? Il montra rapidement son badge. Je suis le sergent-détective principal Montebello. Pourriez-vous retourner dans votre maison, s'il vous plaît ?

Elle avait au moins quatre-vingts ans et n'était pas du tout décontenancée par sa demande.

— Pas avant de vous avoir dit ce que j'ai vu, jeune homme. La voiture blanche était là encore et cet homme horrible a fait monter la pauvre petite fille dedans il y a environ une demi-heure.

Pete frappait à la porte.

— Je vous écoute.

— C'est une si douce petite chose et j'ai appelé le numéro pour signaler un enfant disparu deux fois, mais personne ne m'a prise au sérieux.

Le cœur d'Andy se serra.

— Je vous prends au sérieux. Puis-je juste aller chercher mon collègue et revenir vous parler ?

— Je vais mettre la bouilloire en route. J'ai toujours voulu faire du café pour la police plutôt que cette chose que vous buvez dans les séries télévisées. Elle tourna son déambulateur. Entrez directement quand vous serez prêts.

Pete frappait à la porte d'entrée quand Andy le rejoignit.

— Bonjour ! Il y a quelqu'un ?

— Arrêtez.

— Je suis sûr d'entendre quelqu'un appeler.

— Si on avait été là il y a trente minutes, peut-être.

— Quoi ?

— La vieille dame d'à côté a vu une petite fille monter dans une voiture blanche avec un homme qu'elle a qualifié d'horrible.

— Alors prévenez Terry. Mettez tout le monde sur le coup. Je vais lui parler.

Andy se mit en travers du chemin de Pete.

— C'est moi qui vais le faire. Vous allez observer. Et ensuite vous pourrez appeler.

— Vous perdez du temps. Je préviens Terry maintenant.

— Pour lui dire quoi ? On n'a aucune idée d'où est la voiture.

— Et on ne le saura pas si personne ne cherche. Pete commença à composer un numéro.

— Votre façon de foncer tête baissée à chaque indice, réel ou imaginaire, est peu professionnelle.

Pete se faufila en mettant le téléphone à son oreille.

— Il n'y a rien chez moi qui soit à moitié fait. *Chef.*

Andy se sentait de plus en plus invisible.

S'attendant à ce que la dame âgée — qui s'était présentée comme Mme Marsden — préfère lui parler, elle s'était tout de suite prise d'affection pour McNamara. Fidèle à sa parole, elle avait fait du café et c'était l'un des meilleurs qu'Andy ait jamais bu. Il y avait aussi une assiette de petits sablés qu'elle avait mentionné avoir cuits ce matin-là.

Après leur avoir dit de s'asseoir dans un salon à l'ancienne, elle adressa immédiatement ses paroles au voyou aux cheveux longs qui se faisait passer pour un détective. Andy ouvrit son carnet.

— À exactement quatre heures dix-sept, j'arrosais mon jardin de devant. Pas avec le tuyau, mais avec un arrosoir qui contenait mon mélange spécial d'engrais naturel pour favoriser la prochaine floraison. Il ne m'avait pas remarquée, mais je l'ai certainement vu. Il s'est garé dans la rue plutôt que dans l'allée et est entré dans la maison par la porte d'entrée. Il avait une clé.

Mme Marsden fit une pause pour regarder Andy.

— Vous notez tout cela, jeune homme ?

— Oui. Que s'est-il passé ensuite ?

Ses yeux se plissèrent comme pour s'assurer qu'il écrivait.

— Il est ressorti de la maison exactement trois minutes plus tard. Je le sais parce que l'arrosoir met trois minutes à se vider quand je suis ma routine.

Andy nota *TOC* ?

Elle parlait de nouveau à McNamara.

— J'ai entendu la porte d'entrée se refermer, mais ensuite la petite fille s'est mise à pleurer. Ça m'a brisé le cœur. C'est une chère petite chose et elle serrait un jouet que je ne pouvais pas voir. Il la portait et n'arrêtait pas de lui dire que tout allait bien.

— Madame Marsden, à votre avis, avait-elle peur de lui ?

— Oh non. Elle a dit quelque chose à propos de vouloir voir sa mère. Mais elle avait ses bras autour de son cou et c'est seulement le fait qu'elle semblait tenir à lui qui m'a empêchée d'aller directement là-bas pour le confronter.

Avec un peu d'effort, Andy évita de sourire. Mme Marsden n'avait pas couru nulle part depuis longtemps.

— C'est très utile. Vous avez mentionné à mon collègue que l'homme était horrible. Pouvez-vous développer ?

Tendant l'assiette de sablés, Mme Marsden les offrit d'abord à Pete, qui en prit un, puis à Andy. Il n'avait pas envie de manger mais en accepta un par politesse.

— Il est *vraiment* horrible. M. Ford. Sa petite-fille est une jeune fille si douce et gentille. Lena. Mais il l'a mise à la porte quand elle avait le plus besoin de lui. Je vous le demande, quel genre d'homme fait une chose pareille ? Elle fixa Pete d'un regard intense. Après ça, je ne l'ai pas beaucoup vu jusqu'à il y a cinq jours quand il est revenu. Il s'est garé dans l'allée et a transporté quatre boîtes à l'intérieur. Il en a fait tomber une et ce qui en est sorti était étrange.

— Étrange ?

— Des jouets. Des peluches, des poupées et tout ça.

Pete jeta un coup d'œil à Andy. Et c'est à ce moment-là que son estomac commença à se retourner. C'était avant l'enlèvement. Il préparait la maison pour amener Eliza.

*Je me suis trompé. Quel idiot.*

— Mme Marsden, vous nous avez beaucoup aidés. Avezvous remarqué quand l'enfant est arrivée à la maison ?

— Eh bien, pas précisément. Mais c'était il y a trois jours et dans l'après-midi. Je regardais le cricket féminin à la télévision et ce n'est que lorsque je me suis levée pour préparer un en-cas pendant la pause que j'ai entendu sa petite voix venant du jardin. Elle n'était pas là au début du match.

Andy écrivait rapidement pour ajouter des notes pour luimême ainsi que pour enregistrer ses paroles. Il pourrait trouver les heures du début et de la pause du match de cricket.

— Ces sablés sont exactement comme ceux de ma mère. Beaucoup de vrai beurre. Pete en prit un deuxième.

Mme Marsden rayonna.

— Les vieilles recettes sont les meilleures. Je vais en mettre quelques-uns dans une boîte pour que vous les emportiez.

— Ça a l'air délicieux, Mme M. Juste quelques questions de plus et nous vous laisserons tranquille.

Bien qu'Andy veuille se débarrasser de Pete, il devait admirer sa façon de traiter les gens. Les gens avec qui il lui convenait d'être gentil. Cela ne changeait pas l'intention d'Andy de prendre des mesures contre l'autre détective, mais pour l'instant, trouver Eliza semblait lui échapper et il avait besoin de chaque information pour resserrer le filet.

# TRENTE-ET-UN

— Il ne veut parler qu'à vous, détective Moorland.

C'était la deuxième personne à dire à Liz ce qu'elle savait déjà. Darryl s'était enfermé dans son appartement après avoir réduit sa porte d'entrée en miettes avec un gros marteau.

Tous les appartements de l'étage avaient été évacués et il y avait des policiers à chaque extrémité du couloir pour en bloquer l'accès.

Liz fixait sa porte d'entrée. Il ne restait plus que les gonds et la poignée. Tout le reste n'était que des éclats et des morceaux de bois éparpillés dans le couloir et à l'intérieur de son appartement. Elle entra malgré l'avis de l'officier qui venait de lui parler. Elle voulait d'abord prendre plus d'antidouleurs et faire une pause toilettes. Ensuite, elle s'occuperait de Darryl.

Elle vérifia son téléphone pour voir s'il y avait des nouvelles de l'opération de Geelong qui allait commencer d'une minute à l'autre. Être exclue de l'équipe était dur à avaler et cela l'agaçait que Terry ait utilisé sa blessure comme excuse mais ne l'ait pas empêchée d'assister à cet incident.

*J'en ai vraiment marre de ces conneries.*

Pour l'instant, elle devait s'occuper de Darryl et elle retourna dans le couloir.

— Nous devrions attendre des renforts, dit le même officier qui ne voulait pas qu'elle entre dans son propre appartement.

— Ils font quelque chose de bien plus important et Darryl ne va pas me faire de mal.

Ils se tournèrent tous les deux pour regarder sa porte d'entrée et rirent.

— Il a laissé le marteau derrière lui. Je ne vais pas me mettre en danger.

Liz se plaça contre le mur et tendit le bras pour frapper à la porte.

— Darryl ? C'est Liz. Tu as envie de discuter ?

— J'ai changé d'avis.

Les mots furent criés de loin.

— Tu vois, j'aime bien pouvoir m'enfermer dans mon appartement, comme toi en ce moment. Mais pour ça, j'ai besoin d'une porte et il semble que quelque chose soit arrivé à la mienne.

Il n'y eut pas de réponse, mais on entendait Darryl se rapprocher.

— Vous savez s'il a bu ? chuchota Liz à l'officier.

— Un des voisins a dit qu'il empestait la bière.

Elle attendit quelques minutes dans l'espoir que Darryl déverrouille la porte. Un message de Pete arriva disant que personne n'avait été trouvé dans les propriétés et qu'il allait chercher ailleurs.

*Ailleurs ? Rue Collaroy ?*

— Darryl, écoute-moi, mon vieux. Soit tu me parles, soit je m'en vais. Tu as exigé que je vienne ici alors arrête de me faire tourner en bourrique.

— Personne ne se soucie de moi.

Liz ne put s'empêcher de lever les yeux au ciel.

— Bien sûr que si, Darryl. Pourquoi as-tu réduit ma porte en miettes ?

— Désolé. Tu ne répondais pas quand je frappais.

— Alors tu as frappé plus fort et avec un sacré gros marteau ? Je n'étais pas chez moi, dit-elle.

— J'avais besoin de te parler. Te parler de Tina.

— Quoi à propos de Tina ? Ouvre la porte, mon vieux. C'est plus facile de parler face à face.

La poignée de la porte tourna puis s'arrêta.

— Tu vas m'arrêter encore.

— Où est Tina ?

— Je crois que je lui ai encore fait du mal.

L'estomac de Liz se noua. Elle fit signe à l'officier de la rejoindre à quelques pas.

— Retrouvez Tina Pollock. C'est son ex et il a déjà été violent avec elle par le passé. Le sergent-détective principal Hall sait comment la contacter.

L'officier s'éloigna pour utiliser sa radio.

— Liz ? Liz, ne pars pas, gémit Darryl.

— Darryl, c'est très important. Comment as-tu fait du mal à Tina ? Sois précis.

— On s'est disputés. On s'est engueulés à propos d'Eliza. Et elle a dit que ce serait ma faute s'il lui arrivait quelque chose parce que je ne t'ai pas dit ce que je sais. Alors je suis allé te le dire mais tu n'étais pas là.

— Dis-le-moi maintenant. Mais d'abord, Darryl, as-tu blessé Tina ? La voix de Liz lui semblait désespérée. L'officier s'approchait, cette fois en composant un numéro sur son téléphone.

— Je l'ai peut-être tuée. Je ne voulais pas. Elle ne voulait pas se taire. Darryl commença à sangloter.

De l'intérieur de l'appartement, un téléphone se mit à sonner.

Comme Darryl ne répondait plus à l'ordre de Liz de la laisser entrer, deux des officiers forcèrent sa porte. Ils traînèrent un Darryl en pleurs dans le couloir pendant que Liz et un autre officier se précipitaient à l'intérieur de l'appartement.

Le téléphone qui sonnait était sur le comptoir de la cuisine, dans un sac à main de femme.

Liz inspecta le petit appartement. Aucune trace de sang ni de désordre autre qu'une pile de bouteilles de bière vides dans le salon. Elle sortit de la chambre et s'arrêta, sûre d'avoir entendu un bruit sourd.

— Tina ?

Un autre bruit sourd suivi d'un cri étouffé. Un cri de femme.

— J'ai besoin d'aide ! cria Liz en se précipitant dans la chambre.

Il y avait une armoire encastrée avec une planche à repasser appuyée contre la porte. Liz la souleva et la laissa retomber avec un halètement lorsqu'une douleur traversa son ventre blessé. Un autre officier était là et l'enleva, et Liz ouvrit la porte.

Tina était allongée sur le sol, les mains et les pieds liés avec des bandages et du sang coulant sur son visage. Ses yeux étaient grands ouverts et affolés, mais fixés sur Liz.

— Nous sommes là maintenant. Tina, où êtes-vous blessée ?

— La tête. Il m'a frappée avec une bouteille. Faites-moi sortir.

— Il vaut mieux vous examiner d'abord, dit Liz en s'accroupissant à côté d'elle. Il y a une ambulance en bas, alors quelqu'un va arriver dans une minute. Elle poussa une rangée de vêtements suspendus. Il faut vérifier la blessure à la tête.

Un autre officier apporta des ciseaux et coupa soigneusement les bandages pour libérer Tina.

Elle se frotta les poignets puis toucha sa tête.

— J'aurais dû savoir qu'il aurait recours à la violence. Où est-il ?

— Dans le couloir et menotté. On le mettra hors de vue quand vous partirez. Qu'est-ce que vous faisiez en venant ici ?

— Je pensais pouvoir faire appel à sa vraie nature. Celle qui aimait les enfants et mettait les besoins des autres avant les siens. Je savais qu'il cachait quelque chose et je l'ai vu dans ses yeux quand je lui ai demandé de vous parler.

Le bruit de pas se rapprocha.

— Je vais aller lui parler. Les ambulanciers sont là. Liz tapota le bras de Tina et se redressa.

Elle attendit que Tina soit prise en charge puis partit à la recherche de Darryl.

Il était assis par terre, les mains menottées derrière le dos, pleurant toujours. Liz croisa le regard de l'officier qui le surveillait.

— Amenez-le dans mon appartement. Je ne veux pas qu'il soit près de Tina.

Darryl fut remis sur pied et conduit à travers les débris de la porte d'entrée de Liz.

— Tout droit vers la cuisine et asseyez-le sur une chaise. J'arrive bientôt.

— Liz, j'ai besoin qu'on m'enlève les menottes.

L'officier qui l'accompagnait dit quelque chose trop bas pour être entendu et Darryl cessa de geindre, mais le bruit de ses reniflements suivit Liz jusqu'au couloir.

Elle appela Terry et lui fit rapidement un résumé des événements des dernières minutes.

— Tina est convaincue qu'il sait quelque chose et il voulait me parler. J'espère juste qu'il le voudra toujours.

— Arrête-le et fais-le mettre en détention, dit Terry.

— Je m'en occuperai. Y a-t-il du nouveau de Geelong ?

— Pete et Andy sont à Collaroy Street. Il n'y a personne là-bas, mais une voisine nous aide en nous fournissant des informations.

Le cœur de Liz se souleva.

— À propos d'Eliza ?

— Il y a eu un signalement d'une petite fille et d'un homme correspondant à la description de Kyle, mais c'est tout ce que j'ai jusqu'à ce qu'Andy me fasse un rapport.

— Je devrais y aller.

— Tu n'as rien à y faire d'autre qu'amener Darryl pour l'interrogatoire. D'accord ?

Elle prit une petite inspiration pour stabiliser sa voix.

— D'accord. Je te verrai bientôt.

Liz n'avait aucune intention d'arrêter Darryl avant qu'il ne se soit expliqué. Dès qu'il serait arrêté, il demanderait son avocat et cela signifierait non seulement une perte de temps, mais aussi potentiellement la perte définitive des informations.

Elle demanda à l'officier de vérifier l'état de Tina et s'appuya contre le plan de travail de la cuisine.

Darryl avait repris le contrôle de lui-même, bien que ses yeux injectés de sang brillassent encore.

— S'il te plaît, Liz. Les menottes me font mal.

— Je vais te les enlever, mais tu dois me dire ce qui t'a poussé à détruire ma porte d'entrée. Fais ça et je te libérerai.

Ses yeux se dirigèrent vers la porte.

— Tina ira bien. Tu ne l'as pas tuée, ni même failli le faire. Que sais-tu à propos d'Eliza ? Liz adoucit sa voix et s'assit en face de lui. C'est une chance de faire la différence, mon vieux.

*Et si tu ne nous aides pas, je vais vraiment te réduire en bouillie.*

Une petite bulle d'hystérie menaça de se transformer en rire. La pensée était comique, surtout quand elle ne pouvait même pas soulever une planche à repasser. Liz sortit un carnet et attendit, son visage aussi amical et expectatif qu'elle pouvait le rendre.

Après s'être agité sur sa chaise et avoir regardé le plafond, Darryl sembla prendre une décision et croisa son regard.

— Je vais tout te dire, mais je veux que tu comprennes que j'ai été contraint et que j'ai fait l'objet de chantage.

— Et je prendrai cela en compte, Darryl.

— Ça a commencé après que j'ai été attaqué dans mon travail.

Darryl parla de manière cohérente et longuement de son séjour à l'hôpital, de sa convalescence et de la perte de sa relation. La prison fut l'endroit où la descente commença vraiment et où certains liens furent tissés, ce qui l'amena à déménager dans l'immeuble. Liz écrivait pendant qu'il parlait, le laissant vider son sac sur ses activités criminelles, principalement dans le cadre du réseau de jeux illégaux.

— Bing me faisait faire des trucs qu'il ne voulait pas faire lui-même. Pareil pour Maureen. Elle ne faisait pas partie des jeux, mais son homme était en prison et Bing utilisait ça contre elle. Il lui faisait livrer Dieu sait quoi à des gens peu recommandables.

Il perdit du temps à se plaindre et Liz rejeta deux fois des appels de Terry. Pete appela aussi et elle n'eut pas d'autre choix que de l'ignorer.

— Savais-tu qu'Eliza allait être enlevée ?

Il secoua la tête.

— Jamais. Je n'aurais pas participé à ça. J'ai juste reçu l'ordre de trouver puis de laisser la chaussure. Je ne savais pas qu'elle appartenait à une enfant jusqu'à ce que je la ramasse, et même là, je pensais que c'était dans le cadre d'un événement de jeu. Il y avait beaucoup de ces trucs... une course où les gens doivent trouver des objets à différents endroits ?

— Une chasse au trésor ?

— Ouais, ça. Parfois, ça devenait méchant avec des gens blessés dans le processus. Je n'aimais pas ça.

Liz brûlait d'envie de lui demander pourquoi il ne s'était pas défendu. Pourquoi avait-il permis qu'un seul incident dans sa vie — bien qu'horrible — le transforme d'une personne respectueuse de la loi en quelqu'un qui pensait que c'était acceptable de déplacer la chaussure d'une enfant et ensuite de mentir à ce sujet.

— J'ai demandé à Bing ce qui se passait vraiment. Tu sais, j'avais fait ce qu'on m'avait dit, j'avais ramassé et déplacé la chaussure et c'était clairement celle d'une enfant. Ça me semblait mal, Liz. L'enfant était de notre propre immeuble. Sa mère faisait tout ce qu'elle pouvait pour s'occuper d'elle et construire un peu d'avenir.

— Et qu'a dit Bing ?

Le visage de Darryl rougit. Il se pencha en avant et la regarda dans les yeux.

— Il m'a dit de me mêler de mes affaires et que si je le questionnais encore une fois, il s'assurerait que je retourne en prison. Les larmes revinrent, coulant sur ses joues. Je ne peux pas y retourner, Liz. Ça m'a presque tué.

— Mais je l'ai entendu dire qu'il savait que tu l'avais prise. Il a demandé où tu l'avais cachée. Avant que vous ne vous engagiez tous les deux dans cette stupide bagarre.

— Et ce n'était qu'une mise en scène parce qu'il voulait que je sois responsable de tout.

Incertaine d'avoir réellement appris quelque chose de nouveau, autre que la confirmation de l'implication de Brian Bisley, Liz se rassit.

— Liz. Allez. Tu me crois, n'est-ce pas ?

— Je veux te croire. Mais voici où nous en sommes. Eliza a disparu. Son ravisseur s'est volatilisé, avec elle. Il est intelligent et déterminé. Et nous ne sommes pas plus avancés pour savoir comment retrouver une petite fille effrayée qui veut juste revoir sa maman.

— Alors prends des notes parce que je connais un endroit que la plupart des gens ignorent. Un endroit que Garry loue. Et je suis peut-être la seule personne à le savoir, à part Bing, parce que j'y suis allé. Et tu sais quoi ? Je pense que c'est là qu'il va se planquer avec la gamine.

# TRENTE-DEUX

Liz fit arrêter Darryl par l'agent en uniforme. Les résidents étant autorisés à rentrer, elle demanda à l'un des rares voisins qu'elle connaissait de garder un œil sur son appartement et appela une entreprise pour remplacer la porte. De toute façon, un policier resterait dans les parages pendant un moment pour finir le travail chez Darryl, et il s'était amusé à mettre de la rubalise en travers de sa porte.

Tina était en route pour l'hôpital pour un contrôle, mais elle avait évité des blessures graves. Bien qu'elle se soit mise en danger, les actions de Tina avaient abouti à la meilleure piste depuis la disparition d'Eliza.

*Femme courageuse et attentionnée.*

De retour dans sa voiture, Liz tapa l'adresse sur son écran de navigation et s'éloigna des voitures de police encore garées autour de l'immeuble. Le numéro de Terry s'afficha.

— Chef, désolée. Je voulais te rappeler tout de suite.

— Où es-tu, Liz ?

— Je viens de quitter l'appartement. Darryl est emmené par les agents en uniforme.

— Ce n'était pas ce dont nous avions convenu.

— Ah bon ? Eh bien, il est en état d'arrestation et Tina va à l'hôpital, mais juste pour un contrôle. Où en est-on avec Eliza ?

Terry prit un moment, parlant à quelqu'un d'autre mais trop doucement pour qu'elle puisse entendre.

— Désolé. Meg vient de m'informer qu'elle a reçu une nouvelle analyse des cheveux du dossier d'Ellen.

— Comment ? Je croyais qu'on ne pouvait rien faire ?

— Elle a trouvé un moyen. Donc, les cheveux provenaient d'un homme caucasien, âgé d'environ quarante-cinq à cinquante ans à l'époque. Ils correspondent suffisamment à ton ADN, et à un échantillon fourni par Anna lors de la disparition d'Ellen, pour identifier les cheveux comme appartenant à ton père, Kyle Moorland.

Liz serra le volant, repoussant sa colère mais incapable d'empêcher ses yeux de se remplir de larmes. Elle se gara sur le côté et les essuya.

— Tu es toujours là ?

— Tout ce temps, Terry. Tout ce fichu temps perdu alors qu'on aurait pu chercher Kyle. Et pourtant, personne ne m'a dit qu'on avait trouvé des cheveux. Personne ne s'est assez soucié de voir l'anomalie avec leur apparence par rapport aux cheveux d'une jeune enfant. On aurait retrouvé Ellen. Au moins trouvé Kyle. Elle serra les poings, prête à frapper le volant.

— Je sais, Lizzie.

Un message de Pete apparut.

*Appelle-moi. Urgent.*

— Pete me cherche, Terry. Je vais t'envoyer l'adresse que Darryl m'a donnée. Ça doit être là où Kyle est allé avec Eliza.

— N'y va pas seule.

— Je dois appeler Pete.

Liz raccrocha et envoya rapidement l'adresse à Terry par SMS. Son téléphone se remit à sonner avec Terry comme appelant et elle rejeta l'appel, puis composa le numéro de Pete en reprenant la route.

Une sirène retentissait en bruit de fond quand il répondit.

— J'ai du nouveau.

— Moi aussi. Commence.

— On a de bonnes infos indiquant que Kyle et Eliza ont quitté l'adresse de Collaroy Street il y a environ une heure et quart. Il y a eu un possible signalement de son véhicule se dirigeant sur la M1 près d'Altona Meadows. L'unité aérienne arrive et une alerte a été lancée.

— Ça a du sens. Il loue un bateau à Williamstown. S'il a été suffisamment effrayé pour s'enfuir avec Eliza, on pourrait ne plus jamais les revoir. J'y vais maintenant. Liz alluma ses gyrophares et sa sirène. Mais je suis à au moins quinze minutes.

— Ne l'affronte pas seule, Liz.

— Bien sûr, *Terry*. Je vais juste attendre que les hommes arrivent.

— Haha. Si Terry t'a déjà dit d'attendre, fais-le. Tu n'as rien appris en prenant un coup de matraque dans le ventre ?

— Dis à Liz de se retirer.

— Je peux t'entendre, Andy, et je ne suis pas seulement la personne la plus proche, mais celle qui peut au moins le retarder, s'il s'enfuit. Kyle m'a pris Ellen, à moi et à Anna, et je ne vais pas le laisser prendre Eliza à sa mère.

— Et je te dis, sergent-détective Moorland, de te retirer. Je t'ordonne de ne pas aller plus loin que Melbourne Road et d'attendre...

Liz mit fin à l'appel.

Elle connaissait bien la zone. Liz et Vince avaient été policiers de quartier à Williamstown pendant quelques mois et bien que la ville ait grandi, beaucoup de choses étaient restées les mêmes.

La jetée où se trouvait le bateau de son père — soi-disant — était isolée et petite. Ça lui rappelait celle d'Altona où la famille de la petite amie actuelle de Ben Rossi gardait leur yacht. Moins de risques que des yeux indiscrets voient ce que quelqu'un pourrait vouloir cacher.

Liz laissa la voiture à deux pâtés de maisons après avoir enfilé un gilet pare-balles et vérifié son arme. Son téléphone n'avait pas arrêté de sonner ou de biper avec des messages et elle n'allait pas commencer à y répondre. Elle avait tout gâché en ignorant non pas un, mais deux officiers supérieurs et elle s'en fichait désormais. Liz le mit en silencieux.

La police l'avait laissée tomber.

La découverte de la vérité sur les cheveux dans le dossier d'Ellen était le dernier clou dans le cercueil.

*Le cercueil de ma carrière.*

Une fois la jetée en vue, Liz s'approcha prudemment, utilisant les arbres et les autres personnes comme couverture. C'était presque l'heure de fermeture des magasins et des entreprises dans la banlieue balnéaire. Ensuite viendraient les joggeurs, les promeneurs de chiens et les familles sortant pour une balade ou une baignade. Il fallait résoudre ça avant qu'il y ait un risque plus élevé que le public se retrouve pris au milieu de quoi que ce soit.

Seuls huit bateaux étaient amarrés, un mélange de types, principalement des yachts de bonne taille, et puis tout au bout, il n'y en avait qu'un. Plus petit, peut-être six mètres et de style ancien. Il y avait deux personnes sur la jetée à côté.

Un homme et une petite fille.

Liz se positionna à l'intérieur de l'entrée d'un bloc sanitaire d'où elle pouvait les garder en vue tout en espérant ne pas être vue. Elle envoya un texto à Pete.

*Je les ai en vue. Tous les deux sur la jetée. Le bateau est tout au bout. Je vais surveiller sauf s'il fait un geste pour partir. Venez sans sirènes.*

Elle prit une série de photographies du bateau, du ponton et des gens, qu'elle envoya à Pete. Puis elle utilisa son téléphone pour zoomer sur l'enfant.

Eliza était assise sur les planches en bois du ponton, tenant une licorne en peluche d'une main et une bouteille d'eau de l'autre. Elle portait une robe et un petit chapeau de soleil et regardait autour d'elle. Pas effrayée, mais peut-être un peu inquiète ou perturbée, et qui ne le serait pas, à être déplacée d'un endroit à l'autre sans savoir si elle rentrerait un jour chez elle ? Quels mensonges lui avait-on racontés ?

Presque effrayée de voir son visage, Liz se força à déplacer son attention vers l'homme. Kyle. Son père. Sa gorge se serra.

Il chargeait des sacs sur le bateau. Deux à la fois, un mélange de sacs de courses et de bagages, montant et descendant du ponton. Ses yeux scrutaient constamment les alentours et, pendant un instant qui lui coupa le souffle, il regarda directement dans la direction de Liz. Mais il détourna rapidement le regard. C'était trop loin et elle était dans l'ombre.

Elle connaissait son visage. Pas seulement à cause de la nouvelle photo de profil que Meg avait diffusée. Mais de son enfance. Il avait peut-être vieilli, mais les lignes de sa mâchoire et de son nez étaient les mêmes.

C'était irréel et elle faillit flancher. C'était son père. Un homme dont elle se souvenait à peine et qu'elle aurait aimé connaître, avec ses défauts et ses croyances horribles. Sa chair et son sang.

*Qui avait tué un homme et volé son identité dans le cadre d'un grand plan pour kidnapper sa petite-fille.*

Un goût amer de bile lui emplit la bouche et elle se réfugia dans le bloc sanitaire pour cracher. Il n'allait pas la contrôler.

Elle n'y resta que quelques secondes, mais quand elle ressortit, Eliza n'était plus sur le ponton. Son petit chapeau était visible, se déplaçant autour du bateau.

Liz zigzagua vers l'eau. Un arbre par-ci. Un groupe de promeneurs par-là.

Et puis elle se retrouva à l'extrémité terrestre du ponton et dut prendre une décision.

Elle tâta son arme. C'était son dernier recours.

*Mais Eliza partira avec moi aujourd'hui.*

# TRENTE-TROIS

— Est-elle vraiment assez stupide pour désobéir aux ordres ? Andy ne pouvait s'empêcher de fulminer à propos de Liz qui avait coupé l'appel. Ses décisions sont devenues merdiques aujourd'hui.

Pete serrait les dents. Tout ce qui lui importait était d'arriver à Williamstown avant que Liz ne doive se faire connaître de Kyle. Ils avaient quitté l'autoroute et serpentaient maintenant sur des routes secondaires trop fréquentées à son goût. Trop de minutes de conduite les attendaient encore. N'importe quoi pouvait arriver pendant ce temps.

— Vous n'avez rien à dire ? D'habitude, on ne peut pas vous arrêter, dit Andy.

— Vous voulez qu'on arrive vivants ?

— Vous venez de me menacer ?

— Pas du tout, répondit Pete. J'essaie de me concentrer pour éviter qu'on se fasse percuter par un camion.

Comme pour prouver ce qu'il disait, Pete dépassa un camion-conteneur et se rabattit brusquement devant lui pour éviter un camion venant en sens inverse, déclenchant un concert de klaxons. Andy s'agrippait à la poignée et resta miraculeusement silencieux jusqu'à ce qu'ils arrivent sur une route plus étroite où Pete fut contraint de ralentir.

Terry appela et Andy tendit le bras pour accepter l'appel en mode haut-parleur.

— Combien de temps, Pete ?

— Moins de dix minutes. Vous êtes en voiture ?

— Liz a besoin de renfort.

— Terry, c'est Andy. La situation pourrait être explosive. Ne serait-il pas approprié d'attendre les forces spéciales ?

— Elles sont à trente minutes.

— Alors on jette un coup d'œil et on évalue.

Pete ouvrit la bouche pour parler, mais Terry répondait déjà.

— Ce dont j'ai besoin de votre part, sergent-détective principal, c'est de savoir que vous pouvez faire ce qu'on vous demande, indépendamment du code auquel vous vous tenez. Il n'y a pas de réponse toute faite dans une situation comme celle-ci, mais je peux vous garantir que Liz est la bonne personne pour être là en ce moment. Notre travail, votre travail, c'est de la soutenir au lieu de rester en retrait en attendant que la soi-disant bonne équipe arrive.

Le visage d'Andy avait rougi face à ces mots sévères.

Pete n'éprouvait pas la moindre compassion pour lui.

— Je vais me garer près de la voiture de Liz et la rejoindre.

— Fais attention à toi, Terry, dit Pete.

— C'est votre boulot maintenant.

Après que Terry eut raccroché, Pete éteignit les sirènes. Il emprunta une rue secondaire calme, puis une autre. La baie apparut et il s'arrêta au bout de la route.

— Voilà la jetée. Il pointa du doigt par-dessus les toits. Je vais nous rapprocher.

Andy regarda mais resta silencieux.

— Vous voulez toujours rejoindre la criminelle ? demanda Pete. Il ne cherchait pas à être malin, mais il vit Andy lui lancer un regard noir du coin de l'œil. Il n'y a rien de glamour, mon vieux. On ne choisit pas nos affaires quand il y a une urgence.

On ne peut pas rester en retrait et attendre que les bonnes personnes arrivent en premier... quelles que soient ces bonnes personnes. Ce n'est pas tout rose, Andy.

— Ouais, je comprends.

— Mais ce qu'on *obtient* dépasse de loin le mythe glorifié d'être l'unité d'élite.

— Qui est ?

Pete s'était approché autant qu'il l'osait et se glissa dans une place de parking le long du front de mer.

— On sauve des vies. Pas assez souvent, mais quand ça arrive, ça vaut plus que toute la gloire. Et aujourd'hui, on va sauver des vies.

Andy croisa son regard et acquiesça.

— On va le faire.

# TRENTE-QUATRE

Kyle avait disparu de vue et Eliza était à la poupe, riant et faisant signe aux mouettes qui planaient au-dessus du bateau.

Liz saisit l'occasion pour monter sur le ponton et atteignit le deuxième bateau avant que la voix de Kyle ne traverse la courte distance. Elle se baissa pour que la masse du yacht la cache.

— Tu aimes les oiseaux, Liselle ?

La petite fille répondit d'une voix autoritaire :

— Pas Liselle, Papa. Eliza Sharney Singleton.

— Je pense que Liselle est parfait. Ça signifie la promesse de Dieu et toi, ma petite, tu as toute une vie de promesses devant toi.

*Mon Dieu, il est fou.*

— J'ai faim.

— Moi aussi. C'est pour ça qu'on s'est arrêtés pour acheter toutes ces courses, parce qu'on va pouvoir se faire un bon dîner très bientôt. Tu veux m'aider à décider quoi préparer ?

— Je voudrais une pizza.

Kyle rit.

Liz connaissait ce son. Il riait doucement de ses tentatives pour lui donner des ordres ou de n'importe laquelle des centaines de choses que font les enfants. Il avait été patient. L'avait aidée à apprendre. Avait été un super papa.

*Pour moi. Pas pour Anna.*

Ses doigts défirent l'attache de son étui.

Sous elle, il y avait de petits écarts entre les planches de bois. La mer montait et descendait. Le ponton bougeait très légèrement sous la pression de l'eau. Tous les bateaux se balançaient et cognaient contre les côtés. L'air salin piquait ses yeux.

— Va pour la pizza alors. Tu veux voir ta cabine ?

— Je ne sais pas ce que c'est.

— Une chambre. Mais sur un bateau. En fait, profite des mouettes et je reviendrai une fois que j'aurai fait ton lit.

— D'accord, Papa.

Encore un rire.

Il n'avait peut-être pas accepté Eliza comme la sienne au début, mais quelque chose avait changé. Maintenant qu'il savait que sa vraie fille était à jamais hors de sa portée, avait-il décidé qu'Eliza ferait l'affaire ?

Liz attendit une minute avant de jeter prudemment un coup d'œil au bateau.

Eliza était proche du ponton, penchée pour regarder quelque chose dans l'eau.

Elle avait besoin de renforts. Quelqu'un pour pointer une arme sur le visage de Kyle s'il essayait de l'empêcher de prendre Eliza. Personne n'était proche. Aucun signe de Pete pour l'instant. Liz se déplaça de bateau en bateau, vérifiant et revérifiant si son père réapparaissait. Il y avait un espace d'environ cinq mètres jusqu'à son bateau sans aucune couverture.

Attraper Eliza et courir ne marcherait pas. L'enfant ne la connaissait pas. Elle crierait.

Liz marcha à une allure normale, grimaçant à chaque grincement du bois.

Eliza leva les yeux.

— Chut... Je suis l'amie de Papa, chuchota Liz. Tu peux être très silencieuse pour une surprise ?

Les yeux de l'enfant s'arrondirent et elle hocha la tête.

Quelques pas de plus. Elle pouvait presque l'atteindre.

— Tu aimes jouer à cache-cache ?

Un autre hochement de tête.

*Faites que ça marche.*

Liz tendit les bras en comblant la distance.

— Je connais la meilleure cachette et Papa s'amusera beaucoup à nous trouver.

Il y avait du doute dans les yeux de l'enfant.

— Je m'appelle Liz. Et toi, tu es Eliza. Je connais ta maman.

— Maman ? couina-t-elle.

Il y eut un bruit sourd venant du pont inférieur.

Liz glissa ses bras autour d'Eliza et la souleva du bateau, manquant presque de la laisser tomber alors qu'une douleur traversait ses muscles abdominaux.

— Accroche-toi à mon cou, haleta-t-elle.

— Ma licorne.

Elle était sur le pont.

— On reviendra la chercher. Tiens-toi bien, ma chérie.

— Liselle ? Tout va bien ? Des pas martelaient les marches venant du pont inférieur.

Le cœur de Liz battit la chamade alors qu'elle portait Eliza loin du bateau. Elle pouvait à peine courir. Tout ce qu'elle pouvait faire était de s'agripper à l'enfant et de prier pour ne pas se faire tirer dans le dos.

— Arrête ! Elizabeth, non. Non !

Liz n'était qu'à une douzaine de pas du bateau et pas assez près du suivant pour l'utiliser comme couverture d'aucune sorte.

— Je pointe une arme sur toi, Elizabeth. Arrête-toi maintenant.

Sa voix lui donna des frissons dans le dos. Elle contenait une pure méchanceté dans ses profondeurs et elle se souvint. C'était le ton qu'il utilisait juste avant de faire du mal à sa mère. Et maintenant il la menaçait, elle, son enfant chérie, tout ça parce qu'il refusait de lâcher une fillette volée.

— Papa est fâché.

S'il tirait, la balle pourrait toucher Eliza.

Liz s'arrêta brusquement et se retourna pour lui faire face.

Kyle était sur le bateau, braquant un fusil sur elle. Ses yeux contenaient une telle fureur que Liz craignait qu'il ne perde le peu de contrôle qu'il avait si elle faisait un faux mouvement.

— Salut, Papa.

— Ramène-moi Liselle.

La petite fille s'accrochait à Liz, la tête enfouie dans son épaule et les jambes enroulées autour d'elle.

— Je ne peux pas. Elle n'est pas à toi, Papa. Mais *je* viendrai avec toi. J'irai où tu voudras que j'aille.

Sa visée ne vacilla pas, mais la colère quitta son visage.

— J'ai tellement de questions à te poser. On a perdu toutes ces années, dit-elle.

Il y avait quelqu'un derrière elle. Des pas, soigneusement placés.

*Faites que ce soit Pete.*

— Quelles questions ?

— Certaines ne devraient pas être posées devant une enfant. Mais il y en a une qui me brûle. Le jour où tu as enlevé Ellen... comment savais-tu que je serais là au parc avec elle... comment l'as-tu emmenée sans être vu ?

— Tu te sens coupable de ne pas l'avoir surveillée ?

— Oui. Je le ressens encore, chaque jour, Papa.

— Bien. Tu connais déjà les réponses, Elizabeth. Tu n'es rien sinon intelligente et pleine de ressources. Si les propriétés de Garry Ford ont été perquisitionnées, alors tu sais que j'ai pris le contrôle de sa vie après sa tragédie. Ça a aidé qu'il soit reclus. Il gérait ses entreprises à distance. J'ai passé beaucoup de temps à placer des gens à des endroits où je pourrais les utiliser quand ça m'arrangerait. Même dans la police.

Elle inspira brusquement.

Ses lèvres se courbèrent en un sourire cruel.

— Tu ne t'attendais pas à ça, hein ? Maintenant, tu regarderas toujours par-dessus ton épaule.

— Liz, je vais sortir.

C'était Terry.

Le frisson revint. Terry était présent quand Ellen avait été enlevée. Pas en tant que son supérieur ni dans la brigade criminelle, mais n'avait-il pas travaillé aux preuves pendant un moment ? La liste des noms sur les boîtes contenant les dossiers n'incluait pas Terry. Liz n'en était pas sûre car elle ne l'avait jamais vraiment lue. Kyle avait quelqu'un qui travaillait pour lui dans la police à l'époque. Elle devrait regarder par-dessus son épaule... Terry était derrière elle.

Liz approcha sa bouche de l'oreille d'Eliza.

— J'ai besoin que tu continues à me serrer fort. Il y aura peut-être du bruit mais je te ramène à la maison auprès de Maman.

*Terry ne serait jamais cette personne.*

— Kyle Moorland ? Je suis le sergent-détective principal Terry Hall et je vais me placer à côté de Liz et Eliza. C'est tout.

Le corps de Kyle se tendit et il resserra sa prise sur le fusil mais le garda pointé sur Liz.

Terry s'arrêta à la gauche de Liz et un pied devant. Son arme était braquée sur Kyle.

Il y eut une pause, un moment où l'air se figea. Le cœur d'Eliza battait la chamade contre la poitrine de Liz.

— Ramène-la à la maison, Lizzie. Tu as bien fait.

Puis Terry s'interposa entre Liz, juste dans la ligne de tir.

Liz se retourna et courut.

Il y eut des coups de feu. Le fusil. Le pistolet.

Un bruit sourd.

Elles avaient dépassé les plus gros yachts. Kyle devrait les suivre pour tirer.

— Liz ! Continue d'avancer.

Pete dégainait son arme en suivant Andy, tous deux martelant leurs pieds sur les planches de bois.

Puis Liz quitta la jetée et se retrouva d'une manière ou d'une autre derrière le tronc d'un arbre et Eliza hurlait.

Avec l'arrivée de plus de policiers, Liz réussit à confier Eliza aux bras sûrs de la détective Annette Benski.

— Il y a des ambulanciers qui arrivent, Liz. Tu dois t'asseoir.

— Je reviens. Eliza ? Annette va prendre soin de toi.

— Maman. Je veux Maman. Les cris s'étaient transformés en sanglots.

— On va appeler ta maman dans quelques minutes, ma chérie. Allez, viens près de ma voiture de patrouille et tu pourras jeter un coup d'œil à l'intérieur pendant qu'on attend. D'accord ? Annette fit un clin d'œil à Liz mais n'avait pas l'air moins inquiète.

*Terry.*

Seules quelques minutes s'étaient écoulées depuis qu'elle avait fui la jetée.

Il y avait eu du bruit, d'autres coups de feu, et un moteur.

Maintenant, alors que Liz remontait sur la jetée, tout prenait sens. Le bateau était sous tension et déjà à quelques centaines de mètres.

Et là où elle avait laissé Terry...

— Non !

Pete était affaissé sur les planches à côté de Terry, qui gisait dans une mare de sang.

Les larmes coulaient sur les joues de Pete.

— Je suis arrivée trop tard, Liz.

Elle s'effondra à côté de Terry et prit sa main dans la sienne. Il n'y eut aucune réponse. Aucune pression en retour. Juste un trou de balle dans son front et un autre dans son estomac. Comment était-ce possible ? Terry était son ami. Son patron. Il était venu l'aider à sauver Eliza et il l'avait fait.

C'était curieux. Son corps était en feu de douleur mais elle ne ressentait aucune émotion.

— Pourquoi Kyle s'est-il échappé ?

Andy apparut d'où qu'il ait été. Il s'accroupit près de Liz.

— Ça va ?

— Qu'est-il arrivé à mon père ?

— Il a défait les cordes pendant que Pete et moi essayions d'aider Terry. Ça n'a duré que quelques secondes parce que... enfin, Kyle était descendu et quand on s'est approchés, le moteur a démarré. On n'a pas pu arriver assez vite.

— Des balles ont touché le bateau. Pete soupira lourdement et se leva. On avait déjà alerté la police fluviale et il y a un hélicoptère en route. Il n'ira pas loin. Il tendit ses deux mains à Liz.

Elle lâcha Terry et laissa Pete l'aider à se relever.

— L'ambulance vient d'arriver. Va te faire examiner, Liz, dit Andy, se redressant aussi.

— Eliza d'abord.

Liz se dirigea vers le bout de la jetée. Le bateau avançait à un rythme régulier.

— Tu as sauvé Eliza. Pete vint se tenir à côté de Liz.

— À quel prix ?

Le bruit d'un hélicoptère attira leur attention. Il volait vite et bas dans la direction du bateau. En même temps, un véhicule de la police fluviale se rapprochait de Kyle.

— Attrapez ce salaud, marmonna Pete.

Dans un éclair rouge et un grondement assourdissant, le bateau explosa.

Pete jeta ses bras autour de Liz pour la protéger. Mais les débris qui pleuvaient étaient à des centaines de mètres et il la relâcha.

— Qu'est-ce que c'est que ce bordel ?

Andy les rejoignit.

L'hélicoptère et le bateau de police avaient viré brusquement.

— Dites-leur de le trouver, Andy. Ne le laissez pas s'échapper.

Liz se protégea les yeux. Le soleil était bas et éblouissant. Il n'y avait aucun moyen qu'elle puisse voir à cette distance, mais quelque part dans l'eau, son père leur faisait un doigt d'honneur.

# TRENTE-CINQ

Terry ne reviendrait pas. Liz se tenait dans son bureau, s'attendant à voir son visage, à entendre sa voix. Les deux avaient disparu à jamais avec le reste de l'homme qui avait risqué sa vie pour la sienne aujourd'hui, et l'avait perdu. Pas seulement pour sauver sa vie à elle, mais aussi celle d'Eliza. Et cette petite fille passait une nuit à l'hôpital et avait sans doute sa mère assise à son chevet.

*Tu as tenu ta promesse. Tu as ramené Eliza à la maison.*

Liz retourna à son bureau. Elle ne devrait même pas être ici, mais l'alternative était une visite à l'hôpital et pour le moment, elle ne supportait pas d'être entourée de gens.

— Liz ?

Elle se croyait seule.

— Euh, Meg, je suis désolée, je ne suis pas d'humeur à parler.

Mais elle aurait dû épargner sa salive.

Meg contourna le bureau et la serra dans ses bras, doucement, mais suffisamment pour lui faire mal. Tout lui faisait mal malgré les antidouleurs. L'épuisement n'aidait pas, mais comment pouvait-elle dormir, sachant que son père pouvait encore être dehors ?

Après s'être reculée, Meg sourit.

— J'ai quelque chose à te montrer.

— Ça ne sert à rien. Je suis au courant pour les cheveux et merci pour les ficelles que tu as démêlées.

— Oh, j'ai des ficelles partout et faire passer en urgence des échantillons d'ADN dans certains endroits amis n'est que la partie émergée de l'iceberg. Serais-tu encouragée à m'accompagner si je te disais qu'Anna t'attend ?

— Pourquoi Anna est-elle ici ? Je lui ai déjà parlé de notre père.

— Tu ne le sauras pas si tu ne te dépêches pas.

Tentée de dire à Meg qu'elle n'était pas d'humeur pour les devinettes, Liz se leva quand même. Il y avait encore des choses qu'elle devait dire à sa sœur.

Meg bavarda tout le long du chemin.

— J'ai entendu dire que tu as une nouvelle porte d'entrée. Et tes clés fonctionneront toujours puisque la serrure n'a pas été endommagée. Darryl va partir pour longtemps en prison parce que maintenant il n'arrête pas de parler et déballe des informations sur le réseau de jeux d'argent et qui sait quoi d'autre.

Elles s'approchèrent de la salle de conférence, ce qui n'avait aucun sens. Il était plus de neuf heures du soir et à part les officiers qui travaillaient encore sur les retombées de la journée, l'endroit était calme.

— Attends une seconde, dit Meg, les arrêtant toutes les deux devant la porte. Je suis dévastée pour Terry, alors je ne peux qu'imaginer ce que tu ressens. Mais tu dois savoir qu'il n'a jamais eu que tes meilleurs intérêts à cœur. Et il savait qu'il y aurait une issue positive pour toi et Anna.

— Je ne comprends pas.

Meg ouvrit la porte.

Anna faisait les cent pas dans la pièce et quand elle vit Liz, elle courut vers elle et lui jeta ses bras autour du cou.

— J'ai cru t'avoir perdue.

— Aïe. Arrête de me serrer... s'il te plaît.

— Désolée. Anna baissa les bras. Tu sais pourquoi je suis là ?

— Je sais.

Pete entra. Il s'était douché et changé, mais les ombres sur son visage montraient à Liz combien son cœur était lourd.

— Asseyons-nous. Il y a du nouveau.

— Je n'ai pas abandonné pas mon intuition concernant votre père, dit Pete. Certaines choses ne collaient pas sur sa prétendue mort, surtout quand j'ai pris en compte certaines informations de l'entretien avec Brian Bisley. J'ai pris l'initiative de faire quelques recherches en dehors du service.

Pete avait commencé la conversation en disant que Terry avait fait une erreur en gardant certaines informations secrètes de Liz, mais qu'il était sous pression.

— D'Andy ?

— Il en faisait partie, mais ça venait aussi de plus haut.

La journée avait été un cauchemar qui ne finirait peut-être jamais. À peine de sommeil, être dans ce reportage télévisé sous un mauvais jour, l'attaque de son père à Brimbank Park... et puis Terry et l'explosion du bateau. Tout du long, Liz avait été certaine qu'on lui cachait quelque chose d'important.

*Peu importe maintenant. Dépêche-toi et laisse-moi partir.*

— Je peux tout vous expliquer en détail, mais pas ce soir. Pete échangea un regard avec Meg. J'ai trouvé une jeune femme.

Les poils sur les bras de Liz se hérissèrent.

— Elle a grandi à Geelong sous le nom de Lena Ford et...

— Ford ? Le nom que Kyle a pris ? Anna écarquilla les yeux.

— Oui. Elle connaissait Garry Ford comme son grand-père.

Meg se glissa hors de la pièce.

— J'ai su dès que je l'ai rencontrée... Il me fallait des preuves, Liz. Anna. Je ne pouvais pas simplement lâcher que je pensais avoir trouvé Ellen, dit Pete.

Anna avait les deux mains sur la bouche et tout son corps tremblait.

— Meg a fait accélérer une analyse ADN. Je ne savais même pas qu'il était possible d'en obtenir une si rapidement.

— Pete. C'est elle ?

Un sourire illumina son visage.

— Ellen est vivante et en bonne santé.

Avec un petit cri, Anna fondit en larmes.

— Ma... ma petite fille est saine et sauve ?

— Il y a quelques points dont je dois vous parler, Anna. Et Liz. On lui a dit que sa mère et son père étaient morts dans un accident d'avion. La plupart de ses souvenirs d'enfance sont flous. Ça a été un choc pour elle. Candace Carroll a passé du temps avec elle aujourd'hui et dit qu'Ellen aura besoin de beaucoup de temps pour accepter son passé.

— Elle ne croit pas qui elle est ? Anna n'arrêtait pas d'essuyer ses larmes et d'autres continuaient de couler. Pouvons-nous aller la rencontrer ? Nous laissera-t-elle faire ?

Les yeux de Pete se tournèrent vers la porte d'entrée et ceux de Liz firent de même.

La jeune femme qui se tenait juste à l'intérieur de la porte, avec Meg à ses côtés, ressemblait à Liz dans sa vingtaine. Mêmes yeux. Même structure du visage. Même taille et même corpulence.

La chaise d'Anna tomba dans sa hâte de se lever, mais elle sembla ensuite figée sur place.

Les yeux d'Ellen passèrent d'Anna à Liz et revinrent sur Anna.

*Tu as l'air si effrayée.*

— Ellen ? Anna réussit à faire un pas.

La jeune femme jeta un coup d'œil à Meg.

— Je ne peux pas.

Elle se retourna pour partir.

Liz se leva.

— Pas un adieu.

Pete, Meg et Anna regardèrent Liz.

— Ellen ? Ce n'est pas un adieu.

La réponse fut douce.

— Seulement « à la prochaine ».

Et plus fort.

— Seulement « à la prochaine », tante Liz. Ellen fit volte-face. Ce n'est pas un adieu.

Les funérailles de Terry étaient terminées. La douleur dans le cœur de Liz s'atténuait, mais elle n'oublierait jamais l'homme qui avait courageusement perdu la vie pour sauver une enfant. Et pour la sauver elle.

Alors que les officiers, les amis et la famille se rassemblaient en groupes à l'extérieur de l'église, Liz s'éloigna. Elle n'alla pas trop loin, trouvant un banc sous un arbre. Être trop proche de certains policiers était difficile. Des gens comme Andy. Liz était loin d'accepter le fait qu'il finirait probablement à la brigade criminelle maintenant qu'il avait fait partie de l'équipe qui avait ramené une enfant chez elle et entraîné la mort de son ravisseur.

*Mort présumée.*

— Tu préfères être seule, Lizzie ?

— Seulement loin de la plupart des autres. Pas de toi, Vince.

Son ancien partenaire s'installa sur le banc et pendant un moment, ils restèrent assis en silence. Les gens se dispersaient lentement. Dans quelques jours, elle irait sur sa tombe et lui parlerait correctement.

— Viens séjourner chez nous pendant un moment, dit Vince. Melanie serait ravie de t'avoir. Moi aussi. Et il y a plein d'endroits pour marcher et passer du temps seule. Je vais souvent dans le verger que j'ai planté avec la mère de Melanie quand elle était petite. C'est reposant là-bas.

— Te contenterais-tu d'un dîner un soir ? J'aide Anna à nettoyer sa maison pour qu'Ellen et Parker puissent venir y séjourner quand ils le souhaitent.

— Je n'arrive pas à me faire à l'idée que tu sois maintenant grand-tante, dit-il en riant. Dîner, petit-déjeuner, n'importe quoi, n'importe quand.

Andy se dirigeait vers sa voiture et il hésita quand il remarqua Liz. Elle le regarda et il hocha la tête, puis continua. Depuis la mort de Terry, ils n'avaient parlé que lorsque c'était nécessaire et Liz sentait qu'il allait probablement la dépeindre sous un mauvais jour dans son rapport. Pete encore plus.

— Comment va ce connard ?

*Maintenant tu peux lire dans mes pensées.*

— C'est la lumière brillante dans tout ça, Vince.

Vince hocha la tête.

— Il a retrouvé Ellen.

— Certains jours, j'ai encore du mal à y croire. Il faudra du temps avant qu'elle nous fasse entièrement confiance parce qu'elle a vécu une vie de mensonges de la part de Kyle, mais maintenant il y a un espoir qu'on croyait perdu à jamais.

— Il a ses moments, je suppose, dit Vince.

— Il quitte la police.

— Ça ne me surprend pas. Et toi ?

Liz se tourna pour regarder Vince.

— Pour la première fois de ma vie, je ne veux plus être flic. Je n'avais jamais désobéi à un ordre auparavant et le résultat a été le sauvetage d'une enfant et la mort de mon patron. Il n'aurait pas été là si je ne l'avais pas ignoré.

— Sois indulgente envers toi-même. C'est ce que Terry dirait.

C'était vrai. Mais cela ne changerait rien.

Liz et Pete se tenaient au bout de la jetée au coucher du soleil. Ils venaient de déposer des fleurs sur l'eau et regardaient la marée les emporter dans la baie. Vingt tiges uniques d'iris violets, une fleur que la famille de Terry avait dit qu'il aimait.

— Je n'aime pas perdre, Lizzie, dit Pete.

— Tu parles de Kyle ?

— On sait tous les deux qu'il est vivant quelque part. Il aurait prévu une sortie de secours comme il l'a fait avec l'évasion par la rivière et le bateau de croisière.

— Je suis d'accord.

Ils commencèrent à rebrousser chemin. Un mois s'était écoulé depuis ce jour fatidique et Liz avait pris un congé pour se remettre de sa blessure et passer du temps avec Anna, Ellen et le petit Parker.

— Je dois reprendre la semaine prochaine, Pete.

— Mais tu n'en as pas envie.

— Non. Sauf que je ne sais pas comment autrement servir le public, sans parler d'être là si mon père réapparaît.

— Et s'il y avait une autre façon ? demanda Pete.

Un homme grand se tenait sur l'herbe là où la jetée se terminait. Son visage était familier mais il fallut une minute à Liz pour le reconnaître.

— Ben ? C'est toi ?

Ben Rossi sourit puis se pencha pour embrasser Liz sur la joue.

— Bonjour, Liz. Pete.

— Tu ne vis pas quelque part sur la côte, à arrêter les sans-papiers sur la plage entre deux sessions de surf ?

Liz connaissait Ben depuis longtemps et il avait dirigé le service de recherche des personnes disparues avant Andy.

— C'est ça. Du moins, pour la première partie. Je suis ici pour t'offrir un emploi.

— D'accord. Je ne sais pas très bien surfer cependant.

Le sourire disparut.

— Mais tu sais très bien faire la police. Tu es encore meilleure comme détective. Et je monte une nouvelle équipe.

— Je n'avais pas entendu parler de quelque chose de nouveau.

Pete avait l'air tout aussi sérieux.

— Tu n'aurais jamais entendu parler d'au moins une unité secrète dont j'ai fait partie, Liz. Celle-ci ? Personne ne la connaîtra à moins d'en avoir un besoin particulier ou d'être du côté de ceux qui se font arrêter.

— Je pensais que tu allais te mettre à ton compte.

— C'est le cas. En quelque sorte.

Les deux hommes attendaient et Liz n'avait pas de réponse. S'il y avait un moyen de travailler dans les forces de l'ordre mais avec plus de ressources et moins de bureaucratie, alors peut-être qu'elle n'avait pas besoin de repenser son avenir. Un avenir sans insigne.

— En plus, tu pourras continuer à travailler avec moi, dit Pete d'une voix pleine d'espoir.

Ben se frappa le front et leva les yeux au ciel.

— Pete, tais-toi, ce n'est pas un argument.

*Si, ça l'est.*

Elle pouvait faire confiance à Pete.

Liz regarda à nouveau la baie. Quelque part là-bas se trouvait un homme qui voulait encore nuire, soit à Liz, soit à Anna, soit même à Ellen. D'une manière ou d'une autre, Liz avait bien l'intention de le retrouver. Et avec toute une équipe à ses côtés, que ne pourrait-elle pas accomplir ? Les derniers rayons de soleil qui s'évanouissaient étaient un signe. Elle avait travaillé toute sa vie dans la lumière en suivant toutes les règles. Maintenant, il était temps de faire un tour dans l'obscurité.

# SÉRIE DÉTECTIVE LIZ MOORLAND

Par peur de pardonner

De peur que les ponts ne brûlent

De peur que les marées ne changent

De peur que personne ne vive

# À PROPOS DE L'AUTEUR

Phillipa vit à la périphérie d'une belle ville de l'État rural de Victoria, en Australie. Elle vit également dans les nombreux mondes de son imagination et accumule les histoires à côté de son ordinateur portable.

Elle écrit avec son cœur sur l'amour, les rêves, les secrets, la découverte, la mer, le monde tel qu'elle le connaît... ou tel qu'elle aimerait qu'il soit. Elle aime les fins heureuses, les suspenses palpitants et les personnages qui vous accompagnent longtemps après la dernière page.

Passionnée de musique, d'océan, d'animaux, de nature, de lecture et d'écriture, on la trouve souvent dans son potager en train de réfléchir à une nouvelle histoire.

Phillipa's website is www.phillipaclark.com

# LIVRES EN ANGLAIS DE L'AUTEUR

**Detective Liz Moorland**

Lest We Forgive

Lest Bridges Burn

Lest Tides Turn

Lest Nobody Lives

Connected to this series through several characters is

Last Known Contact

**Rivers End Romantic Women's Fiction**

The Stationmaster's Cottage

Jasmine Sea

The Secrets of Palmerston House

The Christmas Key

Taming the Wind

**Temple River Romantic Women's Fiction**

The Cottage at Whisper Lake

The Bookstore at Rivers End

The House at Angel's Beach

The Secrets of Willow Bay

**Charlotte Dean Mysteries**

Christmas Crime in Kingfisher Falls

Book Club Murder in Kingfisher Falls

Cold Case Murder in Kingfisher Falls

Plan to Murder in Kingfisher Falls

Festive Felony in Kingfisher Falls

**Daphne Jones Mysteries**

Daph on the Beach

Time of Daph

Till Daph Do Us Part

The Shadow of Daph

Tales of Life and Daph

**Bindarra Creek Rural Fiction**

A Perfect Danger

Tangled by Tinsel

**Maple Gardens Matchmakers**

The Heart Match

The Christmas Match

The Menu Match

The Cookie Match

Doctor Grok's Peculiar Shop Short Story Collection

Simple Words for Troubled Times

(Short non-fiction happiness and comfort book)

———